刘醒龙文集

刘醒龙文集

[长篇小说]

寂寞歌唱

刘醒龙 著

广西师范大学出版社

·桂林·

图书在版编目（CIP）数据

寂寞歌唱 / 刘醒龙著. --桂林：广西师范大学出版社，2021.9
（刘醒龙文集）
ISBN 978-7-5598-3975-6

Ⅰ．①寂… Ⅱ．①刘… Ⅲ．①长篇小说－中国－当代 Ⅳ．①I247.5

中国版本图书馆 CIP 数据核字（2021）第 126680 号

广西师范大学出版社出版发行

（广西桂林市五里店路 9 号　邮政编码：541004）

网址：http://www.bbtpress.com

出版人：黄轩庄

全国新华书店经销

湛江南华印务有限公司印刷

（广东省湛江市霞山区绿塘路 61 号　邮政编码：524002）

开本：880 mm × 1 230 mm　1/32

印张：12.25　　字数：234 千

2021 年 9 月第 1 版　　2021 年 9 月第 1 次印刷

印数：0 001~6 000 册　　定价：69.00 元

如发现印装质量问题，影响阅读，请与出版社发行部门联系调换。

目 录

第一章

001

第二章

078

第三章

133

第四章

182

第五章

245

第六章

296

第七章

340

第一章

1

"麻木!"

趴在三轮车龙头上打瞌睡的林奇,肩膀忽然被人拍了一下。林奇惊醒过来,下意识地正要踩脚踏子,马上发现要乘三轮车的人还没有爬上来。雨势似乎又大了,虽然是傍晚才开始下,但到这会儿街面上的水已流成了一片浅浅的汪洋。一个男人将一个女孩儿抱起来费力地放入车篷内,女孩儿两手提着白色长裙的裙摆,一边快意地笑着,一边小声地叫着别、别、别!那男人肯定也在笑,只是别人听不见,不待女孩儿坐稳,他也钻进车篷,并且半歪半斜地一屁股坐到女孩儿怀里。女孩儿叫了一声,男人慢吞吞地将身子移到空着的半边坐垫上。林奇用眼角瞧着这一切,他猛地吸了一口深夜潮湿的空气,扫了一眼蓝桥夜总会那妖冶的灯光。门口的两个礼仪小姐正相对打着呵欠,靠左边的一个用手将嘴巴捂着,右边那一个没有用手捂,涂过厚厚唇膏的嘴一张开,活活是一张血盆大口。一只哈巴狗在门内的灯光中时隐时现地往复蹿动,一点也不将人放在眼里。靠夜总会这边几乎没有什么行人,并不是因为雨大。街对面行人还是不算少。在夏季的雨夜里,他们宁可绕上几步,离开夜总会远远的,然后用冷冰冰的眼光狠狠地盯几下。县城里没有出租车,只有十几辆被叫作"麻木"的三轮车在孤独冷清地守候着。

"到宾馆!"

那男人又拍了一下林奇的肩膀。

林奇觉得车龙头和胳膊有些不听使唤,好一阵才将车身掉转过来。

通往宾馆的大街上一片狼藉,遍地都是碎玻璃,县城唯一的交通岗亭横躺在十字街头,圆圆的身子变得瘪不像瘪、方不似方、三角形不是三角形。一只硕大的老鼠趴在上面,灰不拉叽的样子,就像车后座上坐着的这个大热天还穿西装打领带穿着皮鞋的男人。

"这儿像是出了事。"

"这么大的事你不知道?"

"我今天才到贵地。"

"昨天晚上铸造厂的几百名工人同警察干了一仗,就在这儿,没跑的全被打趴下,医院外科病房都被他们占满了。"

"棒,太厉害了!"

第一章

"不是厉害而是愤怒。铸造厂停产一年多了,工人们都没法靠工资生活,就占了这一条街摆夜市卖小吃。有些警察经常来吃白食不给钱,工人们一直忍着,昨天晚上有个警察喝醉了酒,不但满嘴浑话,还朝一个正在炒菜的女工动了手。那女工只是用锅铲在他脸上比画了一下,他就将整个小吃摊子掀翻了。旁边的几个工人围上来将那警察揍了一顿。那警察走后不到半个小时,突然又是汽车又是摩托车的来了二十多个警察,上来就抓人。工人们一点不怕,大家都伸出手让警察铐。到真的铐了一个人时,工人们全都火了,结果就打起大仗来。"

"过瘾,没想到小地方的工人倒比大城市的工人觉悟高!"

男人问,女孩答。

林奇踩着三轮车,有几次很想开口纠正,话到嘴边又憋了回去。

昨晚事发时林奇就在现场,真实情形是县里为了迎接上面的精神文明建设检查,开始清理街面上的违章摊点。别的地方没人敢顶,这一带因为铸造厂人多势众,大家抱成一团,说只要让他们有班可上、有工资可拿,他们马上就全回厂去,否则只有用手铐将他们铐走,才会离开。昨天晚上来了一群维持秩序的警务人员,二话不说便将炉灶板凳桌子掀翻了一大片。工人们一着急便拿上菜刀、火钳、擀面杖,围住他们要拼命。真的警察们闻讯赶来,转眼之间又将那些工人团团围住，却没料到铸造厂的工人竟会倾巢而出，几百号人又在最外层围了厚厚的几道人圈。大家都脱光了上衣，将自己的胸膛拍得像战鼓一样，嚷着有种的就向工人阶级开枪。还说警察同工人一样都是穷光蛋，应该向被腐败养肥的人讨回公理。趁警察们被这话说蔫了时，内圈的工人开始动手揍那些饺子馅一样包在最里边的警务人员。林奇拉上天黑后的第一个顾客，正好来到这里。顾客是个胖子，他一见有人在打架就兴奋得不愿再走了，下车时塞给林奇十元钱还叫他别找零。胖子在人群后面不停地挥动着拳头，嘴里还发出一阵阵咕哝声。

　　林奇后来终于认出，这胖子姓邱，十几年前也是铸造厂的工人，因为将自己的苕妹妹卖到安徽寿县给人做媳妇被人揭发而判了几年徒刑。邱胖子一定挨过警察的整，不然不会这般兴奋。林奇心里忽然难受起来，他忍不住大叫一声，说别这样，这样不好！红了眼的工人们马上恶声恶气地追寻是谁在替他们说话。林奇没有退缩，他站到三轮车上高声说，是我，我是农机厂退了休的林奇。铸造厂和农机厂二十年前本是一家，后来才分开的，许多人都认识林奇，知道他是县里的老劳模。林奇劝他们别行蛮，行蛮解决不了问题，就像"文革"一样，大家互相打来杀去，最后两派都吃了大亏，沾光的是那些逍遥观望的人。林奇这一说竟没人再动手了。他趁机推着三轮车往人群里钻，将一个被伤得最重的警察扶上车，然后又往外走。看看别的警察都不敢动，林奇又大声

第一章

呵斥起来,你们都苕站着干什么,伤了的还不赶快去医院。被打晕了的警察们这才醒悟过来,二十几个人互相搀扶着,跟着林奇往外走。铸造厂的工人们也没拦他们,闪开一条道,让他们撤走。林奇将受伤的警察送到医院后,什么话也没说就走了。

后座上只剩下那男人在小声说着什么。林奇想告诉他们这本来是一场误会,嘴唇都动了好几次,最终还是没做任何解释。

雨下得更大了。天空像是塌了一般,那连续不断强烈喷射的,或许尽是些黑色涂料,满世界更显得黯然无光。瓢泼大雨将天空同县城灰蒙蒙的楼房全都连在一起,如此景象中,那些在低矮的墙角上挂着一盏马灯,然后摆上桌椅板凳的小吃摊或小杂货摊就显得更加可怜。那些在白日里明亮的眼睛几乎看不见了,只有一块块残缺不全的焦黄的脸,或多或少地闪着油光。三轮车所到之处都能听见相同的呼唤声:"炒粉炒面臭干子哟!"灯光映不全的一张张焦渴的脸,还有那些叫卖声,几乎都能让林奇在脑子里叠映成一位工友或者一个熟人。林奇在农机厂干了整整四十年,在这座全县最古老的工厂里,他带出了不计其数的徒弟,这些徒弟或者是徒弟的徒弟后来慢慢地办出了全县所有的三十几家工厂。前些年,改革刚开始时,一到年关,那些当了头头的徒弟都来请林奇到自己厂里去吃年饭,林奇不管怎么安排都安排不过来,为此他曾说过,自己怎么就不能多长几张嘴呢?但是好景不长,之后几年来请的人一年比一年少，特别是一九八九年以后。前年铸造厂还来请过他，但去年就只剩下自己所在的农机厂了。林奇忍不住轻叹了一口气，在心里说，怎么改革改得像"文化大革命"一样，大家这么多的意见，这么多的难处。

这时，后座的女孩叫了一声："不！"

那男人没作声，只是轻轻笑了两下。

林奇一声不吭地猛踩了一阵脚踏子，然后一扭龙头，将三轮车拐进一条小巷。他让三轮车在小巷里乱转了一通。那男人问了几次，说怎么还没到，是不是走错了。女孩开始也问过两次，后来也像林奇一样，任那男人怎么问，一个字也不吐。

三轮车刚驶过一座两层小楼，林奇就开始拉手刹，一阵咕哝后，三轮车稳稳地停在与小楼相邻的平房的门前。林奇正要说到了，女孩自己先跳下车，两步跳到屋檐下。

"怎么回事？"那男人惊讶地说。

"我到家了。"女孩说。

"不是说好到宾馆吗？"那男人又问。

"我是她的邻居，我知道她想回家，不愿去宾馆。"林奇说。

女孩用钥匙打开门："谢谢林伯伯！也谢谢你肖老板。"

女孩在门缝的灯光中嫣然一笑。随着她进屋关门，这个雨夜最动人最轻松的东西顿时消失了。风雨之中只剩下林奇和那个被女孩称作肖老板的男人。隔着雨衣林奇也能感到雨

第一章

打在身上的力量。大街上的伪饰很多,连雨从天空降落都少了不少真实。在小巷里,每一颗雨滴都是实实在在的,敲在房上能听到瓦响,打在地上能辨出石板声,窗纸有窗纸的响声,窗玻璃有窗玻璃的动静。大街上的蓝桥夜总会里连外面的风雨声都听不见,所以女孩刚出来时,见到暴雨才会又惊又乍。

林奇在家里说过许多次,那是一个用美丽掩盖肮脏的地方。

每次说时,儿子、女婿都不作声,这愈发让林奇生气,便说得更多了,而且特意常到那儿去等客,然后将亲自遇到的丑事讲给他们听。今晚遇到的事已经是这类事中最清洁的了,当然,也幸亏林奇从对话中听出来是邻居石雨的女儿雅妹坐在车上。

"你也到了,下车吧!"

"不,我要到宾馆。"

林奇拍了拍三轮车车篷,那男人坐在车上不肯下来。

"这车收班了,不想走的话,就到屋檐下等别的车。"

"我没让你拉我到这儿,你得送我回去。"

"没问题,你耐心等吧,明天上班后我会送你去宾馆。"

"你怎么能这样呢,得讲个职业道德吧!"

"快别说道德!你有这资格吗?"

"凭什么我没资格?她当公关小姐,我花钱,就像坐你的车一样。钱一付我们就两清了。"

林奇忍不住骂了句脏话,然后说:"现在流行的都是强盗逻辑。"

"老人家这话算是开窍了,人家一个写诗的十几岁时就说过:卑鄙是卑鄙的通行证。"

"你给我滚下来!"

林奇开始用力摇晃三轮车,那男人赶紧钻出车篷,跳到地上,转眼间暴雨就将其浑身上下淋湿了。他知趣地掏出皮夹子,抽了一张百元大钞递过来。林奇不肯接,他没有零钱找。那男人说不用找,林奇依然不肯。他正想将那男人送出小巷,顺便找个熟人将百元大钞换开,那男人忽然将百元大钞撕了一块下来,然后递给他,说这是一百元钱的十分之一。说话时,他将剩下的十分之九扔在地上。那男人的皮鞋在雨中发出一种古怪的声音。地上的那残缺的百元钞票,在雨丝雨滴的敲打下,一点一点地缓慢漂浮着。从雅妹房中的窗户透出的灯光刚够照出它的模样,林奇摸着手中的那片"十分之一",盯着它看了一阵后,忽然一转身顺着小巷追出去。

他看见那男人果然走错了方向。

"喂,别走了,快回来,前面有深水坑,危险!"

那男人听见了喊声,站住不走。林奇又喊了一遍,他才往回走。林奇告诉他,向左走两百米有个岔街,是直通宾馆的。

林奇匆匆回到家门口,找到那十分之九的百元钞票。他没有急于将两块钞票拼在一起,塞进口袋后就没有碰它们。

第一章

锁好三轮车后,他先向隔壁石雨家走去。就在举手敲门的那一刻,林奇又犹豫了。

小巷里响起汽车喇叭声,林奇赶紧抽身打转。他刚回到自己家门口,一辆银灰色的富康轿车也在门前停住。林奇没有回头,只顾掏钥匙开门。身后车门咣当一响,林奇听见司机龙飞同儿子林茂在说话。

"林厂长,明天几点钟来接你?"

"提前半个小时吧,明天要去八达公司看看。"

林奇只顾开门往屋里走,一点也不管身后的动静。

司机龙飞从车里探出头来冲着他叫:"林师傅,你别再踩麻木了,还怕林厂长养不活这个家吗?"

"我踩麻木,与你有什么相干,就你一张乌鸦嘴!"

龙飞一边笑一边按喇叭,下雨的巷子回音格外响。

林奇这时才回头:"别按喇叭,这条街住着十几家农机厂的人哩,他们一见到你这车子就骂娘,说工人阶级创造的十几万血汗钱都叫少数人享受了。"

"他们瞎说,买车用的是贷款!"

"贷款总得工人挣钱还吧!"

"林师傅,别人不敢说你落后,我敢。你这观念不行了,如今贷款不算工人的债,是领导同志给的赞助款。"

林茂打断了龙飞的话,让他别胡说八道,不然父亲听了又要失眠好几晚上。龙飞开着车往巷子深处走,再掉头回来。林茂进屋去了。林奇有些担心,他走到门口,望着车尾灯变成车大灯,眼看就要驶近,忽然一声哗啦,似乎有什么东西泼在富康轿车上面。林奇赶忙跑过去,一股恶臭扑鼻而来。龙飞打开车门刚伸出一条腿又被林奇塞回去。林奇要他开车快走,雨这么大不用洗也会淋干净的。他顶着车门不让龙飞出来,僵持一阵,龙飞只得摇下玻璃大吼一阵,说买台烂富康,杂种们就眼红,自己若当了厂长干脆买一辆凯迪拉克。龙飞连人带车开走后,旁边的门一响,石雨从屋里出来。

石雨要林奇无论如何同林茂说一说,她刚才不是故意的,只怪雅妹自己回家晚了还不让她说,母女俩一顶嘴,她有火无处泄,就拿痰盂里的脏东西出气,不料刚好碰上龙飞的车。林奇则遗憾地说:她若是故意的自己反而会高兴。这话让石雨不知如何回答,一时间两个人无语地站在雨中。

石雨快五十岁了,可身体还不怎么见衰,匆忙中她穿得很少,特别是下身只穿着三角裤,露出林奇从不曾见过的两条大腿,惹得林奇心里又慌又乱。

一个女人突然在身后怪里怪气地叫起来。

"又是风又是雨,又有男又有女,这好像画里画的哟!"

2

卫生间里的水同屋外的雨一起哗哗作响。妻子齐梅芳从卫生间里出来后,告诉林奇洗澡水已准备好了。林奇坐在沙发上低头喝着闷茶，一点也不睬她。齐梅芳走拢来，说都这一把年纪了，未必还要我亲手给你脱，亲手给你洗。边说时，齐梅芳边伸出了手。她刚给林奇解了两个扣子，林奇忽然将茶杯重重一放，然后甩开齐梅芳大步冲进卫生间。澡盆里放满了热水，林奇一下子将它掀翻，地上突然涨起的水，从门底下的缝隙里漫了一些到客厅。齐梅芳在外面擂起了门，问他发什么疯，无缘无故地将一盆干净水倒掉了。林奇不搭腔，眼睁睁看着洗澡水将一只拖鞋冲入蹲坑里。林奇伸手拧了两把自来水开关，莲蓬头里喷出许多如线一般的水丝来。水很凉，淋在身上时，林奇禁不住打了一个寒战。他不由得想到一个问题，自己的确老了，早几年，一到七月份他无论如何也不会用热水洗澡的，哪怕是感冒生病也不例外。那时齐梅芳总说看他老了后怎么办。林奇一直熬到整整六十岁时才退休，别人在五十岁时就开始闹退休，最晚的也没熬到五十五岁。其中一些人退休后被乡镇企业聘去，狠赚了一大笔钱。石雨的丈夫马铁牛是这些人中赚得最多的，可惜他拿钱不当钱，跑到深圳去炒股票，赔了个精光不说，还欠了人家一大笔债，被扣在那里作人质，五年时间没回家过一次。

又有人在敲门，但没有作声，敲了两下就没动静了。

用凉水冲过后，林奇心情好了些，他用一条干毛巾在身上反复擦了几遍，直到被凉水泡紧了的皮肤又松弛开来。林奇穿上衣服打开门，一眼看见儿子林茂坐在客厅沙发自己先前坐过的位置上。

林奇正要进到房里去，林茂叫住了他。

"你得吃几片感冒药。"

"又没毛病，吃药吃得钱响！"

"这种天洗冷水澡，得防着点。"

"我是怕厂里没钱报销医药费。"

"还没到这种地步。"

"我看呀农机厂离铸造厂现在的样子也只是某月某日的事了。"

林奇将桌上放好的几片药塞进嘴里，喝了一口茶水，才回过头来问儿子。

"你又办了一个公司？"

"是的，还想找人合资哩！"

"合不合资我不管，可你不能将厂里的资金抽走了。"

"那怕什么，公司还不是厂里的。"

"我见得多了，厂是大家的，公司是少数人的。"

"爸，没想到你在车间干一辈子，却对世上的事看得如此清楚。跟你说实话，我得为自己留条退路。"

林茂狡猾地笑了一笑。

林奇对儿子的笑很不满，转身就进到自己的房里。

林茂也起身往楼上走，刚爬了两级楼梯，林奇又从房里钻出来。

"你告诉龙飞，叫他别找石雨家的麻烦，人家不是有意朝他车上泼粪的。"

第一章

　　林奇在床边愣了一会儿。齐梅芳已在床上躺好了，闭着眼睛不看他。林奇想在床的另一头睡，又下不了决心，便借口要关客厅的电灯，在房门外面站了站。林奇终于按了一下墙上的开关，屋子顿时黑下来。林奇摸进房里，依然在妻子身边自己的老位置上躺下。

　　林奇身子还没放稳妥，妻子一翻身将一张老脸贴上来。

　　"我还以为你会生气睡另一头。"

　　"莫以为我会同你一般见识。"

　　"你若是不睡这半边枕头，我会真起疑心的！"

　　"都当面说我们是一幅画了，还没起疑心——鬼才相信。"

　　"我那叫幽默，是从电视剧中学来的。你是大老爷们，千万别像我们女人一样小心眼儿。"

　　"你也别老用这条理由给自己做挡箭牌，好像女人小心眼儿就对，男人小心眼儿就错。就说刚才，你那样一诈唬，人家石雨会怎么想，她要是小心眼儿起来该怎么办！"

　　"那也不怕，有你去解释一下不就冰消瓦解了。"

　　窗外电光猛地一闪，跟着就是一个炸雷。齐梅芳一下子钻到林奇的怀里。林奇用力将她搂了一下，这已经是他表达性爱的最后方式了。妻子比他更差，连抱他一下也懒得做了。林奇叹了一口气，他知道齐梅芳这么做是想勾起自己对往日年轻时情爱的回忆。

　　雷声过后，曾经小了一阵的雨又重新猛烈起来。虽然是楼房，林奇也能感到雨打在瓦脊上的那种凶狠劲。他一只耳朵听着窗外的雨声,一只耳朵却在留意隔壁石雨家的动静。

隔着墙有咣当声传过来。接着又有几下音质不大一样的声音传过来。甚至还有两个女人说话的声音。林奇忍着不作声,妻子也像是憋住了自己。

后来,还是林奇先开口。

"隔壁屋里像是又在漏雨。"

"入梅之前下小雨都漏,这么大的雨还能逃得脱!"

"石雨也够为难的了,就那么一点工资,要养活母女两个,换了你怕是哭都哭不过来。"

"你也别老以为人家好,若有机会我不会比她表现差。不过话说回来,谁叫我有福气摊上的男人比她好哩!"

"可那时你不是也成天逼着我早退休,像马铁牛一样到乡镇企业里去挣红包钱。"

"我不是说了你的好吗?就是因为你没学马铁牛,所以你比他强。"

"不过,我还是不大相信,人家一个债主怎么会将马铁牛一扣就是五年,是不是其中还有别的隐情。"

"我想也是,蹲五年监狱犯人也知道找办法逃跑,人家总不至于将他关在监狱里吧!"

"不管怎样,老马是该回来照顾一下家,起码漏的瓦该捡一捡,换一换。"

"这都是远水救不了近火的事,等天晴了,干脆你帮她捡捡这漏吧!"

第一章

　　林奇其实早就等着妻子开口说这话,但他故意显得不积极,也不当回事。

　　"这倒也是个办法,可以试试。"

　　"你别打我的马虎眼。什么可以试试,你巴不得现在就爬到人家屋里去。"

　　"这话算你说对了,我这就去。"

　　林奇从床上爬起来,到卫生间撒了一泡尿,顺便从窗户里向外看了看,正碰上石雨家窗户上的灯光忽地熄灭了。林奇感到黑洞洞的窗口里有一双眼睛正往外瞧着。他将头和身子尽力向外伸去,在大雨中小声说了一句。

　　"都漏成这个样子,该换一换瓦了。"

　　那边窗户里果然轻轻嗯了一声。

　　再回到床上时,林奇心里轻松了,心情也好起来,就同妻子说起女儿女婿的事。提起这个话题,夫妻俩的话特别多。

　　女儿叫林青,只比林茂大十三个月,一参加工作就在铸造厂钉住了脚。女婿叫何友谅,林茂没当干部以前他就是农机厂副厂长,现在依然是副厂长。在林奇和齐梅芳内心里,他们真正喜欢的是女儿和女婿,尽管儿子林茂和儿媳妇赵文对他们很孝顺,这种看法也一直没改变。可是奇怪得很,自从三年前农机厂改造,林茂从一个普通的车间主任,一跃成为厂长以后,何友谅就再也没有踏进过这个家门,就连亲女儿林青一年也回不了一次。问他们是什么原因,他们总推说没有,就是很累,不想动也不想出门转。细看细想,这话也不假，林奇和齐梅芳无论何时去他们家，女儿女婿总是齐整整地待在家里，外带上小学的外孙跑跑，一家三口从没缺少过谁。若是偶尔碰上缺也是三个人一起缺，回头问时，必定是他们一齐上街买东西去了。

　　林奇告诉齐梅芳，上午他在街上看见林青了，她一个人在街上转了半天，像是在寻找什么。他当时就要上去问，赶上一个人上了三轮车，要去看守所探监，等他从看守所返回，女儿已不见了。林奇的话提醒了齐梅芳，她记起前两天石雨告诉自己，说是在工商所门口碰见了林青，林青好像是要办什么执照。夫妻二人在床上分析了好久，最后得出结论是，女儿女婿住的房子是临街的一楼，他们有可能是想将阳台改造一下，办个家庭商店。反正铸造厂停产，闲着也是闲着。至于别的他们觉得不可能，办服装店，他们没能力一星期跑一趟汉口到汉正街进货，摆小吃摊就更不可能了，起早摸黑的那个累，不是穷到没办法，谁会像要饭的一样沿街摆个摊，人被烟灰熏得像个黑鬼，家里的事一点也顾不上，还不时受到红黑二道上不三不四的人的骚扰。

　　这时，齐梅芳像是想起什么，一下子就转了话题。
　　"听说昨晚铸造厂的人在街上闹事，你也在场？"
　　"是在场，我还帮忙劝解。"
　　"这么大的事你怎么不回家说一声，万一有什么牵连，先知道了我也好有个准备，免得说话同你对不上茬儿。"
　　"你是将这些当成坏事呀！他们感谢我都来不及哩，不是我出面，说不定得死一两个人。"

"也别太得意，都知道你女儿在铸造厂，这事说不说得清还是未知数。"

"怕什么，说不清我就不说，看他们能将我生吃了！"

"还是多一手准备好，别同铸造厂的人掺和，他们是急红了眼，搞不好会出大事的。"

"那女儿也不管了，在报上发个声明脱离关系？"

"女儿是女儿，铸造厂是铸造厂。"

有一阵，林奇没有作声。楼上儿子的房中传出一阵吱吱声。他对这响声很熟悉，从楼房盖好以后，搬进来的那天晚上开始，每隔一两夜这声音就要响一次，如果儿子和儿媳妇有哪一个出门去，这声音就消失了，直到他们再次团聚。那声音是那架大床发出来的，一下一下差不多有着规律。林奇知道齐梅芳也听见了，他俩之间却从未有人提起这个，也没有人趁林茂和赵文不在家时，将那床修整一下。

齐梅芳也不说话了。

两个人默默地躺在床上，听着从天而降的声音，心里像是在享受着什么。那声音突然变得急促了，然后猛地斩钉截铁般果断停下来，林奇听见齐梅芳轻轻吁了一口气。

"踩了一天的三轮车，累吗？"

"你一说还真觉得是有些累。"

"那我来给你捶捶腰。"

齐梅芳爬起来，坐到林奇的屁股上，两只拳头时轻时重时缓时急地在那皮肤松垮得像是瘪布袋一样的腰上往往复复地捶着。林奇心里像是有一只小虫出现，但他怎么也捉不住，偶尔短暂地捉住一次，那小虫也不肯听指挥，不往林奇想让它去的地方爬。

后来，他俩几乎同时说出一句话。

"也不知道他们什么时候能生下一个小孙子！"

3

雨停了下来，天却还是阴的，浓云一点也没有散的迹象。巷子里没有人，林奇挥着竹扫帚将巷子从头到尾扫了一遍。雨后的街面很干净，石雨泼的那些粪没有留下多少痕迹。林奇扛着扫帚从巷口往回走时，远远地听见一声门响，接着石雨就出现在门口。石雨手里也拿着一把扫帚，门前一片洁净让她有些意外。林奇故意咳嗽了一声。石雨看了他一眼，脸上露出一些好看的微笑。

石雨用扫帚在光洁的石板街面上象征性地扫了几下，等着林奇慢悠悠走过来。

林奇也不越界，扛着扫帚站在自己家门口同她说话。

"怎么起这么早，又开始练气功了？"

"人都养不活了，哪有这份闲心。这月的工资到现在还没动静，怕是又不能按时发了，真是急人。"

第一章

"家里就没有一点周转的？"

"有周转的我会着急？"

"实在不行，我叫林茂先批一笔钱给你花。"

石雨没有说话，眼神里却接受了这份人情。林奇要她马上写张借条，然后在门口等着。石雨进屋不一会儿，就又站出来。林奇问她借多少，石雨说八百元。林奇吓了一跳，问她借这么多钱干什么。石雨告诉他，借公家的钱她根本就不打算还，就像厂里向银行借贷款一样。林奇知道石雨一个月只有两百多元的收入，为了供女儿读书，每逢开学时她就到医院卖血，给雅妹交学费。林奇想起昨晚将雅妹拉回来的经过，不但自己难受，还替石雨难受。林奇不知道雅妹是否清楚妈妈为她卖血的事，也不知道石雨是否清楚女儿出入夜总会的情形。

趁着街上还没有其他人，林奇压低声音对石雨说：

"中午下班后，你到博物馆后面来一趟，我在那儿等你。"

"我有要紧话跟你说。"

看见石雨脸色有些意外，林奇又补充一句。

这时身后屋里有了动静。齐梅芳从门里钻出来，头也没梳，扣子只扣了两个，她有些故作热情地同石雨打招呼。

"昨晚下大雨，屋里是不是又漏水了？"

"那还逃得脱？简直是一塌糊涂。"

"马铁牛也是少些谋划，若是赚的那钱不拿去炒股票，十层八层楼房也盖起来了。"

"还说那话干什么,我们母女俩都快将他忘了。"

"那可不行,一日夫妻百日恩,我家林青、林茂总是在说,炒股票有赔就有赚,高人都是放长线钓大鱼,说不定运气一来,一夜之间就变成了百万富翁。"

"这种梦不是我做的。"

巷口有汽车喇叭响了一下,跟着龙飞就将富康轿车开了过来。轿车调头时,林茂穿着衬衣打着领带从屋里走出来,他朝脚下看了一眼,见皮鞋上有些泥土便转身回屋寻了一块抹布弯腰擦了几下。

林奇冲过去,劈手夺下抹布。

"这是擦饭桌的,你没长眼!"

林奇一吼,赵文连忙从楼上跑下来,站到父子俩中间,一口一个甜蜜蜜的"爸"字,叫得林奇不好再说什么。林茂趁机溜出门一头钻进车里,门还没关好,就叫龙飞快开车。轿车走了半天,林奇还在屋里生闷气。妻子齐梅芳拉着儿媳妇赵文在一旁想尽办法劝他消气。

到最后,林奇冷不防说了一句:

"当厂长的人,连自家屋里东西都不爱惜,他会真心实意为厂里吗?"

"一块抹布,您也别这么上纲上线。"

赵文有些不高兴了,忍不住替丈夫分辩一句。

林奇不理她,只顾自个往外走。

石雨还站在家门口,手里攥着一张白纸。林奇似乎过了

第一章

一会儿才清醒过来,并意识到自己发火发得不是时候,将急着要办的事给忘了。他对石雨抱歉地笑了笑,说借钱的事,过几天再说吧。

一丝失望的阴影顿时掠过石雨的两颊。

林奇一时有些怅然。林奇朝儿子发的这通火的确有些故意小题大做,目的是让石雨看,让她意识不到自己变了主意,不愿帮石雨借公款了。林奇对石雨准备用大勺子狠狠在厂里舀一下,然后就赖账的想法很不满,这才有意制造这个机会,使石雨无法通过自己让林茂将借条批给财务科。

"我家要是开不了锅,说不定会真的砸那轿车。"

石雨冷不防丢下这么一句话。

林奇回到房里,拿起昨天换下的衣服,一只钱包都翻过了,踩三轮车挣的钱都在,单单就少了那张被撕成两半的百元大钞。林奇又找了一遍仍然没找到,便冲着外屋大叫起来。

"喂,你又搜了我的钱包,是不是?"

"你小点声好不好,有什么好吼的!"

见齐梅芳说话有些支吾,林奇几步窜到厨房,两手往她裤兜里一插,抽出来时,手里捏着的正是那张还没拼到一起的百元大钞。

"你太不像话了,像个特务,天天搜别人的钱包。"

"别说得这么难听,我见钱破了,准备帮你粘好。"

"我的政策已经公布了,每月的退休金我一分不留,都给你,别的收入请你给我自由支配权。"

"好吧,你自由了!我只想问一句,这么大的钞票怎么会不小心撕成两半?"

"心里发烧,自己撕着好玩。"

林奇不想将雅妹的事告诉齐梅芳,并非担心她在外面瞎说,林奇实在不想同妻子过多地说石雨家的事。林奇找了一瓶胶水,趴到桌子上,将断口小心地对齐了,然后贴上一张白色纸条。钞票还有些潮,林奇要赵文将电吹风拿过来。电吹风呜呜响了一阵,只几分钟钞票就干透了。林奇将它举起来,对着窗口的光亮看了看后,忍不住说了句:

"还以为是假钱哩!"

吃过饭,赵文先走了,她在文化馆上班,平常总在家里睡懒觉,今天是发工资的日子,所以去得早一些。

林奇放下筷子也要走,齐梅芳喊住他,要他随自己一起到女儿、女婿家看一看。林奇没有作声,独自在家门口摆弄三轮车,他先给车胎打了一些气,又用干抹布将车篷里的雨水揩干净。做完这些事,林奇才爬到后座上坐下来。有人喊了声:"石雨!"林奇没有回头看。他知道这是本厂的街坊在邀她去上班。石雨屋里传出了一声回应,接下来又听见她吩咐雅妹起床后去菜场买一块豆腐。

上班的人说着话从三轮车旁边走过去,大家都同林奇打招呼,也有人说他不会享福,当厂长的儿子收一只红包就抵得上他踩一个月的三轮车。林奇说他现在就是想分清,儿子是儿子,老子是老子。

第一章

上班的人都走后,小巷像夜晚一样静下来。

齐梅芳不知在屋里忙些什么,一直没有露面,林奇忽然觉得有些困,眼睛一闭竟睡着了。齐梅芳在屋里弄些给小外孙跑跑吃的葱花薄饼,花了将近一个小时,出门后听见林奇正在打着呼噜。齐梅芳没有弄醒林奇,她将小包袱放在后座上,骑上三轮车向前踩起来。

迷糊中,林奇做了一个梦,梦见自己正在手把手教石雨操纵铣床。铣床有些晃动,石雨总是把握不住。他忍不住说了石雨几句,石雨就哭起来。这时,忽然有人推了他一把。他睁开眼睛一看,是齐梅芳。

"警察要查你的执照。"

齐梅芳冲着还不大明白的林奇叫起来。

齐梅芳身后果然站着两名警察,其中一个大盖帽边沿处还露着一些白色纱布。林奇发觉蓝桥夜总会就在对面。一问才知道是齐梅芳将自己拉到这儿来了。警察不认识齐梅芳,他们从未见过县城里有女人踩三轮车,便拦下了他们。两名警察都认出了林奇,连忙递烟给他。林奇不会抽烟,其中一名警察便转身到街边的售货亭里拿了一瓶矿泉水塞给他。警察告诉他,省地联合调查组已经赶来了,可能有人要找林奇做调查。

林奇说:"我不会说假话作假证!"

警察们相视一笑,挥挥手让他走了。

林奇对警察脸上那种成竹在胸、胜利在握的表情有些恼火，就忍不住多说了一句："我不信会有人敢与工人阶级作对！"

林奇同妻子换了一下位置后，踩着三轮车在大街上飞跑。

一群警务人员正在收拾街两边的碎玻璃和烂桌子、烂板凳。不远处许多人在默默观看。警务人员中也没有人说话，一个个只顾低头将地上的废物弄起来，扔到一辆垃圾车上。再往前走，没被打烂的地方，铸造厂的工人又在那里搭起许多小吃摊。见林奇骑着三轮车过来，几个人同时冲着他喊林师傅，问吃过早点没有，如果还没吃什么，他们愿意免费让林奇吃个饱。林奇只是摆手，嘴里嗯嗯地不知说些什么，脚下一刻也没放松。

林奇在女儿家门前停下车，齐梅芳上前去敲了半天门，也不见有人回应。他们有些想不通，跑跑放了暑假，林青一直没有班上，这大白天会去哪儿哩？等了一阵仍不见人影，两个人便分开，各自做各人的事。

林奇一上街就接上一男一女两个外地客人。二人自称是来县里玩，想看看街景，要林奇拉上他们在各处逛逛。林奇开了三十元钱的价，他们没有还价，就答应了。那女的随即问有发票没有。话音刚落，男的马上纠正说不用发票。三轮车一启动，先是那女的问林奇的尊姓大名。林奇觉得她很像年轻时的石雨，对她颇有好感！便将自己踩三轮车之前做过的事都对她说了。那男的先是忍不住赞叹一阵，然后就随口问起前天晚上警察和工人打架的事。林奇开口就说，那全是

第一章

误会，你们肯定是听了街上的人瞎说，小心被那些不怀好意的人利用。林奇说着回头看了一眼后座上的人，其实他并没有看清他们的表情，这么做只是一种与客人交流的习惯，看得见或看不见都无所谓。女的问他事情是怎么闹到不可收拾地步的。林奇说，若论错，先错的是铸造厂的工人，他们不该占着街道不听县里的指挥。后错的是穿着警察服装的协警人员，不该一上来就乱砸乱抢。如此粗暴一下子就让人想起伪政府时的伪警察，这才将工人们激怒了。说着话，林奇又回了一下头。这一次，他看到车上的两个人正在交换眼色。林奇在兴头上没有留意这个，他继续说，这件事若论处罚，第一应该处罚个别穿警察制服的人。一般的人总是责怪先犯错误的人，其实后出错的人更可恶，有点明知故犯的意思，知道别人错了，自己却用错误的方法对付别人，这样就会将事情从根本上搞复杂。有些人喜欢借执行公务来发泄自己的私愤，不对自己的行为负责，好像是为公家做事，出了问题也不怕，公家会替自己担待。

林奇忽然问车上的人，也不知道自己说得对不对。

那男的忙说有道理，这有点像足球场上先踢人的只能算犯规，但后来反踢的人就太可恶了，该吃红牌，罚他出场。

那女的却说，任谁都是人，遇到攻击还不能还击，那有什么活头？

那男的说，要还击也只能运用规则，运用法律制度。

天上又下起雨来。林奇停下车，绕着车身将车篷四周的遮雨布一点点地掖好。

这时那男的腰间的叩机响起来,他看了一眼后,马上跑到旁边的公用电话亭里打了一个电话。

林奇继续刚才的话题,对那女的说,其实这事根本就错在县里,上面来检查谁都知道是搞走马观花,将话说清楚让工人们避两天,等检查团走后再重操旧业,大家未必不肯听,未必不会体谅县里的难处。可是现在这些当县太爷的就是不愿将假戏对老百姓明说,实打实的假东西,还要做得像真的一样,哄别人也哄自己。这些年,街上摆小摊的不知被清理过多少回,从没有哪一次能维持三天。

那女的忽然问他,铸造厂的工人会不会继续闹事。

林奇想了想才说自己也不知道,如果不抓人这事大概就会平稳过去,假若抓了人,情况可能会不一样。

那女的说,如果真的抓人的话,最可能被抓的会是谁。

林奇说他不知道,那些人每个人都是领头的。

那男的从电话亭里走出来,同那女的悄悄耳语几句,然后告诉林奇,他们是联合调查组的,今天特意乔装打扮来访问他。林奇有些吃惊,不过很快就平静下来,问他们还坐不坐车,还问不问什么问题。那男的说,刚才组里呼他们,这会儿得赶回去。那女的掏了三十元钱出来。林奇坚决只收十元钱,他说只游了县城的一小半,只能收这么多。

林奇又开始在街边停车守候。雨下得无精打采的,风将它搅得不成形,在天空中乱窜。龙飞开着空车,在他眼前来回跑了好几趟,也不知在忙些什么。林奇最后看见龙飞时,轿车里一反先前的样子,竟然塞了满满一车年轻女子。

等了半天没有乘客,林奇开始踩着三轮车到街上游动。经过文化馆时,他看见赵文正在宣传栏前同一大堆人一起看着一个男人往宣传栏上贴着花花绿绿的纸。赵文起劲地叫着,高点,再高点。旁边则有好几个人同时在叫,歪了,歪了,向左边歪了。林奇转了一圈仍没拉到客,转回来后,文化馆宣传栏已没有人了。他下了车走过去看了看,才知道是宣传县里工农业生产形势喜人的文章。林奇真想往宣传栏上啐一口。

文化馆楼上突然响起一个女人的歌声,那声音很动听,林奇听了一阵后突然意识到这是赵文在唱,他赶忙骑上三轮车走开了。过去他只知道赵文是在文化馆搞音乐创作和辅导工作,没料到她的歌唱得如此出色。

正走着,一辆三轮车从后面追上来,骑车的人对林奇说,齐梅芳捎信,家里有事,让他马上回去。

4

林奇还没进门就听见小外孙跑跑的嬉闹声,一只脚刚跨过门槛,跑跑就扑过来吊在他的脖子上。林奇没有防备,脚下打了个趔趄,幸亏身子靠住门框才没有倒下。林青连忙跑过来，在跑跑屁股上用手轻轻拍了一下，让他别再像三四岁时那样淘气，外公年纪大了，受不住这么折腾。跑跑从脖子上溜下去后，林奇才看清女儿林青和女婿何友谅都回来了。

"真是稀客，终于舍得来家里看看！"

林奇顺口说了一句，齐梅芳马上出来打圆场。

"自家人说什么两家话，想来就来，不想来就不来，自家人就应讲个来去自由，就像对待台湾同胞一样。"

齐梅芳正冲林奇眨眼睛，何友谅在一旁先笑起来。

"妈妈真会做统战工作，下一次县里开政协会议，该请你去做专场报告。"

林青马上出面维护齐梅芳。

"你就当个受人排挤的副厂长，怎么对开会做报告那么有瘾！"

"这叫堤内损失堤外补！"

何友谅说着又笑了起来，不过这一次声音有些干涩，不比先前的那么自然那么明亮。

齐梅芳端了一杯茶上来递给林奇，又叫他到卫生间去洗把脸，去去身上的汗气。林奇往卫生间里走，齐梅芳借着给他拿热水，也跟进去。她一边将开水瓶里的水往脸盆中倒，一边小声同林奇说着话。

"他们邀齐了回来，像是有什么事要说明。"

"不会吧，若有事我们总能先听到些动静。"

"你刚进屋不知道。他们在门口等了半个多小时，见了我后两个人又不停地睃眼角。"

林奇用热毛巾在脸上捂了一阵,然后露出一双眼睛。

"等会儿你同他们说话,我带跑跑到楼上去玩,先套套小孩子的话。"

林奇洗完脸后,走出卫生间,一下子将跑跑扳倒,横抱着往楼上走,说是到舅舅屋里给他找点好吃的。林奇用脚推开林茂和赵文的房门。然后放下跑跑,让他到饼干盒里找赵文吃的零食吃。跑跑在饼干盒里乱翻了一阵,见没什么好吃的东西,便去开另一只方形饼干盒。这时,林奇正瞅着床头柜上放着的一盒避孕套出神。冷不防跑跑叫了一声,他一惊后,回过神来问怎么回事。跑跑用一只手捂着嘴,小声说了几个字。

"舅舅好多钱啦!"

林奇一愣,跑跑将那方形饼干盒打开,让他看清里面装着的满满一盒百元大钞。林奇有些慌,他从跑跑手中夺下饼干盒,盖好后放回原处。在领着跑跑往外走之前,林奇连续三次告诉跑跑,让他别将这事说出去。跑跑似懂非懂地说自己知道,说出去后会惹来强盗抢劫。跑跑主动同林奇拉了钩。这以后林奇才说这事谁也不能说,包括外婆和自己的爸妈。

下了楼后,林奇才想起主要的事给忘了。他连忙将跑跑拉进厨房,找出齐梅芳早上煎好的葱花薄饼,还没来得及说一个字,跑跑就高兴地跑回客厅。

林奇冲着齐梅芳轻轻摇摇头,自己找了个椅子坐下来。

他眼前尽是飘动的百元大钞,何友谅同他说话也没听见。

"老头子,友谅同你说话哩!"

齐梅芳大声提醒一句。林奇一怔之后,终于回过神来。

"什么事,友谅,你说吧!"

"友谅问你这一阵身体怎么样,血压高不高?"

林青插进来说了一句。林奇朝她挥挥手。

"我知道你们来是有事要说。说吧,早说早商量。"

林青和何友谅互相望了一眼后,林青先开了口。

"我们想将跑跑放在爸妈这儿,请爸妈帮忙带一带。"

"以前让你们将跑跑放在家里,你们不同意,怎么现在又改主意了!"

齐梅芳抢先说过后,林奇才表态。

"反正你妈在家没事,带跑跑是没问题的。但有两个问题得说清楚:第一,跑跑的学习功课我们没办法辅导。第二,跑跑在这儿吃住,生活费是不能免的。这样做你们也明白,主要是不让赵文说闲话。"

"没问题,亲兄弟明算账,跑跑跟我们也是要吃要花的。学习上的事你们也别操心,跑跑还算聪明,也自觉,作业上的事我们也从来没管,都是他自己自觉做的。"

林青连忙接上话。齐梅芳一把将跑跑搂在怀里。

"以后我每天都可以同小宝贝在一起了。"

"我不做宝贝,我要当大法官,谁搞腐败,我就审判谁!"

跑跑突然说出的一番话让林奇心里很不好受。他不让跑

第一章

跑往下说，回头问何友谅："你们是不是还有什么事没说？"

何友谅咳了一声，又望了林青一眼。

"林青打算在街上摆个小吃摊。"

"你们是不是想钱想疯了，靠小吃摊挣钱也发不了大财呀！石雨跟我说你们在办营业执照，我还不相信。不管怎么说，林青虽然在铸造厂工作，可家里并不像铸造厂的人那么困难，你们犯得着要吃这份苦吗？"

齐梅芳大着嗓门嚷起来。

林青马上低下了头。

"妈，若论吃闲饭，友谅肯定能养活我们母子俩。可我心里不踏实。厂里的人都在吃苦，我连街都不敢上，怕他们用那种眼光狠狠剜我！"

"你又没做亏心事怕什么！"

齐梅芳继续嚷。

林青忽然抬起头来。

"厂里的人不这么想，他们都以为友谅当副厂长，搞腐败捞肥了，我才可以当上悠闲的厂长太太。"

"我明白了，你们别再多说。就这样定了，跑跑由我和你妈带，你们都去干自己想干的事。"林奇顿了顿又说，"青儿，这时候你还能想着厂里的工友，当爸的也就宽心了。"

屋里的人一时都不说话，只有跑跑嚼薄饼的吧吧声。片刻后，林奇要齐梅芳和林青带上跑跑到别的屋里去，他同何友谅要单独说说话。他们走后，屋里只剩下林奇和何友谅。

林奇开门见山地说：

"一直以来你都不肯进这个门，是不是在厂里同林茂发生矛盾了？"

"林茂没有同你说什么？"

"他说你很不错，很配合工作，确实像个做姐夫的。"

何友谅苦笑了一声。

"我都快半年没事干了。"

"有这等事？那你这副厂长分管什么？"

"林茂说是让我分管工会，同时协助他管管财务，但他又规定财务上只能一个人一支笔当家，我就在会上将这事给辞了。"

"年前年后那一阵你不是常务副厂长吗？"

"因为我不同意他成立那个八达公司，他就翻了脸，将我换下来。"

林奇起身给何友谅的茶杯里添了一些水。

"你今天来我这里，是想同小舅子划清界限？"

何友谅张张嘴，却没有说出什么来。

林奇在椅子上坐了一会儿，又站起来。

"再怎么说，你也是这个家里的人，林茂有不对之处，你不愿对他说什么，可你不能不对我这个当岳父的说。你告诉我，你弟弟他在厂里到底干了些什么见不得人的事！"

"爸，你别急，其实我也不清楚。我只是感到他有些做法不对，特别是将供销与财务全部揽在自己手里。这在以前

第一章

是绝对不允许的。你也知道,这样干,若在其中做点手脚,谁也搞不清楚。"

"你是说他经济上有问题?"

"我真的说不准,有机会你去厂里走走,听听大家怎么说。"

"你真的不愿对我说真话?"

"爸,其实有些事你心里可能比我还清楚。我为什么同意林青上街摆小吃摊,我是怕用不了多久农机厂会落到同铸造厂相同的地步。"

林奇一时说不出话来,那装满钞票的饼干盒,将他的头塞得比猪头还大。

"你不打算帮帮他?"

林奇喃喃地说了一句。

"我试试看吧!"

这时赵文从门口走进来,见了何友谅忍不住夸张地叫一声。

"姐夫,这么长时间不见,我都快认不出来了。"

"我倒经常见到你,你在台上演出,我在下面当观众,没想到你演戏演得那么好!"

何友谅从沙发上站起来,迎着赵文说。

赵文这时又看见了林青和跑跑,她同他们打过招呼后便一挽袖子,系上围裙说是要亲自下厨给姐姐、姐夫做几道好菜。何友谅说不在这儿吃饭,当看见林奇神色不对以后,就放弃了坚持。他说要给厂里打个电话，免得万一有什么事，找不到自己。林青让何友谅给林茂省几角钱电话费，他十天半月不去厂里，也不会有人找他。何友谅还是给办公室打了个电话，说是自己现在在县政府办一件事，下午会到厂里去的。何友谅放下电话时，赵文用一根细得像嫩竹笋的手指点着他，说他同林茂一样，说假话从来不脸红。

趁着大家热热闹闹地说话时，林奇一个人悄悄地上楼去了。他推开儿子的房门，然后抱起那只方形饼干盒，继续向楼顶爬。天上还在下着小雨，高高在上的小楼楼顶被密不透风的葡萄绿叶遮住。林奇寻了一把铁锹，在种着葡萄的土堆中挖了一个深坑，将方形饼干盒用一块塑料布包好后，放入土坑，再将土坑仔细填平。

林奇回到楼下客厅时，大家正围着跑跑听他背诵唐诗。他听到"官仓硕鼠大如猫"一句时，两腿竟有些发软。见林奇神色有些不对，何友谅走过来问他是不是身上不舒服。林奇说没事，自己是在替林茂担心，打虎亲兄弟，上阵父子兵，一家人都无法共事，与别人共事难保不出事。何友谅劝他，说林茂就是出事也不是什么大问题，现在企业领导都这么干，能捞不捞的除非是超级苕，只要不做得太绝，上面的领导都会想办法保护。

听了这话，林奇一点也没有变轻松。

"都这样干，那工人怎么办，工厂怎么办？"

"上面不是老提倡自救吗！"

第一章

何友谅用一种鄙夷的口气说出这句话。

吃饭时,林奇看到雅妹从门前经过,才想起中午与石雨的约会。

他心里有些急。别人不知道,不停地说着家常话,饭菜吃得很慢。林奇早早就放下了筷子,但跑跑不让他离开桌子,举着一只饮料瓶不停地与他碰杯。最后还是何友谅发现他像是心里有事,便催促大家快吃快散,今天不是星期天,下午还有人要去上班。

好不容易吃完饭,齐梅芳又拉拉他的衣服,要他趁机将跑跑的事同赵文说一说。林奇不想说,他说哪有公公同儿媳妇说家务事的道理,又不是没有婆婆。齐梅芳说他威信高,说话效果不一样,一次解决了,免得日后又扯皮。林奇只好同赵文说。赵文满口答应,还说自己可以抽空辅导跑跑,让他在音乐上早点打上基础。

挨到下午两点多钟,林青和何友谅总算带跑跑走了。赵文也回到楼上,林奇赶紧骑上三轮车就往博物馆后面赶。

博物馆后面的树林里一个人也看不见。

雨已经停了,太阳还没出来。蝉在树上不停地叫着,也许是雨淋久了的缘故,那声音闷闷地有一种浑浊的感觉。林奇在树林里找了一阵,总算发现大树后有一个人。他匆忙绕过去,却是一个练气功的人。往后他再也没有找到第二个人。

天黑后,林奇回家吃晚饭。见屋里有林茂的客人,他瞅了个空钻进石雨家里。石雨也在厨房做饭,灶上只有一只南瓜和一块豆腐，冒着白汽的锅里煮着粥。林奇从钱包里掏出那张百元大钞，塞到石雨手里。石雨脸上没有表情，手没张开也没捏紧。林奇要石雨先将这笔钱用着，有什么困难以后慢慢再想办法。这时，林奇站在离石雨很近的地步。石雨只穿着一件薄薄的汗衫，光溜溜的脖子就在他的眼皮底下。

林奇不知为什么竟有些慌张，他连忙后退几步。

石雨转过身来，眼睛却没转过来。

"林师傅，我都用了你一千几百元了，不知以后有没有机会还！"

"还什么呀，我又不是没钱花。"

林奇看了石雨一眼。

"对不起，中午让你白等了，我有事实在离不开。"

"没什么，我正好也有事没工夫去，还害怕你一个人等急了哩！"

石雨说话时声音很小，而且是过了好久才接的话。

外屋忽然响起高跟鞋的嗒嗒声。

"妈，你今天中午一个人在博物馆后面逛什么，是不是同谁有约会？"

说着话，雅妹径直闯进厨房，猛地看见林奇，不由得愣了一下。

"林伯伯，你今天没出去呀？"

"出去了，刚回来，同你妈说点事。"

林奇掩饰地说。雅妹并没有在意他，她从背后拎出一块猪肉，一下子伸到石雨面前。石雨惊喜地问她从哪儿弄来的，雅妹说是她自己挣钱买的。林奇不好说什么，便告辞了往外走。石雨只将他送到厨房门口。林奇原以为石雨会送到大门口，那样他无论如何也要悄悄提醒她，将雅妹管紧一点，夜晚别让她出去。他往回看了几眼，石雨站在那里不再挪一步。林奇后来才明白，石雨误解了自己的意思。这是他在分析石雨明明去了博物馆后面，却说自己也没有去的动机后发现的。他同时也明白，自己的确有几分喜欢石雨。

5

昨天夜里林茂同赵文在房里边看录像边做爱，太投入了些，所以一坐进车里就想睡觉。实在忍不住时他就找龙飞要风油精。龙飞见他将风油精不停地往额头和太阳穴上搽，就在一旁笑起来。

"昨晚上是不是又辛苦地干活儿？"

"大清早的，别来荤的，太腻人！"

"正相反，荤的才开胃。嫂子到底魅力有多大，你到现在还不肯为她破戒？你以为天下只有一个好女人。其实，每个女人有每个女人的好处，非得尝过才知道。"

林茂不再答话，龙飞也机灵地将话题一转。

"昨晚那些东西差不多都送到了。就只有罗科长的门怎么也敲不开，我以为他出门去了，就一直在楼下等，等到半夜十二点，罗科长的门开了，却没有开灯，漆黑里走出一个女人。这时候再进屋那就太晦气了。罗科长这一份只好今天再送。我想他不至于一夜接一夜地连续作战吧！"

"别人说什么没有？"

"大家都说你的好话。"

"你可别听疏忽了，说不定其中有暗示。"

"这个你放心，我心里装着放大器哩！不过昨晚我倒听到别人——不是纪检，也不是监察和反贪局的——说有人在暗地里整你的黑材料。"

"谁？"

"同我一样，也是开车的。"

"你怎么不问清楚！"

"这种事现在遍地都是传闻，我给你开车这个他们都知道，我若是紧张地追问，他们不是更有话说了。"

林茂想了想，才低声骂了一声，大概觉得不解恨，紧接着又大声骂了一声，这才发牢骚。

"若是农机厂也像铸造厂一样，他们就没兴趣说这个了。"

八达公司设在县城通往省城的出口要冲处，一栋小四层楼修得很漂亮，却一点也不张扬。林茂自己任总经理，下面只有一个总经理助理，他为什么要这样安排，别人一点也不知道，只是猜测可能留着位置安排日后遇到要紧的关系。龙飞在外面一按喇叭，总经理助理王京津就从楼内快步走出来，

第一章

抢先一步打开车门，毕恭毕敬地迎着林茂。

走进自己的办公室，桌上茶水什么的早就准备好了，林茂一坐下就问最近几笔贸易的情况。听说只做成了一笔，林茂有些火，说自己都亲自做到七八成了，快到手的金子和银子怎么会飞哩。王京津说，最近一些事情总有些奇怪，看上去顺风顺水实际上暗流汹涌，眼看就要到手的合同最后一刻莫名其妙地被别人抢走。林茂想了想后没有再责怪王京津，只说以后专门找时间来研究这个问题。

王京津松了一口气后，开始汇报今天的一些活动。光是客人就有三拨：先是宣传部来人搞什么精神文明与物质文明建设的调查。林茂说他不理他们，由王京津处理，最多中午找个小酒店打发一顿。二是省里的一所大学有几个人来搞社会调查。林茂不等王京津说完，就吩咐到时每人给二十元钱误餐费，由他们自己出去安排，他没闲工夫陪他们。王京津说第三拨人是公安局的，他们明说是下来散散心的。林茂想也不想就叫王京津在蓝桥夜总会订个大一点的包厢，中午自己亲自陪他们。几件事情刚安排完，龙飞在一旁仿佛无意地说，文化馆好像是由宣传部直接管的。听见这话林茂不由得一愣，然后改主意说，自己到时抽半个小时陪宣传部的人谈一谈，吃饭地点改在一个有门面有空调的地方，走时每人送一件价值七八十元钱的衬衣。

这时，赵文打来电话，说宣传部的人要来，让林茂接待热情一点，同时让林茂顺便提提她申报中级职称的事。

林茂放下电话后，又叫王京津干脆将宣传部的人都安排到蓝桥夜总会去。

　　应付完这些后，林茂从抽屉里拿出一沓合同，一份份地细看。外面不时有动静，王京津不时悄悄进来通报情况，大学里搞社会调查的人来得最早，也最认真，问的一些问题让王京津不知怎么回答，只好来请示林茂。有些问题，林茂也不知道怎么说好。幸好宣传部的人来了，林茂才没有在王京津面前张口结舌。宣传部的人好应付，无非是些官样文章官样话，大家都心领神会地半遮半掩，内心并没当真，说正经话时少，开玩笑聊天的时候多。林茂不失时机地同他们说起赵文评中级职称的事，来的几个科长都答应帮忙。反过来他们也要林茂给他们帮个忙，目前不但全县、全地区都没有哪家贸易公司成为双文明示范单位，他们有心要将八达公司扶上去，但要林茂从中密切配合。经济指标好说，关键是精神指标，公司内要做到无犯罪、无赌博嫖娼等。宣传部的人说得正起劲，龙飞在一旁忍不住笑起来，问找情人包不包括在内。宣传部的人说那是你老婆管的事。满屋的人都笑起来。

　　像是笑声将门踢开了，一个清瘦的老头儿走进来，后面还跟着一个年轻人。

　　老头儿扫了众人一眼，然后径直走向林茂。

　　"很冒昧打搅，想必你就是林茂林总经理吧？"

　　"这是许教授，博士生导师，研究经济学的。"

　　林茂点头时，那个年轻人抢着将老头儿做了介绍。

第一章

林茂忙解释说自己正在忙，无法亲自接待。

许教授毫不掩饰自己的情绪说了一通。

"你可以直接说不愿接待我们，但不应该说谎，用谎言当武器，最终伤害的只能是自己。你这种伎俩我见得多了，正因为这样我才会不顾尊严、固执地调查你们这样的人群。为什么，因为我是在想着民族的未来，在想着大家的孩子和后代将会生长在一个什么样的社会背景里。我了解许多如同你一样的企业总管，他们都自称，只有像他们这样的人才能掌握这个国家的明天。因此，我受着一个有良心的知识分子的责任的驱使，必须彻底解剖你及你们。现在你给我听好，我只问你几个最基本的问题。一，八达公司同农机厂是什么关系？二，八达公司的资金是自己积累还是由农机厂提供？三，八达公司如何使用自身创下的利润？请林总经理如实回答。"

林茂被许教授的一番话镇住了，就是县里的一把手江书记和二把手罗县长也从没有在自己面前说这样的重话，他几乎是如实做了回答。

"第一，八达公司和农机厂各为独立法人单位，但在行政上接受农机厂的领导，它们之间的关系应该是相辅相成。第二，在资金上通过项目合作等形式，由农机厂向八达公司提供一部分，其余的由自身去积累。第三，公司所创利润，用于公司的进一步发展。"

许教授说了声谢谢，正要转身走开，林茂叫住了他。

"请问许教授,能否给点赐教。"

"我很佩服你们的赤裸裸和明目张胆,而且手法如出一辙!"

许教授向大家扫了一眼,满屋的人都感受到那傲骨的压力。

门开了又合上,屋子里有些压抑。宣传部的一位科长说他在大学学中文时就听说过,这位许老先生是有名的诤言大师和谏臣,只要一上课就免不了对当前的经济战略提出批评。

龙飞忽然拍了一下茶杯。

"现在也只有在大学里还养着这样的老怪物。"

"你懂什么,到外面洗车去。"

林茂不高兴地大声说了龙飞一句。龙飞真的起身出去了。龙飞刚走,王京津就进来报告说许教授他们要走。林茂想了想后让屋里的人稍等,独自起身往屋外走。

许教授已走到大门口了。林茂疾走一阵追上去。

"许教授,不到之处您老多包涵。"

许教授回了一下头。

"我包涵顶什么用,关键工人们包不包涵,你自己的历史包不包涵。"

"其实我们也是在找出路,老企业老样子肯定是不行的。"

"年轻人,我不说比你明白,起码有些事想瞒我是瞒不了的。在我看来,八达公司实际上就是你私人的企业。不只是你一个人这样做,现在好多人都热衷如此,想尽办法尽快将国有企业变成个人财产。"

"那您说还有什么其他办法？"

"不知道！邓小平说摸着石头过河，要么去问邓小平，要么去问河里的石头。"

林茂让龙飞开车送许教授回招待所。车太小了，人多挤不下，许教授自己不肯特殊，硬是同助手和学生一齐走着离开八达公司。

看着他们一步步走远，林茂内心有股说不出的滋味。

龙飞开着车走了，他要到城内拉几个陪酒的女孩来。

林茂返回屋里，宣传部的人也摆出一副要走的样子。林茂说了句吃完便饭再走，他们马上轮番拿起林茂桌上的电话通知家里人，中午饭不回来吃。

外面忽然响了几声警笛，林茂赶忙收拾好桌上的东西。

刚锁好抽屉，公安局的几个人就大模大样地进来了。

"林厂长，今天你可得好好慰劳我们一下。"

林茂见他们中没有一个正儿八经头头，心里就有些后悔，不该让王京津订蓝桥夜总会的大包房，还答应亲自作陪。说话的叫张彪，是县公安局内保科的，他一屁股坐到林茂的椅子上，两手就拉抽屉。

"什么好烟不拿出来抽，还要上锁。"

"我不抽烟，锁烟干什么。里面都是一些业务文件。"

"该不是哪个相好写来的情书吧！"

张彪拍了拍林茂的肩，回头又同宣传部的人打起嘴巴官司来。

都是在县城里做事,大家相互认识,谈起话来也没个谱,无非是比着贬对方。先是说民间流传的顺口溜,到后来就各自发挥自己的语言才能,现编现说。

趁着他们相互取闹时,林茂溜出来要王京津将中午饭改个地点,找个档次低点的。王京津刚打完电话,张彪就跟出来,要林茂给他个面子,他在弟兄们面前吹了牛,中午上蓝桥夜总会潇洒一回。王京津忙解释说,已在花好酒店订好了座,这时退人家肯定会要赔偿的。张彪马上抓起电话要同花好酒店的老板说。林茂连忙拦住他,说这事不用他操劳。他朝王京津使了个眼色。王京津马上给蓝桥夜总会打电话,重新要了刚退的包房。张彪又拍了一下林茂的肩膀,说以后有什么难处尽管找他。林茂马上开玩笑地问了一句,说他现在就有件事要他帮忙,近一段差不多每个企业的一把手都被告了状,他自己不知被人告了没有。张彪说既然各企业的老板都是在劫难逃,那又何苦要问哩!林茂冲着张彪笑,心里却很沉重,他把张彪的话当作了暗示:的确是有人在告他的状。

这时,龙飞用车载了几个女孩来。

女孩们一个比一个长得漂亮,林茂见了还是生气,骂龙飞不知道厉害,拖到夜总会门前不会有人太注意,可拖到公司里来就不一样了。龙飞回头时,果然发现路边站着不少观望的人。他赶忙招呼那些女孩上车,先将她们送到蓝桥夜总

第一章

会。回转来，龙飞又开始一车车轮流往那里送宣传部和公安局的人。最后一车本来可以装下林茂，他不肯一起走，说有个客户要紧急联络一下，让龙飞再跑一趟，单独接他去。

别人都走后，林茂关上门给县委江书记家打了个电话。

接电话的是江书记的妻子，林茂让她转告江书记，今晚要来家里汇报工作。放下电话，他将抽屉打开，从特制的夹层里取出一叠现金。他突然想起张彪的话，若是真有情人给自己写情书，这会儿说不定能带来些快活。他试着往文化馆挂了个电话，没想到接电话的正是赵文。赵文问他有什么事。他说没事就是想同她说几句话。赵文在那边小声说，若是他不怕累，晚上他在床上想怎么说就怎么说。赵文那充满诱惑的话果然让他心里好受了一些。

龙飞开车来接他了，同时带来一个意想不到的消息，农机厂十几个爱捣乱的工人不知从哪里得到消息，抢先将王京津订的"AC米兰"包房占了，说是厂长请客他们也该有份。王京津怕闹大了出洋相，只好再要了一间包房。

林茂什么也没说，直到车停在蓝桥夜总会门口时，他才开口。

"客人由我负责，你去替我陪那些杂种，菜由他们点，酒由他们要，让这帮狗东西吃好喝好，但不要让他们喝醉。回头发票另外开，拿回去到农机厂报销。"

"我一个人可能玩不过他们。"

"放心，他们见了好酒好菜就顾不上你。到时你就用白水陪他们。等他们喝得差不多了,再想办法将背后指使的人从他们嘴里挖出来。"

林茂下了车往大门里走,礼仪小姐含着笑用普通话称他为林老板,说欢迎林老板光临蓝桥夜总会。林茂用眼角看了她们一眼,径直往名叫"尤文图斯"的包房走去。到了"尤文图斯"门口,他愣了愣,复又折回来,女服务员以为他在找洗手间,就要给他领路。林茂拦住了她,独自走向楼梯口然后爬上二楼,悄悄地走近"AC米兰"包房。包房门紧闭着,听不见里面的动静,问过站在门口的女服务员,才知道占着包房不肯走的十几个工人还在里面,林茂似乎明白这些人内心其实很紧张,害怕自己给来硬的,让夜总会的保安人员将他们轰出去。

林茂经过"阿贾克斯""巴塞罗那""弗拉门戈""圣日耳曼"和"斯图加特",回到"尤文图斯"门口时,听到张彪在里面叫,林茂的厂长还不如让给他当,他若当厂长,厂里的人绝对不敢抢包房、占酒席。

林茂推门进去,同时说:"张彪你说话可得算数,从现在起我们就换个位置。"

张彪嘴里说:"行行,现在就换!"一边说一边将林茂按坐在一个女孩的怀里。

女孩娇滴滴地说,谁要换走她的林老板,她就要殉情。林茂从女孩怀里站起来时,女孩有模有样地做出一副悲痛欲绝的样子来。林茂挨着她坐下,一问女孩果然是在地区艺校学过表演的,毕业后分到县剧团,剧团已经瘫痪了,先前的人只发三分之一工资,后来的则一分钱也没有。林茂记住了她的名字。

这女孩叫袁圆,长得小巧可人。

6

宣传部的人说,秀才遇上兵,有理说不清。

公安局的人说,兵遇上秀才,有尿屙不出来。

两家客人在席上举着筷子和酒杯打仗,将林茂和王京津晾在一边。

袁圆不时凑过身来主动同林茂说话,身上的某些部位也有意无意地贴着他。

林茂心里有事,想早点脱身,一直盼着身上的叩机或手提电话响起来,那样就有了借口。可这两件平日响个不停的物什,竟像哑了一样。袁圆看出了他的心事,就问他。林茂灵机一动,就让袁圆去帮忙打个叩机。袁圆瞅着他的手提电话笑了笑,什么也没说就到外面找电话去了。几分钟后,林茂腰间的叩机响了。他取下叩机看了一眼,马上拿起手提电话,拨了一个号码,装模作样地说了几句。放下手提电话,林茂对大家说了声对不起,厂里有点急事,得马上赶过去。

连张彪在内,没有人认真留他,宣传部的一个人甚至说他走不走都没事，只要有人买单就行。

没想到袁圆在走廊里等着，还拉了一下他的手，一副不舍的样子让林茂心里一动。林茂要给她名片，她说她已经拿到他的呼机号码了。

林茂这才知道袁圆是个极聪明的女孩。

袁圆说她以后会经常呼他。

林茂想听听"AC米兰"包房的动静。一上到二楼，就听见吼声雷动，一片熟悉的声音震得门外站着的女服务员不时捂着耳朵，见到林茂她们都忘了放手。

见里面的人只顾闹酒，林茂就放心地离开了。

没有车，林茂一个人沿着大街慢慢走，好在下了几天的雨总算停了。不时有三轮车从身边驶过，并问要车吗。林茂看也不看就说不要。他从来不看三轮车，害怕看见父亲林奇。他同父亲说过许多回，甚至哀求过多次，要父亲别去吃那份苦，踩什么三轮车，就在家里享享清福。父亲执意不肯，比上班时还积极，每天起早贪黑，风雨无阻，成天踩着三轮车在街上转。挣点血汗钱也不知道他干什么花了。大概是轿车进轿车出的缘故，他从未见过父亲踩三轮车的模样。因为现在是走路，他有意低下头，不往四周看。经过博物馆门前时，路面上有许多水坑，他禁不住抬起头来，想找条可以通过的路。

正是这一举目，林茂看见父亲踩着三轮车迎面驶来。

林茂有些不知所措，弄不清楚自己该不该同父亲打招呼，

第一章

甚至有没有同父亲打过招呼他也不清楚。犹豫之际,父亲的三轮车与他擦身而过,轮胎碾轧水坑溅起的泥水,将他的一只裤腿和两只皮鞋弄得惨不忍睹。他不相信,父亲在这么近的距离内,竟然没有看见自己。父亲踩着三轮车匆匆往前走,绕过博物馆笔直往树林中钻去。他一时奇怪,竟然寻踪跟了过去。

父亲在树林中间转了两转,然后就下了车,朝一棵大树后面的一个人走去,并在那人面前站了片刻,再继续往树林深处走,眼看不见了,又在另一条小路上出现。林茂躲在一边,父亲从他身边经过时,脸上分明有一种惆怅的神情。他知道父亲一定是来找人的,至于找谁,他实在猜不出。这地方一向是人们练气功的去处。但他不相信父亲是来找气功师的,父亲一直不相信这些旁门左道的东西,每每总说这些与牛鬼蛇神是一类。

因为有事,林茂没有继续盯父亲的梢。

林茂一进农机厂大门,业务办公室主任李大华就迎上来说,加工车间同装配车间的工人打了起来,好多人受了伤。林茂听说是下午上班前十分钟的事,就责怪李大华怎么不早点叫自己回。李大华说打他的手提老打不通,只好给他发叩机,但没有听见他复机。林茂说他哪里收到什么叩机。说着就取出叩机,正要递给李大华看,却发现显示屏上有信号。他按了一下键,还真的显出"厂里有急事请速回"字样。林茂明白,自己一定是误会了,以为紧接着响的第二遍是总台

049

在重叩。

　　进到办公室,他先听李大华汇报:装配车间的人趁午休时,将加工车间加工好的零件偷走一批。不巧被加工车间的一名女车工发现,就上前去质问。装配车间的人仗着当时人多,不但不认账,还说了一大堆丑话侮辱那名女车工。后来加工车间的人陆续来了,两边一对垒,就打起架来。

　　林茂到医务室看了看,电扇搅起的热风中,八个血流满面的工人乱七八糟地歪在屋子里。刚好一个车间四人,已经很少能动弹了,却还分成两堆。眼睛看着林茂,手却指向对方。林茂没理他们,先问厂医这些人要不要紧。厂医说都是些皮肉之伤。林茂放下心来,吩咐厂医每人给一瓶冰镇矿泉水,让他们降降心火。加工车间的人没作声,装配车间的人倒先叫起来,要林茂主持公道,严惩打人凶手。

　　从医务室出来,林茂迎面碰上何友谅。

　　两人互相点了点头。林茂没有打算说话,何友谅却主动开了口。

　　"有事要我帮忙吗?"

　　"小平同志差一个牌友,你去吧!"

　　林茂没料到何友谅会主动提出这个问题,他本想开个玩笑将他对付过去,话出口后,才知道这个玩笑开得太不对了。他以为何友谅会趁机翻脸,不料何友谅笑了起来。

　　"我还不够这个资格。再说,我也舍不得厂里为这事花钱,专门配一架飞机。"

林茂也笑起来。好长时间了,这是他们俩第一次面对面地笑。林茂觉得自己也该有所表示,就让何友谅同他一起处理两个车间打架的事。

李大华已将两个车间的正副主任都叫到了会议室。林茂和何友谅进去时,加工车间主任胡乐乐正同装配车间主任金水桥在相互对骂。胡乐乐虽然是女人,嘴巴却厉害得很,每一轮对骂金水桥都处在下风。金水桥说加工车间的人是土匪,胡乐乐说装配车间的人是惯贼。金水桥说加工车间是鸡窝,胡乐乐说装配车间是鸭棚。金水桥说没有装配车间,加工车间就是只知道吃不知道拉的苔。胡乐乐说没有加工车间,装配车间就是只能将自己当成大粪从大肠拉出来。

林茂说了两遍他俩还没住口。

何友谅忽然上去一把将他俩扯到会议室中间站着,说你们干脆再打一架定个输赢。胡乐乐和金水桥只挺了一会儿就蔫了。何友谅又将他俩按到一条长椅上坐下,自己坐在二人中间。

林茂要他们说,到底是哪一方先动的手,双方争执了半天后才弄清,先动手的是厂外的一个男人。那男人是最先发现零件被偷的女车工的丈夫,因为妻子中午没有回去吃饭,就来车间看看,正赶上别人用脏话说自己的妻子,他二话没说,捡起一块废铁将骂得最凶的那人的头砸破了,才引起一场混战。

何友谅追问装配车间主任,是谁出主意让他们到加工车间偷零件的。

金水桥矢口否认有预谋,说这完全是工人们自己要干的。

何友谅冷笑起来,说若是偷一两个零件,他还能相信是个人行为,可能是在装配时将零件弄坏了,想偷偷补上,免得到时查出来得赔偿。但是整箱整批地偷,硬说是一个人干的,鬼都不会相信。

听何友谅一说,林茂心里也明白了。

林茂上任后对各车间实行了全面承包。材料是死的,由厂里通过各个环节发到车间,各车间赚到的只是有效工时的加工费。若在加工或装配时将材料弄废了,各个车间只能用加工费来抵,一个弄成废品的小零件,得用许多有效工时才能相抵,所以能偷一个零件补上不小心造成的废品,对一个人来说要减少很大一笔损失。对一个车间来说,能偷偷增加一批零件,则是一大笔收入。林茂不想在这个问题上深究,担心会因此激发全厂工人对承包方案的不满,再说各车间相互偷,东西还在厂内,厂里并没吃亏。

他打断何友谅的话,说这是个别行为,别闹大了,搞得人人自危。

话题归结到打架的问题上时,两方都不让步,一要厂里秉公处理,二要对方承担受伤人员的医疗费和误工工资。双方相持不下时,林茂想起了张彪。

"我有两个方案,第一是希望大家能相信我这个当厂长的没有偏心,那么这事就在厂内处理。第二是如果大家对厂

第一章

领导不相信,我就不再管这事,让李大华上报到公安局内保科,叫张彪他们来处理,该抓该罚都由张彪说了算。"

林茂说这话时,眼睛特别盯住金水桥,他知道这事十有八九是金水桥暗中策划的。

果然,金水桥先软下来,说是不相信厂长还能相信谁哩。

接下来胡乐乐也松了口气,说这事还是不让外人插手好。

林茂也不征求何友谅的意见,就开口表态说,双方的医疗费和误工费都由厂里负责,至于参加打架的人,先记录备案,再看他们在生产生活中的表现,留待以后再处理。当然,偷拿的东西必须如数还回去。胡乐乐和金水桥对林茂如此宽厚的处理感到有些吃惊,二人互相看了一眼后一齐点头同意了。

林茂要他们握个手,以后还要好好合作。

胡乐乐和金水桥勉强握了握手。

林茂见了马上说,不行,得拥抱才行。

胡乐乐瞅了金水桥一眼,连忙往旁边躲。

金水桥一下子来了神,说厂长下了指示不执行可不行。他往前一扑,胡乐乐赶紧往林茂身后闪,谁知林茂趁机抓住她,让扑过来的金水桥搂住后在她脸上狠狠亲了一下。胡乐乐挣扎着大叫起来。金水桥放手后,她一边擦着脸,眼泪差一点流出来了。

林茂将他们两个分别看了一眼后,觉得胡乐乐如此伤心是应该的,尽管她长得不算漂亮,可是金水桥的样子更丑,特别是那一嘴大黄牙。

"你像是吃屎的狗!"

胡乐乐委屈地小声说。

金水桥愈发乐得合不拢嘴。

林茂知道必须给胡乐乐一点补偿,就请她晚上到家里去吃饭。

何友谅一直在旁边不作声,见他们都要走,才站起来说自己有建议。他说这事在头头之间算是解了冤结,工人之间的冤结解没解开还很难说清楚,他建议厂里抽几个人同门卫一起,加强内部守护力量。他差一点说出林茂搞的这种承包核算方式,太容易勾起某些人占别人便宜的欲望。何友谅顿了顿才将这话改成另一种面目说出来,他预计这事还有可能发生,再发生时,问题可能更严重,因此必须防患于未然。

林茂听出何友谅这话还有别的内容。

他有些不高兴,就说这事过些时再商量。

何友谅有些不知趣,又盯着对林茂说,这事宜早不宜迟。

林茂不耐烦地说了句,那就过几天再商量吧!

他说这话时没有注意到何友谅脸色已经变了。

林茂更没想到何友谅的话马上就应验了。

他刚回厂长办公室,只打了两个电话,几个被打伤的工人就径直闯进来,大声嚷嚷,厂里对这事处理不公平,自己要去上访。林茂一直忍着不同他们吵,任由他们将一些话反反复复地说来说去,总是那些不该各打三十大板、袒护坏人、冤枉好人等意思。等他们说累了,林茂才反问,厂里根本就没有打板子,若真想打他们的板子,有现成的借刀杀人的办法,一个电话打到公安局,这会儿说不定张彪已将他们带到公安局去了。说到最后,林茂几乎是警告他们,如果不服他们的确可以上告,但是有一点,事情闹大以后,厂里可不负责收场。

一番话总算将这几个人吓住了。不过他们依然磨蹭着不愿走,支支吾吾地说厂里最好还是给他们发点营养费,哪怕是相当于五粮液的酒瓶钱也行。

林茂意识到,可能是在蓝桥夜总会抢占包房的那帮人回厂了。他怕他们借着酒兴闯到办公室来,两拨人搅在一起就麻烦了。林茂急于打发他们走,就说了一句模棱两可的话,表示他可以同车间打招呼,让车间内部想办法解决。

一个工人叫起来。

"一只五粮液酒瓶才十元钱,别人喝酒,我们连瓶子都不能摸一下?"

"真要十元钱,我给你行吗?"

林茂掏了一叠钱放在桌上,工人们有些愣。林茂又从抽屉里拿出几包牌子不一的烟扔给他们,让他们拿去抽。这样一来,工人们彻底软了,又站了一会儿,便一个个走出屋去。

林茂将他们送到门口时,看见车间那边有几个人在水沟边拼命地呕吐,旁边一个站着的人大声笑话他们,说他们没福分,那么好的酒菜肚子里装不住,这每吐一口至少值十元钱。

几个受伤的工人站在一旁看热闹，另外，从车间窗户里探出不少人头来。

林茂自言自语地嘟哝起来。

"都是这样的人，农机厂也快成铸造厂了。"

"如果看见工人不好，那这个厂的负责人就更糟糕。"

林茂听出是何友谅在接他的话，他往外跨了一步，见何友谅果然在走廊上站着。

"你不说，我也有这种感觉，农机厂的气数确实差不多了。"

何友谅说完，独自向那些工人走去。林茂看见何友谅将别的人都轰走后，扶着一个个醉了的人走进车间休息室。林茂心里有些茫然，作为亲姐夫，何友谅为什么不同自己合作，遇事总摆出一副持不同政见者的模样。

林茂回到办公室后，给家里打了个电话，说晚上要带一个客人回来吃饭。赵文在电话里告诉他，中午何友谅一家子都过来了，还在一起吃了顿饭。

听说姐姐准备在街上摆小吃摊时，林茂一时不知怎么回答。后面赵文说了些什么，他一个字也没有听进去。

龙飞进来对他说，强占包房的那些人是从何友谅那儿得到消息的。何友谅则是听张彪吹牛，说是中午非要林茂请自己到蓝桥夜总会撮一顿。

第一章

7

　　林茂将胡乐乐和李大华带进家里时，赵文开心地笑起来，说自己以为有贵客来，要不林茂不会这么慎重地先打电话回来作安排。李大华连忙申明自己不是客人，是听到风声来蹭饭的。赵文知道李大华家中情况，他妻子调回武汉了，吃饭的事总是能蹭一顿就轻松一顿。林茂没有作声。李大华的确是自己硬钻进车里的，当时龙飞还开玩笑要撵他下去。李大华会开车，他趁龙飞在半路上下去买烟之机，抢过方向盘自己将林茂和胡乐乐送到林茂的家里。

　　赵文和齐梅芳在厨房里弄菜，林奇还没回。

　　三个人坐着没事，天南地北地乱扯些闲话来说。

　　胡乐乐忽然说起何友谅来。

　　"你姐夫为什么对你那个样子，像是有深仇大恨？"

　　"没有的事，你别瞎猜。"

　　林茂想掩饰。胡乐乐却不甘心。

　　"群众的眼睛是雪亮的，你别替他隐瞒。从去年十二月八达公司成立以后，何友谅就开始撂挑子，在厂里什么事也不干，工人们意见很大！"

　　"不一定吧，我看工人们好像都和他关系挺好。"

　　"这也不错，现在哪个人会像你们兄弟俩，将意见写在脸上。工人对干部有意见是写在肚皮上，脸上见到的东西都不能算数。"

李大华马上插话进来："那你将肚皮给林厂长看一看。上面写了些什么，也好让人知道一点。"

胡乐乐说："我说真话，你不要打岔。林厂长，我真看不出，就那么一个八达公司，又不会对农机厂形成伤害，何友谅为什么那样竭力反对！"

"你这样说，有点言过其实。"

林茂边说边眨眼睛。胡乐乐说上了瘾，将衬衣的短袖向上翻了一下，露出浑圆的肩头来。

"我说话是有根据的。何友谅当时就找过我，拿过一封信要我动员车间的工人签名，向上级表明多数工人反对成立八达公司。我同几个工人说了，他们认为这是干部们在争权夺利，没兴趣介入这种行径，才不了了之。何友谅还找过其他车间的正副主任，要他们对八达公司表态，车间主任们也认为事不关己，高高挂起。惹得何友谅生起气来，数落我们非要等到农机厂变成第二个铸造厂才会明白过来。"

"听你说话简直像听天方夜谭。"

"还有哩，何友谅说八达公司是一只饿虎，它瞄准的就是农机厂这匹瘦马。"

"算了，别说这个。搞得你我一个像喜欢打小报告、一个像爱听小报告的小人。"

"不，我真想弄明白，你们哥俩一前一后，统治农机厂差不多整十年。你明白，你姐夫也明白，就我们不大明白。

这样下去，农机厂还能撑几年。"

"你怎么一下子把话说得这么严峻！"

"大家都在议论。上至国家，下至单位。我们的确有些着急。若是像林师傅，干脆老了，退休了，怎么样也只是一个熬。再若是年轻，只有二十来岁，也能跟着潮流转，翻跟斗也能顶住几下。偏偏我们是不上不下四十郎当岁，担子又重，心眼儿也快塞死了。到时候不折腾又不行，折腾起来又没有足够的本钱，不急死也得憋死。"

胡乐乐这一通话说得屋子里的人都严肃起来。

李大华好一阵才开口打破沉闷。

"这种形势，我们是得早做打算。"

李大华说这话时，一直在看着林茂。

林茂只顾望着门外。林奇刚刚将三轮车踩到门口，人下来了，眼睛仍在三轮车的车轴、轮胎等处搁着。不过林茂还是下意识地说了句。

"下棋要看三步。都这个时候了，还是先做准备为妙。"

这时林奇大步走进来，李大华和胡乐乐见了连忙起身打招呼。听介绍李大华和胡乐乐都当主任了，林奇就做了一个擤鼻涕的手势。大家都笑起来，知道这是说胡乐乐当年进厂时，还是一个流着鼻涕的黄毛丫头。

林奇在屋里打了一个转又出去了。

胡乐乐重新捡起刚才的话。

"实际上，大家都知道你同何友谅不和，只是因为亲戚关系才没翻脸。你虽然安排他分管工会工作,可这实际上是不让他干涉你的事。"

"看起来,我得聘你当厂长助理才是。专门帮我分析别人的心理心态。"

林茂又开起玩笑来。没等胡乐乐接上话,他就站起来,到厨房里去催促,说是江书记约了自己,晚上八点钟上他家去商量工作。

赵文马上说不会吧,她听说江书记晚上要到文化局商量恢复县剧团的事。

林茂当即顶了她一句,剧团算什么,现在工厂才是当领导的命根子。

赵文不再说话,埋头在灶上烧鱼。

林茂忽然想起剧团的女孩袁圆。他朝赵文的侧影看了几眼后,还是不能忘掉,甚至有了袁圆身上的女人味比赵文足一些的念头。

胡乐乐一个人跑到楼上转了一圈,回到沙发上坐下后,一个人捂着嘴巴笑。林茂和李大华问了几遍,她才开口。

"厂里有些人传说,你这小楼像金銮殿一样,各种摆设都是超豪华的,若不是今天来这一趟,我也有几分相信,没想到你有些东西还不如我家,若是这样算腐败,你判五年刑,那我得判十年。"

"所以词典里才有人言可畏一说。"

"还有三人成虎。"

第一章

李大华及时将林茂的话做了补充。

说着话时，赵文开始上菜了。林奇又进了屋，他见桌上只上了一瓶孔府宴酒，就钻到那间放杂物的小屋去。林茂开始没反应，等意识到想阻止时已来不及。只好眼睁睁看着父亲将一瓶五粮液拎出来放到桌子上。所幸父亲说话还比较得体。

"这酒是别人送的，林茂留了好长时间，总说要请厂里的人来喝了它，这样就可以免去受贿之嫌。"

李大华马上接过话茬儿。

"一瓶酒不算什么，我也收过这种礼物。"

"可我就没收过好的酒，去年一年也只有三瓶孔府宴，其中一瓶还是假的。"

胡乐乐拿过五粮液，从上到下反复看了几遍。然后又将酒瓶倒过来。

"聂卫平介绍过区别假五粮液的办法，说是将酒瓶倒过来，若瓶底能挂住一滴酒就是真的。"

"挂住没有？"

"刚挂住又掉了下来。"

胡乐乐将酒瓶递给李大华。

"是真是假喝一口就知道。不要紧，若是假的我再给换一瓶，若再是假的就再换。"

林奇说话时并不看林茂的脸色。不光林茂听了他的话后脸色变了，连胡乐乐的脸上也现出了疑云。林奇顿了顿又补充说了几句。

"不过,再换的是孔府宴,再再换就只有黄鹤楼了,黄鹤楼酒可绝对没有掺假。"

胡乐乐第一个笑出声来,她捂着肚子说自己乍一听林师傅的话,还当这屋里是五粮液专卖店。李大华也说没想到林师傅这么幽默。林茂只张了张嘴,没有往深处笑。他感觉到,父亲今天这么做是故意的,像是试探自己,又像是在敲山震虎。

果然,到喝酒时,林奇的表现就更明显了,他执意不肯喝五粮液,说自己一沾这样的东西就肚子疼。他开了一瓶孔府宴,自己喝自己的。林奇话里的意思只有林茂能听懂。林茂本来能喝五六两酒,却没有兴致,他闷闷地看着胡乐乐和李大华两个闹。赵文也不时插进去煽煽风,点点火,让他俩闹得更起劲。

一瓶五粮液下去半瓶时,林奇突然开口问厂里的事。

"这个月的工资还能发吧?"

"能,只是稍晚个三五天,得让资金周转一下。"

李大华抢着回答了。

"是不是产品销路有问题?"

"没有大问题,你到仓库看看就知道,几乎没有积压产品。"

胡乐乐说的是真话。

"既然是这么好的形势,为什么还要拖欠工资哩!这样做会打击工人们的生产积极性。"

"产品销出去,钱不能及时回来。"

"真是这样倒不怕,怕就怕有人在中间做手脚,拿公家的钱去做私人生意。那年搞销售的老涂就干过这名堂,将五十多万回款放在私人的储蓄账户上存了半年,自己吃利息。"

"没人敢这样了。"

"那也不一定,电视里经常报道,上百万千万的公款都有人敢贪污,做这样的手脚还不是一碟小菜。"

林奇和林茂对着说了几句后,林茂就不作声了。

赵文也在使眼色,让他别同父亲顶牛。

齐梅芳则在向林奇暗示,要他少问厂里的事。

林奇毫不理睬,继续问他的问题。

"厂里领导班子没问题吧,听说铸造厂厂长被抓了,也不知是真是假!"

林茂有些忍不住了。

"现在满街都是谣言,哪家的厂长出差十天半月,没在县城露面,就有人说他被抓了。现在的人好像都有病。"

"是不是因为厂长经理搞腐败搞得太明目张胆了,让大家看着不舒服,才觉得这样的人应该抓。"

"那明天有人说你儿子被抓了,你也相信?"

"我不会全信的。"

林奇不轻不重地回了一句,让林茂无法再说下去。

林茂看看手表,借口说约定的时间到了,要给用户打个电话，一个人爬到楼上房中，倒在床上躺了一阵。他确信，父亲今天这种态度一定与何友谅有关。他一翻身抓起电话便重重地按了一组号码。

听见那边有人拿起了话筒，林茂凶狠地说。

"我找何友谅！"

"我爸不在家。"

"我是舅舅！你爸去哪儿了？"

跑跑脆甜的声音让林茂一下子消了气。

"我爸同我妈到街上摆摊卖东西去了。"

"那你怎么不到舅舅家里来？"

"我爸改了主意，说我能管住自己，不用麻烦你们。"

"你在家里等着，舅舅马上来接你。"

林茂放下电话就开始叩龙飞。等了一阵，还不见复机，他才想起龙飞将叩机扔在车里了。他下楼后同桌上的人打了个招呼，说是去去就回。出了门，他跳上林奇的三轮车就往何友谅家赶。

一路上，认识的人都用一种惊讶的目光盯着他。

经过蓝桥夜总会时，他看见袁圆站在门口，正同江书记说话，这才相信赵文的话没有错，只是到这种地方来研究剧团的工作，让人觉得滑稽。

林茂敲开何友谅家的门，抱起跑跑要走。

跑跑挣扎着要带上自己的衣服和暑假作业。

林茂只让他带上作业本。上了三轮车后急急忙忙地往

第一章

回走。

再次路过蓝桥夜总会时,江书记他们已不见了。

半路上碰见了龙飞,龙飞跑了几步跳上三轮车,然后解释说,自己买烟时,别人找给他一张五十元钞票是假的。他觉得找钱的人情形有些不对,转身到公安局报了案。公安局的人开着警车来一搜查,竟然搜出了一箱假钞。所以就耽误了。林茂就说没想到龙飞还有这么高的警惕性。

林茂觉得踩三轮车的感觉很好。

龙飞不以为然,说如果是职业的就没有这种感觉。

林茂将跑跑带进屋里,让林奇和齐梅芳非常惊喜。

林茂坐到自己的位子上,说明天全县一定会说他被免了职,成了一个踩麻木的苦力。大家有些不明白,跟着进屋的龙飞就将原因说了一遍。林奇由于高兴,没有同林茂理论。趁林奇不注意,李大华将自己的一杯五粮液同林奇的孔府宴互换了。林奇一边同跑跑说话,一边将手边的酒杯一饮而尽。林茂却对李大华的举动皱了皱眉头。

胡乐乐喝得有点多了,她不断地说着相同的话,申明自己在厂里只听林茂的,别人的话都是狗屁。

跑跑反复批评她说话不文明。

林茂心里有些烦,就叫龙飞用车子将胡乐乐送回去,并提醒龙飞一定要将她送进家门。

8

  见时间还早,林茂一个人到街上慢慢地溜达。

  久雨之后的夜晚,到处都很热闹。

  在家闷的时间长了,大家都想出来散散心,也都有些盲目,似乎是任由两只脚步牵着自己走。也有人走得很有目的性,踢踏的脚步,因而就有些刺耳,惹来不少缠人的目光。

  林茂觉得自己在农机厂做的一切也是如此,正因为自己看明白了一些事,对未来有所追求,所以才招来许多的白眼。他越来越清楚,农机厂眼下这种搞法,已是强弩之末,不会有什么大希望。他在厂长这个位置上的日子也是屈指可数了。当然,对于自己的将来他已经有了安排,这八达公司就是其中的一环。不过目前他不能对任何人说明,包括在妻子赵文面前,他也没有真正透露过八达公司的底细。

  路边的小吃摊慢慢多起来,街上弥漫着一种焦油气味。

  林茂打量了近五十个摊位之后,才找到姐姐林青和姐夫何友谅。

  林青的摊位紧挨着铸造厂其他人。生意同别人差不多,有人正趴在桌上吃,另一个人在旁边等着。林青负责张罗杂事,何友谅则忙着在锅里翻动着鸡蛋炒粉。

  林茂走拢去叫了声姐姐。

  林青抬起头来正要说什么,正在等待的那人就用广东话吆喝起来，说哪来这么多的事，一碗炒粉也要等半天，做不了就说一声，我好去别处买。

林青连忙赔不是，何友谅也连连说，就好就好马上就好。

林茂瞪了那人一眼，心里骂了一句：广东佬，兜里有几个钱就心烧。

那人也看了林茂一眼，林茂在目光相碰的火星中感到这个人有些特别。

林茂告诉林青，他已将跑跑接回家了，从今天起跑跑就住在家里，她只要送点衣服去就行。没待林青和何友谅说什么，林茂就转身走开了，一直到稍远的黑暗处他才回头。

林青和何友谅没有用目光送他，他们正忙于做生意。

反而是那个催着要吃鸡蛋炒粉的男人将目光源源不断地送过来。

林茂开始往县委大院走。一进大门就碰见组织部和县委办公室的几个人在一起议论什么。因为彼此都熟，他们也不瞒他，继续说他们的。听了一阵，林茂不由得暗暗吃惊，不相信省委第一书记的秘书，说被抓就被抓起来，而且还是中央纪委直接插的手。他们又说长江动力集团的总裁于志安偷偷跑到国外去了，人走了一个月国内才发现。大家都说不可思议，于志安几乎获得了能够给他的所有荣誉称号，上上下下都将他树为典型，还有一个著名作家给他写了很长的报告文学，都活到这种地位还要跑，太没道理了。林茂有些不知所措。他在省里办的企业家进修班学习时，听过于志安的课，当时大家都对于志安佩服得五体投地。

林茂正在发愣，有人忽然说，你可别学于志安，扔下老婆老娘往别的国家跑。

林茂说，要跑我也得带上你们，不然到了新地方谁来提拔我哩。

大家骂他混账，说话含沙射影的，是个阴险小人。

林茂马上回答："如果我是阴险小人物，那你们就是恶毒大人物。"

还没等到回应，就有人说："于志安是聪明人，晚跑不如早跑。"还说，如果自己逮上这样的机会也会一去不回头。

林茂以为会有人批驳这话，谁知情况正好相反。

几个人都说，得想法弄点美金、日元存着，以防万一，大干部都这样，拼命将子女往国外送，他们嘴里虽然叫得响亮，可内心比我们阴暗很多。

林茂忍不住说他们不该这么想，都是第三梯队的人，享受了党的那么多好处，背地里却在与党离心离德，这才叫作真正的阴险。大家也不在意他说话态度是否认真，只说他们清楚林茂的底细，任何时候，哪怕不动尾巴也能知道他要拉什么屎。

有人直接点明了，说八达公司就是安插在农机厂身上的一台吸血机，这样的发明应该让美帝国主义者或者是李登辉来给他颁发奖金和奖证。

林茂回击说，自己拿奖金和奖证也是空有其名，到头来

第一章

都归他们享受和消费。

打完嘴巴官司就到了九点半钟，林茂转身走向江书记家。

敲开门，江书记的妻子正独自看电视。儿子刚刚参加完高考，该彻底放松放松，到外面玩去了。说到孩子，江书记的妻子就叹气，说他不给自己的父亲争面子，成绩一直不好，恐怕过不了录取分数线，只能找关系自费上大学。但她又发愁，到哪里去弄这自费生的两三万元钱。林茂知道她的意思，却有意不先给她话，反而问她未必连这点家底也没有。江书记的妻子马上诉起苦来，说江书记如何地不会做人，县里哪个领导不收别人的红包，就他古怪，见了红包就往外扔，既不给人面子也不给自己留后路，还不让她说。

林茂嘴上说现在像江书记这样的领导实在少见，心里却在鄙视这女人当面说假话，去年过年时他让龙飞送来的两千元红包，怎么就没见退回去。林茂这时才答应，到时候那自费的钱由他想办法解决。

江书记的妻子说了两个谢字，嘱咐他这事千万别让江书记知道，要做到天知地知你知我知才行。

接下来就换了话题。林茂说他来过十几次了，从没有见到江书记家像今天这么安静。

江书记的妻子说她自己也奇怪今天晚上来的人如此少，从天黑到现在，林茂是第一个敲门的人。

正说着，门突然被敲响了。

林茂连忙跑去开门，他以为是江书记回来了，可门口站着的是西河镇的党委书记老孔。

林茂见稍远处黑暗中还站着一个人，就知道是怎么回事。

坐下后，江书记的妻子泡茶去了。

老孔递过一支烟，林茂伸出手挡住。

老孔说现在竟然还有不抽烟的厂长。

林茂问他，下了这么久的雨，镇上灾情怎么样。

老孔说严重得很，河田都浸了水，垄田被沙压了不少。

林茂心里想起什么，主动说，农机厂可以支援他几台抽水机。老孔听了很高兴，连忙叫林茂现在就写个条子给他。林茂不肯写，说自己现在就给经办人打个电话。他腰里有手提电话，却钻进江书记的书房，用江书记的电话打到李大华家。接电话的是个女人，林茂一听就知道是怎么回事，他只问了句，李大华醉了没有，也不待那女人回答，就将电话挂上。

林茂知道必须给老孔十到十五分钟，让他与江书记的妻子单独说话。

没事做时，他突然想起给袁圆打个呼机。

林茂掏出电话号码本，在上面找到袁圆的呼机号码。

不到两分钟，袁圆就复了机。

听见说话的是林茂，袁圆有些惊喜问，这么晚了还呼她，是不是要她过来。

林茂要她猜自己现在哪里。袁圆以为他在哪家宾馆或舞厅。听说他在江书记家，袁圆吃吃笑起来，说她现在正用江

第一章

书记的手提电话给他回话。林茂问江书记什么时候能回来,袁圆说可能得到半夜,江书记现在舞兴正浓。袁圆要林茂也过去,林茂没有答应,然后问她剧团恢复的事研究得如何,袁圆说定是定了,但经费还没有落实,江书记要她们到各家企业去拉赞助。

林茂说如果剧团给她派了任务,可以来找自己。

袁圆就说林茂真好。

在电话里说了十几分钟,林茂才走出书房。

如他所料,客厅里多了一个人。林茂告诉老孔,打了半天电话也没有找到人,让老孔明天上午直接到厂里去找自己。林茂还半真半假地提醒老孔,到时别忘了请县电视台的人去,拍一条新闻。老孔说他若不提醒恐怕真的没想到,既然现在想到了,那就不会有问题。

老孔他们走后,林茂又坐了一会儿,正要告辞,江书记却回来了。

江书记进门就说让林大老板久等了。

林茂忙说江书记才是大老板,他不过是替江书记打工。

江书记笑着说,大家都是替共产党打工。

两人进了书房区,江书记一点不委婉地问起来。

"农机厂的情况,近段怎么样?"

"还行,上半年纯利估计在二十万左右。"

"你可别在我面前说假话!"

"这个数字我也只能对您说,别人面前我只说八到十万,我得为下半年留点底子。"

"你那个八达公司到底做什么，怎么惹来那么多闲话？"

"做贸易嘛！别的厂也有这样的公司，怎么就没人管？"

"都一样，人家先成立，说腻了，你后成立就成了话题。"

"江书记，说句实话，我真不想当这个厂长了。"

"别经不住群众监督！干还得干，我会看到你的成绩你的光明！"

"我也问件事，江书记你也得说真话。听说有人告了我的状，县里已经立案了。"

"你怎么知道？"

"这个我不能说。"

"你不说我说，你是不是心虚，想讹诈组织！"

"我的确听到了消息。"

江书记递了一根烟给林茂，林茂正要挡，一转念又接过来，并迅速拿起茶几上的打火机，先将江书记的烟给点上。

江书记深深地吸了一口烟。

"我也告诉你一个消息，今天上午常委开会做了决定，今后无论是司法还是纪检部门，没有常委会的决定不能随便对企业领导人立案，更不能擅自决定抓人。我可以负责地告诉你，现在你只需要为厂里的经济情况担心。说实话，我们也不愿看到抓一个厂长、倒闭一家企业的状况像传染病一样四处蔓延。现在的检察院也邪乎，动不动就传唤厂长、经理，软禁三五天，也不作交代，又放出来。让企业家一个个人心

第一章

惶惶的，还能搞什么工作。我们通过这个决定是有压力的，有人反对，说这是违法的。可司法部门的人违法的事也干得不少。这样做是为了国家和集体，不是维护少数人的利益。这几天公安局的人老找我，要我出面处理铸造厂工人打警察的事。我对他们说，这应该也叫违法。警察执行公务挨了打，照法律办就行，怎么要县委书记出面哩。说句老实话，司法部门的好多人就是欠揍。调查组的人来问我的意见，我叫他们问老百姓去。他们回来对我说，老百姓都说铸造厂的工人干得好。"

江书记忽然想起什么来。

"听说那场打斗是你父亲平息下来的？"

"他人熟，工人们听他的。"

"有机会，我一定去看望他。不过话说回来，你们当厂长的也要自律。企业赚钱难，个人赚钱容易。现在空子多，也好钻，杜绝是不可能的，我对你说个实话，别太贪，五万以下我还愿意保，过了五万就太不讲良心了，这样的人就是磕长头来我家，我也不管。这话请你找机会转告县内各位厂长，别做让我下不了台的事。我还得看老百姓的脸色行事。"

这时，客厅里又有人在说话，随后铸造厂的徐子能走进来。

徐子能也是厂长，江书记见了他屁股都没抬一下，冷冰冰地问他来有什么事。

徐子能以前是林奇的徒弟，林茂小时候曾经坐在徐子能的肩膀上看解放军文艺宣传队演《智取威虎山》。林茂给徐子能让了座。自己到客厅里搬了一把椅子进来时，徐子能正将一张纸递给江书记，江书记扫了一眼。

"不错哇，老徐，县委没给你颁奖，检察院倒给你送奖状了。"

"江书记，你得替我做主，同检察院打个招呼。"

江书记将那张纸一放，林茂看清楚是检察院的传票。

"法律上的事我不管。"

"常委不是刚做了决定吗？不能随便抓厂长。"

"谁告诉你的？他怎么不告诉你，你的事常委有没有决定？老徐，铸造厂到这一地步，当领导的总得给个说法，只要心里没鬼，到哪儿说都一样，只是传唤又不是逮捕，你不用紧张。如果检察院都没查出你的问题，那不更好，更能证明你的清白！"

徐子能脸色有些发白，起身告辞时腿都有些软。

江书记欠欠身子，算是送他出门。

徐子能走后，江书记叹了一口气。

"这些时我一见到铸造厂的人就头疼。说实话，铸造厂若没到现在这地步，徐子能的事也可能遮住了。一俊遮百丑，好企业不是没有坏人，只是没人愿意去捅娄子。"

"铸造厂这样下去也不是办法，不如让它破产。"

"那不行，只要我还在这位上，就不能有一家企业破产。我在想有谁能将它兼并就好了。农机厂行吗？"

第一章

"恐怕不行,我们没这个能力。"

"我建议你好好考虑一下。"

"我也有个建议,如果将何友谅派去当厂长,铸造厂有可能起死回生。"

"你太滑头了,想一石三鸟。我知道何友谅对你有不同看法。"

"不过我还是觉得他是最合适的人选。"

江书记一边答应考虑一边站了起来。

林茂也往起站时,腰间的叩机响了,他一看留言,是罗县长要他马上去家里。

江书记问这么晚了谁还在叩他。

林茂说是家里要他回去。

江书记说当厂长的如果老婆管不了,绝对要出问题。

林茂出了门又转过身来。

"你刚才说的五万是指一年还是指一任?"

"你他妈的真是个坏蛋!"

江书记笑着骂了他一句。

离开江书记家,林茂匆匆往罗县长家里赶。

江书记同罗县长面和心不和在县里是人所尽知的。江书记虽是一把手,但罗县长有个在北京说话能算数的老将军亲戚,所以敢在关键问题上同江书记唱对台戏。农机厂在县里是中等厂,平常罗县长很少直接找林茂,今天这么晚了还打他的叩机,一定是有要紧事。

罗县长家的客厅坐满了人，其中有一半是他负责蹲点的汽车配件厂的干部，其他人都是各个厂里的正副厂长。林茂问了几个人，大家怎么邀得这么齐！先问的几个人所管辖的工厂都比农机厂大，他们都笑而不答。林茂于是找了一个小厂厂长，才问出来今天是罗县长三十九岁生日，大家提前来给他做四十大寿。林茂顿时觉出尴尬来。他摸了摸口袋，本来打算悄悄放在江书记家的两千元钱，因为忘了还在荷包里躺着。他趁罗县长还在书房里接电话，抽身走进厨房，当着罗县长妻子的面，若无其事地将那叠钱放进碗柜里。然后才说罗县长大寿也该给我先透个风。

回到客厅，林茂心里踏实多了。

罗县长在书房门口向他招了一下手。林茂连忙走过去，罗县长告诉他，自己有个广东亲戚，手头上有一批金属材料，只有农机厂吃得下，所以希望他能帮忙。林茂问清楚后，不禁有些犹豫，说一次吃进几十万元的材料，对厂里压力太大，而且厂里也拿不出这笔现款。罗县长有些不高兴，皱着眉头说，没现款不怕，他可以叫银行给农机厂一笔贷款。林茂知道不能再说什么，就答应下来。罗县长交给他一张名片，说是明天上午会有人拿着相同的名片来找他。林茂看了一眼，心想罗县长什么时候有了这个姓肖的广东亲戚。他对罗县长说，让肖老板明天上午十一点到八达公司找他。罗县长亲密地拍了拍他的肩膀，然后问他晚上是不是在江书记家。林茂不敢隐瞒，老老实实地说，他听说有人告自己的状，就去打听情况。罗县长要林茂以后有事直接找自己,县里就不用说了,地区和省里的相关部门他都有铁哥们。

说着话,林茂的叩机又响了。这一次真是赵文在叩他。

赵文留了一句让林茂心惊肉跳的话:饼干盒不见了。

罗县长正好也看清那几个字,笑着问,是不是你们夫妻生活的暗语,就像那个荤故事里讲的洗衣机坏了。林茂勉强笑了一下。罗县长以为他默认了,就说,三十如狼,四十如虎,这其实是讲的女人。

第二章

9

林茂一出门就给赵文打电话。

可赵文的电话怎么也打不通,老是占线。

林茂一边走一边反复继续打,冷不防张彪从路边的小吃摊上站起来,拦住他,说无线通信都被监听了,如果是秘密事就别在手提电话中讲。林茂下意识地收起了手提电话。张彪笑起来说林茂一点也经不起吓。

林青和何友谅还在摊前守着,却没有人去吃。林青叫了声林茂,林茂怕被姐姐拦住,反而加快步伐向前走去。

林茂推开家门,父亲已经回来了,正在客厅里同母亲说着话。

见林茂进门,齐梅芳就说:"赵文也不知道怎么地,一个饼干盒不见了,就急得像无头的苍蝇。"

第二章

　　林茂没说什么，径直上二楼去。

　　房间里已被赵文翻得乱七八糟，大小柜子都挪了地方，林茂扫了一眼那柜顶，几个盒子都在，就只少了放钱的那个方形饼干盒。才几个小时，赵文脸上竟有些憔悴。赵文说她开始还不知道，只是临睡前想吃几块饼干，才发现那装钱的饼干盒不见了。她一个人先在屋里找了几遍，然后才去问林奇和齐梅芳，她不好明说是钱不见了，他们听了都不以为然。其实那盒子里放着整整十万元现金。林茂心里更急，这些钱都是他当厂长这几年积攒下来的，客户给的红包和合同回扣他几乎没用一分，没有添一样家电，也没有给赵文多买一件首饰，总怕引起外界的注意，甚至不敢拿到银行里去存。县城就这么大，差不多谁都认识谁，根本无法保密。林茂同赵文合计好久，才决定将钱放在饼干盒里。林茂先查看了另一处放在旧衣服中的现金，一共三万多元分文不少，放在饼干盒旁一个药瓶里的几条金项链和几枚戒指也都在。林茂绕着屋子仔细看了一遍，窗户到现在还是关得死死的，因为屋里有人时就开着空调，他们有好些时日没开窗户了，天气潮湿，插销都有些上锈，若是动了会看得清清楚楚。别的因赵文的寻找已无法判断了。林茂到楼顶上看了一遍，那扇小门也锁得好好的。如果有小偷，唯一的可乘之隙只有楼下的大门。

　　赵文忽然惊叫了一声。

　　林茂一回头，是跑跑悄悄进屋吓着赵文了。

　　跑跑也被赵文的惊叫吓住了，瞪着林茂不知道如何开口。

"你怎么还不睡?"

"我在想个问题,怎么也睡不着。"

"小孩子有什么问题。"

"食肉恐龙吃不吃人?"

"有恐龙时还没有人哩。"

跑跑跳起来,说自己真是糊涂一时。

跑跑说话声音一大,林奇就在楼下叫起来,威胁跑跑若不听话好好睡觉,明天一早就送他回爸妈那儿去。跑跑赶紧跑回隔壁自己的房间去了。

林茂来到楼下,林奇正在喝睡前的一壶茶。林茂问他们今天家里有没有陌生人进来。齐梅芳说没有。他又问她有没有出去时没锁门,哪怕是几分钟。齐梅芳说是有过几次,不过她说,哪怕到了隔壁石雨家或者是对门人家,后脑勺上的眼睛还记着盯住大门。

林奇又咽了一口茶。

"不就是个饼干盒子吗,值得这么大惊小怪。"

"我只是问问。姐姐和姐夫上午来,到楼上去没有?"

林茂忽然一转话题。林奇不高兴起来。

"何友谅都三年没进这个门了,难怪呀,是你将他当作了外人。只要我没死,这个屋里就没有他们的禁区。人家也知道你一阔就变脸的德行,坐在这沙发上连厕所都没进。"

"我知道你偏爱他们,可毕竟我姓林他姓何呀!"

"你还记得自己姓林,那你就对我这个姓林的说实话,饼干盒里是不是放了什么来路不正的东西？"

林奇说完就盯着林茂。

林茂愣了愣才回答。

"里面有点赵文的私房钱。她不好意思直说，怕在家里引起误会。"

"你说的是真话？"

"赵文同我这么说的，我没改一个字。"

"我看有一天不是你改姓，就是我改姓。"

齐梅芳连忙开始打圆场。

"人家小夫妻间有个秘密你当老子的计较什么，丈夫怕妻子，说明两人之间感情深。再说天下哪个女人不攒私房钱哩。"

"你只懂女人的事，男人的事你再活一辈子也搞不懂。"

林奇喝完茶，气呼呼地进房里去了。

林茂赶紧小声问齐梅芳，林奇今天上楼去他房里没有。

齐梅芳想了想才说好像是带跑跑上去过一次。

林茂回到楼上，赵文开始流眼泪了。林茂连忙安慰她，说这事虽然有些蹊跷，不过分析起来，似乎还没到很坏的地步。虽然原因尚不清楚，他心里还是有数。慢慢地林茂将赵文劝着躺到床上，又一把一把地替她将衣服脱了，只留下紧身的两件小衣。由于忧伤，赵文那闪着瓷光的身子更加楚楚动人。

林茂掩上房门，走到隔壁跑跑的房中。跑跑已经睡着了。

他小声唤了几下,跑跑一点反应也没有。他叹口气,然后到卫生间冲了个凉水澡。赵文瞪着眼睛看着林茂走进房里,她昂起头,伸开双臂,几乎是搂抱着将林茂拖到自己的身边,将自己身上的每一块肌肤都贴在林茂的身上。赵文说都怪自己出去上班时忘了锁门,否则就不会发生这种事。林茂则说主要怪自己,当初就应该一笔一笔地将现金及时存起来。赵文说,她前几天听文化馆那个写小说的欧阳说,他前次出差到北京碰上唐山的一位作家,那儿出了一件怪事,一个小偷将一个县长的家偷了,拿走几张存款单,共有一百多万元,那小偷就给县长打电话谈判,要求五五对分,不然就向上告发。弄得那个县长一听到电话铃声就发抖。赵文说到那个县长后来还是被抓了时,双臂将林茂搂得更紧了。

这时,林茂听到门外有动静,他推开赵文,拉开门走出去,一个人影正从楼梯上急忙往下走。林茂看见父亲忧虑的目光在黑暗中闪了几下,就没有声张,回头将门关上。

赵文问是谁。

林茂说没有人,是风。

回到床上,两人躺了一阵,赵文忽然说她现在特别想要个孩子,这样万一林茂出什么事,她也有个寄托。说着话她就伸过手来将林茂身上仅有的三角裤一点点地往下推。林茂也用同样的动作脱去赵文的短裤,他手法稍重了些,黑暗中,那短裤哧的一声被撕破了。他一时性起,索性将赵文那只很旧的乳罩也撕了,还说别再装,装了也没人相信,明天你上街去买新的,挑真正的名牌。说着,林茂一翻身将赵文紧紧压住。赵文呻吟一声,将两腿举起来伸在半空。大床急剧响起来,两人疯狂地颠簸了差不多二十分钟,也没人想喘口气。最后赵文在一连串颤抖的呻吟中,两腿像泄了气的车胎一样,软绵绵地从空中塌下来。

林茂心里有事,怎么努力也没办法泄出来。赵文慢慢地睡着了。林茂一个人睁着眼睛熬到半夜,他心里还是虚,像是为了证实,他将赵文扳过来放平,然后又开始了进入。赵文从梦中醒来,迷糊中的配合,人显得更柔一些,林茂的动作空前剧烈,然而直到累得精疲力竭,他还是没法完成那最后的关键之举。天亮后,林茂又试了一次,赵文好像发现了什么,一举一动都极力迎合他。直到他再次无力地四肢摊开仰在床上。赵文用卫生纸揩身子时,瞅了瞅那纸又瞅了瞅林茂。

"你没事吧?"

"没事。"

林茂闭着眼睛不看赵文。两人分开躺了半个小时后,赵文说她今天不去上班,在家里等着,看是否有人打来电话。林茂估计不会有人打电话来。他要赵文还是去上班,并带上两千元钱,抽空到商店去买些衣服。

起床后,林茂发现林奇用一种古怪的眼神盯着自己。他不知道昨夜大床反反复复的响声,让父亲几乎一宿没合眼。

跑跑从楼上跑下来,拉住赵文要她教自己唱歌,还振振有词地说早上练唱歌效果最好。赵文问他怎么知道。跑跑说是在书上看到的。林茂拉着跑跑先上楼顶，让赵文梳洗了再开始上课。楼顶上没有别人，林茂问跑跑昨天同外公一起到他房去了没有。跑跑说去了，外公给他找吃的。

跑跑看了看四周后小声问起来。

"舅舅，你怎么有那么多钱？外公看见后都吓坏了。"

"你们是不是看错了？"

"没有，是我发现的，满满一饼干盒子。电视里说，只有坏人才藏这么多的钱。"

"那是舅妈的，你看她尽穿旧衣服，都是节省下来的。"

"那我妈也穿旧衣服，怎么就没钱？"

"你读书要花很多钱，妈妈当然就没钱了。"

"我明白了。妈妈总说我是用钱做的，舅妈若生了孩子就不会这么有钱了。"

"这事你可别在外面说，外面有坏人。"

"外公已告诉我了，我谁也不说，爸爸、妈妈和外婆问我都不说。外公讨厌多嘴的女人，我不会做多嘴的女人。"

林茂用手轻轻在跑跑头上抚摸了一阵。

赵文上楼顶来了。林茂想听她教跑跑唱歌，哪知赵文只教跑跑发声。啦啦啦——啦！听上去很单调。

林茂决定不将林奇和跑跑发现饼干盒里藏有钱的事告诉赵文。他虽然不能完全肯定饼干盒是父亲藏了起来，但毕竟已不用像昨晚那样慌张了。联想到昨晚喝酒时，父亲反常地拿出五粮液,并说了不少一语双关的话,他觉得这是父亲在警告自己。林茂明白,以父亲的性格,是不会让自己的儿子放任下去的,迟早会找机会爆发出来。

吃早饭时,齐梅芳问他们饼干盒找到了没有。林茂抢在赵文前面说找到了,他们记错了地方。林茂注意看了看林奇,他清楚地发现了父亲嘴角上挂着一丝冷笑。他没有生气而是心里更踏实了。

龙飞开车来接林茂时,林茂硬是拉上赵文,并要龙飞开车绕一下,将赵文送到文化馆。赵文在文化馆门口走出富康轿车时,她的几个同事一边啧啧地发出羡慕的声音,一边说,按照赵文的这模样,本来就应该傍上一个有车接送的大款。

10

西河镇的老孔在九点钟时就带着一大群人来到农机厂,林茂让手下的人将仓库里积压多时的三台抽水机抬出来,擦洗干净,然后系上一块红布摆在办公室前的操场上,单等电视台的记者来。等到十点钟,林茂有些不耐烦,他没听老孔的解释,自己给电视台打了个电话后这才搞清楚,记者们一要车去接,二要送红包给他们。林茂怕罗县长介绍的客人在八达公司那边等,就答应下来,前后也就十分钟龙飞就将他们接过来了。而且还没下车,龙飞就一人给了一百元车马费。

记者们说汽配厂每次总给二百。不过他们还是收下了。

拍新闻时，各车间都来了一些人。林茂和老孔分别讲了些套话。林茂根本就没听老孔讲什么。胡乐乐和李大华站在林茂的两边，不停地说昨晚喝酒的事。李大华不时瞅空小声对林茂解释，昨晚有几个同学到家里玩。林茂像是没有听见，反而问他为什么不想办法也调回武汉去。李大华还没回答，林茂就替他做了结论，说他是想当一阵自由战士。

老孔他们将抽水机拖走以后，办公室的小董告诉林茂，自己刚刚接了一个奇怪的电话，对方只问林茂是不是住黄陂巷70号，问过后就将电话挂上了。林茂听到小董说自己并没有告诉对方时，略略放了一些心。小董说那声音有些显老也有些故意做作。林茂立即想到这有可能是父亲，因他早上表现得若无其事，其实很可能想继续镇一镇、吓一吓他。林茂刚定下心，桌上的电话就响了。拿起话筒一听，是个陌生的声音，一开口就说要同他见面说一件事。林茂问他的姓名他不肯说，问他到底有什么事他也不肯透露，只说一切在见面后再谈。林茂有些紧张，就约他中午十二点在八达公司见面。

林茂看看表后，将李大华叫来吩咐了几件事。他出门走了几步，又转回来看抽屉锁好了没有，最后又将向来由小董他们负责锁的门亲自锁上。另一间办公室里，何友谅正同几个人在谈话。林茂将他叫出来，说自己昨天向江书记建议，让他去铸造厂当厂长，铸造厂是副局级单位，能去那儿就等于升了一整级。何友谅一边说感谢美言，一边提醒他林青在铸造厂，自己去不合适。林茂说自己可以将林青调到农机厂来。何友谅轻轻一笑，说可惜有时算盘珠也会拨错。林茂说这当然不比炒面炒粉，一天就那几碗怎么算账也错不了。

富康轿车提前五分钟赶到八达公司。

十一点整王京津进来向林茂报告，说是有一个姓肖的人要见他。

林茂点过头后，王京津就将那人领了进来。

猛一看，林茂就感到这人在哪儿见过。他将那人递上的名片与罗县长给他的名片在抽屉里对比了一下。

"肖老板请随便坐。"

"别这么叫，就像我表哥罗县长那样，叫我肖汉文就行。"

"行，那你就叫我林茂好了。"

这时，林茂已经想起，肖汉文就是在林青的小吃摊上吃东西的那个人。他有些怀疑，既然是罗县长的表弟，怎么会沦落到没人照应，独自在街头找饭吃的地步？林茂不急于同肖汉文说业务，而是想办法摸他的底细。

"罗县长看上去可比你年轻。"

"我比他吃苦多，还坐过牢，他一直在顺境中过，不比我，老是逆境。所以他才要你帮我一把。"

"你比他小几岁？"

"三岁多，我今年四十，他四十三。"

林茂马上说了句，似是要戳穿他的假话。

"那罗县长怎么在昨晚过三十九岁生日,做四十岁的大寿。"

"这种伎俩你都不清楚,就别在官场上混了。现在是年轻干部最吃香,满了四十的县长遍地都是,不满四十的县长得像寻宝一样才能找到。不信你去问,这主意还是我帮他出的。是十五年前的事,那时我就预见到了。"

"你们是什么表亲,姑老表、姨老表还是舅老表?"

"你忘了《红灯记》里唱的,我是从香港过来的,大陆干部都是我的表叔。香港那儿都这么叫。"

肖汉文半真半假地说笑着。

林茂又起了疑心,因为罗县长说肖汉文是广东人。幸好后来肖汉文自己说他是从香港回广东定居的,主要目的是为了做生意,因为内地的钱比香港好赚。

肖汉文的确像林茂所见过的一些香港人,几句话后就直率地说,如果这笔生意做成了,他可以同林茂合伙做些更大的生意。林茂对肖汉文说的将八达公司变成合资企业很有兴趣,他想深谈,但肖汉文说这事只能在金属材料生意做成以后再考虑。林茂要肖汉文将金属材料的明细表拿来给他看。

肖汉文的明细表上,各种材料的报价只比市价略高一点。林茂用计算器算了一下,总计下来也不过多两千元钱。肖汉文也直说,他最多将飞机票钱加了进去。林茂决定做这笔生意。眼看十二点钟就要到了,他叫王京津先领肖汉文去吃饭,他有事不能陪,剩下的业务下午再继续谈。

第二章

　　趁着要来的人还没来，林茂给罗县长打了个电话，告诉他合同下午就可以签，贷款之事罗县长可得早点打招呼。

　　罗县长在电话里答应了。

　　放下电话，林茂又在琢磨肖汉文同罗县长到底是什么关系。

　　眼看要想破头时，林茂终于想起，去年有一阵风传，罗县长到广东考察时，闹出了一件风流事，幸亏当地有人帮忙才平息下来。一想起这些，林茂便下决心，如果真是这样，这个忙还得帮干净帮彻底。况且这笔生意不是那么黑、那么宰人。

　　外面有人在转动办公室的锁把。林茂吸了一口气让自己镇定下来。门开了一道缝，闪进来的却是袁圆。

　　"你怎么来了？"

　　"很意外，是吗？"

　　林茂转身到柜子里替袁圆取矿泉水时，背后忽然响起一个男人的声音。

　　"林厂长，我有件事要同你面谈。"

　　林茂下意识一回头，屋里仍然只有袁圆一个人。

　　袁圆继续憋着嗓子说话。

　　"林厂长不认识我了？"

　　"你学得真像。"

　　袁圆捂着嘴巴在笑。

　　"上午那个电话也是你打的？"

林茂追问了一句。袁圆眼睛里闪出几许顽皮来。

林茂心里一下子轻松起来,他拿上两瓶矿泉水走到离袁圆很近的地方。袁圆眼睛一直看着他,林茂将矿泉水递过去时,袁圆伸出两只手,将矿泉水瓶和林茂的手一起捏了几秒钟,然后格外温柔地说了声谢谢。林茂还是第一次碰上这样胆大的女孩,他举起瓶子喝了口水,借机让自己镇定下来。

"你是真有事吗?"

"没有就不欢迎我来?"

"见到这么漂亮的小姐是一种享受,我只担心你要收欣赏费。"

"你别说得好听!真的,我还没碰见过像你这样一本正经、拒人以千里之外的老板。"

"我哪敢哩,我是胆子小。"

袁圆吃吃地笑起来。

"你怕什么呀,我这样子像是食肉动物吗?"

"我怕会偷心的人。说正经的,你来有什么事!"

"你别这么急嘛,弄得我不好开口。剧团里一早就开了会,要大家分头去拉赞助,每人都定了任务,不能少于三千。"

"剧团共多少人。有五十吧。五十乘三千,一下子纯利就有十五万,比得上农机厂几百人干半年了。"

"林厂长这样算账我好心酸呵!求求你,帮我一下好吗?"

林茂沉吟一下,然后借口约了人的要打个电话,他翻了

第二章

　　一下电话号码本，正好看到徐子能的名字。便拿电话拨过去。电话铃响了好久对方的人才接，一听正是徐子能。徐子能也听出林茂的声音，他叹了口气，先感谢林茂在这种时候给自己打电话，接着说人倒了霉，放屁也砸得脚跟痛。林茂安慰了他几句，又问什么时候去检察院。徐子能说他已去过，那些家伙让他回来拿点日常用品和换洗的衣服，所以他只能在家吃这顿午饭了。林茂想起天已热了，高温马上要来。听说徐子能目前就住在检察院腾出来的空房，徐子能说他不怎么慌，自己心中有数，就是检察院彻底查清了，也只能判个年把时间。下一回轮到哪个倒霉蛋，他相信肯定问题比他又大又多，说不定还能逮住个贪污上百万够枪毙的人。现在的厂长经理，在任几年就判几年徒刑，基本上没有错。他后悔，早知今日，不如当初多捞点，哪怕坐几年牢，出来后仍有钱花。林茂说，现在在企业当头头正如坐在火山口上，不管你小心还是不小心，都有可能粉身碎骨。徐子能要林茂好好把握自己，林奇就他这么一个儿子，有个万一老人可受不了这份打击。林茂谢过后，说了声多保重。

　　袁圆见林茂放下了电话，就说她知道徐子能的事是怎么闹发的。这主要怪他老婆，那女人总怀疑徐子能在外面搞女人，那天两人吵起来后，她认为是徐子能嫌自己人老珠黄，就想将自己打扮得年轻一些，拿一提包钱到街上买化妆品和首饰，正好被铸造厂的人看见，当即就拉了一个正路过的检察院的人跟在后面看。检察院的人一回去就立了案。

林茂不愿同袁圆说这件事，就问她吃饭没有。

袁圆说林茂约她十二点来肯定是要管饭的。

林茂没有叫龙飞开车送，他领着袁圆走过一条街，找了家僻静的小酒店。袁圆打量了一番说可惜没有单间。喝啤酒时袁圆依然在说，没有单间情绪上不来。林茂顺口说了句，下次一定找个有单间的。袁圆马上同他碰了碰杯说一言为定，单间由她找，单由林茂来买。林茂看着袁圆白里透红的脸蛋竟答应了。

天很热，电扇不大管用，林茂身上出了一层又一层的汗。袁圆不时用手帕替他揩揩头上的汗，她自己则时时撩起T恤衫下摆撩一撩风，那只圆圆的肚脐也一下一下地往林茂眼睛里蹦。

林茂忍不住主动说起赞助款的事。

"我基本上可以答应你，但有些技术上的工作还得做，所以得过一阵子，到时我再打你的叩机。"

"我知道林哥你说话会算数的。"

袁圆忽然一改称呼，说得林茂心里咯噔一响。

出酒店大门之前，林茂终于忍不住说了句。

"你真让人喜欢。"

"我知道。"

袁圆朝林茂抛了一个媚眼。

林茂回到办公室后，同等在那里的肖汉文打了个招呼，接下来便给赵文打电话。赵文昨晚没睡好，这时候午睡正香，

第二章

醒过来不免迷糊。林茂说了三遍她才有反应。林茂问她上午到商店买东西没有，如果没有买就暂不买或者少买。赵文说她已经买了，花了差不多四千元。林茂心里一时又不踏实了。赵文问他怎么一日三变。林茂就小声将徐子能的情况说了一遍。当然他没有说那女人疑心重，以为徐子能在外面有女人的那一截。这些都到嘴边了，林茂又将它缩回去。赵文说今天各单位发工资，商店里的人多，不会有人注意的。林茂叮嘱她小心谨慎为妙，别人问衣服的价时，尽量往低处说。

放下电话，林茂向肖汉文说了声对不起，又问中午的饭菜口味合不合。肖汉文说自己是个"每食家"。林茂以为他说的是美字，肖汉文就解释说自己在"文革"期间因几次偷渡香港而坐牢时，练成了每种菜都能吃的习惯，他后来终于偷渡成功，在香港当难民时，又将这功夫练得更深厚了。

肖汉文突然问起徐子能的事。林茂问他怎么知道的。肖汉文说中午在酒店吃饭，差不多所有在那里的人都在议论这事。林茂简单地向他介绍了一下。肖汉文听过后嘴角露出些讥笑，林茂不愿多同他说这些，就开始推敲合同。

合同主要有几点：一是货物质量得保证，二是货到后才能付款，三是用八达公司而不是用农机厂的名义。这些肖汉文都能接受，但提出货款至少用现金支付十万。听到这话林茂心中就有数了，肖汉文要这么多现金其中必定有些猫腻。因此他马上提出反建议。他可以用现金支付，但十万元只能实付九万，另外一万得用作给银行的回扣。肖汉文也即刻做

093

出反应，说他可以少要一万，但合同必须同农机厂而不是同八达公司签，因为这是罗县长亲口表的态。肖汉文还说划账和发票都得是农机厂的。林茂说农机厂和八达公司本来就是一家。肖汉文冷笑起来，说林茂的这种小伎俩只能骗那些苕，而他一眼就能看出，如果八达公司不加价百分之十到十五再转卖给农机厂，他肖汉文就从此永远改名叫文汉肖。肖汉文更进一步指出，八达公司只是过一下手，货款和利息都是农机厂的，能从中纯赚近十万，又何必还要盯着他的一万哩。林茂这时转了弯，他笑着说实在没料到肖老板的生意经算得这么准。肖汉文也转了弯，说都不提刚才那些，就按现在的合同签，然后就算私人之间帮助，他给林茂五千元现金作活动费和小费，林茂给他到银行弄出十万元现金。

　　肖汉文将手掌竖着伸给林茂，林茂用自己的巴掌在上面拍了一下。

　　趁王京津将合同拿出去打印时，林茂和肖汉文又聊起徐子能的事。当然话题是肖汉文捡起的，他很瞧不起徐子能这种人。

　　"为了几万元钱而蹲监狱，这种人现在是最苕最不懂世道的。"

　　"未必你就不苕？"

　　"还有你林茂。我那晚在街上吃夜宵时，一眼就看出你会是我的一个好伙伴。"

　　"不是说现在能捞到钱就不苕吗？"

第二章

"那也得看怎么捞。收红包、拿回扣这还说得过去，因为这是一种没有合法化的正常交易手段。得到它的人仍得用同样的手段将其花掉。但贪污和接受贿赂就不一样了。第一，这种钱是黑钱，你无法让它明明白白地流通。第二，你无法向自己的孩子说明这笔财富的来历，哪怕自己的钱来路不正，但你绝对不会希望孩子将来也这样去挣钱，因为当财富越多时，一个人就越会希望自己的孩子正正当当地成为一个出色的人物。第三，这样的行为会让你永远感到良心不安，在心理上形成无法弥补的残缺。而我们这样的人，根本目的是要成为影响国家前途的中产阶级分子，心理上的缺残会削弱自己说话时的号召力与影响力。"

"我可没有这样想过。"

"但你的行为已具备了这样的效果。"

"你是不是也这样同罗县长说了？"

"那是对牛弹琴。而这也是对的，一个健全的稳定的政权，就应该是中产阶级的木偶娃娃。"

"罗县长听了会伤心的。"

"他应该伤心，因为在他手下居然会有像你这样不动声色地、合法地将国有财产转化为私有财产的人才，而他竟不能察觉，也不能制止。"

"你别瞎说，八达公司正儿八经是国家的。"

"你比别人高明就在这里，牌子和资金都是国家的，赚的钱却是私人的。正大光明得让人都不敢乱想，这是现今时节最好的本钱。不贪污一分，不受贿一角。但要什么有什么，这就够了。在家里藏那么多黑钱有什么用，还记得苏联和俄罗斯吗？到时候国家将旧票子一废，然后每人限定用旧票子兑换新票子的数额，再多的得有有关证明才给兑换，不然就成了一堆废纸。可八达公司不怕，它是在国家的账本上，什么政策都得想到它。"

林茂这时只剩下笑的份，他听到肖汉文继续说，现在谁能不动声色地将国家和集体的财产控制在自己手里，谁就能成为未来的主宰。肖汉文声称自己是经历过两个世界、两种社会的人，他已经看到现实先伸哪只脚了，虽然还未动，但神经已经起了反应。

待肖汉文说完后，林茂提醒肖汉文别太自以为是。

肖汉文说这是自信。

林茂则再次告诉他自信和自以为是是以人生沧桑为代价的。

王京津将合同拿来了。两个人各执一份仔细地看过，肖汉文还将林茂手中的一份也要去看了一遍，然后才点了点头。林茂先在合同上签了字。肖汉文没有要林茂的笔，他自己从皮包里拿出笔来。签完字，又开始盖章。

两个红圈圈挨在一起，一个叫八达公司，一个叫四通公司，王京津说这才真是四通八达。林茂和肖汉文只是对视了一下，目光中有一丝惊讶。

王京津一出门，肖汉文就将一只鼓囊囊的信封放到林茂的办公桌上。

林茂什么也没说,用手一拨,信封嗖地滑进抽屉后不见了。

林茂伸出手。

"半个月后见。"

肖汉文将林茂的手握住。

"晚上我请客,到蓝桥夜总会。"

林茂推说有事,肖汉文搬出罗县长,说是到时罗县长会来陪他。林茂只好答应下来。时间还早,两个人在办公室说着闲话,都是些轻松的内容。肖汉文说他有四个情人,广州、长沙、杭州和成都各一个,都是二十几岁的姑娘。肖汉文问林茂有多少,林茂摇头说自己还没有这个习惯。肖汉文不相信,等到相信了他就说林茂这样活着,太没劲了。肖汉文告诉林茂,年轻的姑娘是男人最好的强壮补品。林茂说有机会给他介绍一个本地姑娘。肖汉文马上说他来的第一个夜晚,在蓝桥夜总会碰到一个叫雅妹的姑娘,很讨人喜欢,他问林茂能不能现在就想办法将她找来。听到雅妹的名字,林茂心里响了一下。他没有告诉肖汉文,雅妹是自己的邻家小妹,而是推说等他下次送货来时再说。

这时,王京津进来告诉林茂,刚才厂里打来电话,加工车间的铣工石雨上班时晕倒在机床旁,现正在医务室抢救。

林茂没料到一谈到雅妹,就传来她妈妈的坏消息。

林茂让王京津立即将电话挂过去,找李大华说话。等了十分钟，王京津将话筒递给林茂。李大华在那边汇报说，石雨已经没事，医生分析说是营养不良，打了一针高糖后她就缓了过来。现在何友谅正在医务室里负责张罗。

说到何友谅，李大华马上压低声音，说本来一开始工人们还没当回事，过去也有夏天里工人晕倒在车间的情况。但何友谅介入后不久，工人们就说起怪话来，一会儿将发的降温费同厂里的招待费做比较，一会儿又将车间恶劣的条件同八达公司的空调办公室做比较，得出的结论是现在的领导越来越贪婪，越来越不顾工人的死活。林茂叫李大华找个理由将何友谅调开。李大华说他试过，没有用，何友谅说他主管工会工作，这时候哪儿也不去。林茂说不说这个了，他要李大华马上写一张告示贴出去，叫全厂工人明天下午下班时到厂部领取降温品，至于发什么东西，明天上午上班时再商量。

同李大华讲完后，林茂又给家里打了电话，要赵文马上打个电话到农机厂，就说跑跑出了点事，要何友谅赶紧到家里去看看。

赵文问为什么要这样做，林茂说何友谅正在厂里拆他的台。

电话放下半天，林茂还在生何友谅的气。

肖汉文上来拍着林茂的肩膀，劝他别同下级怄气，肖汉文说每年暑假都是男人的性春天，一群群十八九岁的高中女生毕业，像花儿一样摆在社会公园的大道两旁，等着男人去采去摘。

第二章

　　林茂突然问肖汉文的孩子有多大了,什么时候高中毕业。
　　肖汉文笑着开导他,现在这个年月,最怕的就是认真二字。

11

　　石雨对自己的突然晕倒,在心里早有准备,她一连几天都是勉强完成生产定额,为了不欠产,她几次借口铣刀不行,将定额偏高的伞齿轮压在一旁,而专门加工比较容易完成的普通齿轮。普通齿轮加工完了,今天一上班就面对清一色的伞齿轮。在工作灯下闪烁的铣刀与工件,映得她满眼不是金花就是孑孓,她不得不在中途关上机器闭上眼睛休息一下。下午离下班还有一个小时,她还有五分之一的工件没加工完,按车间的规定,工人一次没有完成当班定额,当月奖金就扣除三分之一,两次扣三分之二,三次就取消获得奖金的资格。这个月因为雅妹参加高考,她已经有过一次没完成定额的记录了。虽然固定奖只有二十元,但就这点钱,她原是计划每月买肉给自己和女儿改善生活的,而从工资里实在无法挤出哪怕半分钱来,那都是定死了的基本开支,少一点日子就过不下去。她望着工作台上那些原封未动的坯件,心里一急,先是虚汗出来,还没有揩干净,眼前突然一黑人就倒了。醒来时,人已躺在医务室里,手臂上插着大号针头。

胡乐乐在一旁心有余悸地告诉她,如果她倒下的地点再偏半尺,整个头部就将卷进相邻的那台刨床的电动机皮带中去。石雨心里想说那样一死了之反而更好,免得为钱日夜着急。但她见到何友谅铁青着脸对医生说,要他们将橙汁鱼肝油和口服葡萄糖给她一些带回家去吃时,有些不好意思说这种明显是埋怨厂领导的话了。何友谅还对胡乐乐说狠话,要她注意自己良心的位置,别以为自己不做定额当了脱产的车间干部,就会一辈子不到一线上去,石雨忙说胡乐乐对她不错,一向挺照顾她的。何友谅马上顶她一句,说他比谁都清楚农机厂的情况。

何友谅要胡乐乐亲自将石雨送回家去,自己则到车间去将石雨没干完的活儿干完。李大华来报信说跑跑出了事,要何友谅回家去。何友谅没有理,只是给林青打了个电话,要她回娘家去看看。石雨看在眼里,心里很感动。何友谅还要李大华安排龙飞用车子送送石雨和胡乐乐。

石雨更感动,在场的工人都说只有何友谅还将心放在工人身上,关键时候替工人着想。石雨上车时,李大华正在往墙上贴告示,并大声地叫大家明天记着带袋子来装降温品,大家反应都很冷淡,私下里说这是林茂牙齿缝里掉下来的牙屎。石雨在车上对胡乐乐说,她想退休,让雅妹接班。胡乐乐说,不到五十就退休,厂里当然欢迎,但她估计雅妹不会干的,雅妹身材相貌那么出众到厂里来挣苦力钱也太委屈她。石雨闭上眼睛不作声,胡乐乐以为她又不舒服忙捏住手腕掐

第二章

着脉搏。

富康轿车进了黄陂巷,却停在石雨家门口,巷子里的人有些好奇,都站在自家门口看。等到胡乐乐扶着石雨走下车时,许多人都围过来。早有人将还在屋里睡觉的雅妹叫醒。雅妹有些慌,裙子也没套上,就穿着短裤,打着赤脚冲出来。石雨见了也顾不上自己的头晕,连忙将雅妹往屋里推,嘴里一连串地说着自己没事。四周围着的都是闲在家里的爷爷奶奶加上放了假的中小学生,他们看雅妹那两条修长均匀的大腿和丰润的臀部时,眼里只是透明的亮。龙飞不同,他是人群中唯一一个有异样目光的人。石雨看到龙飞看雅妹的神情,她感觉很慌乱,连连叫龙飞将车开走,说林厂长一定在等着要车坐,龙飞稍慢了些,她竟要上去推那车子。

头晕倒地的事在这条巷子里是常发生的,大家热闹了一下便分头散去。屋里只剩下石雨和雅妹时,石雨沉默了一阵,突然说了一句话。

"我是真放心不下你,不然我早走了。"

见石雨泪水哗哗地流了出来,雅妹也哭起来。

"你放心,妈妈,我不会像街上那些女孩去做给家里人丢脸的事。"

"那你对我说实话,买肉的钱是从哪儿来的!"

雅妹借帮石雨揩眼泪时,将自己躲到她的背后。

"我没骗你,是一个同学送的。"

"那你前天晚上去哪儿了?"

"到同学家去玩。"

"你总是同学同学,为什么不说清楚是哪一位!"

"我都满十八岁了,我怕你又到人家那儿去问。"

石雨心里不相信,又没有办法让雅妹说实话,无奈之中她便骂起马铁牛来,她将一切都归罪到马铁牛身上,说如果不是这个没心肝的丈夫,这个家庭也不会落到眼下这种破败的地步。

雅妹提出自己到深圳找工作,顺便找找父亲。石雨一听就想跳起来,她身上没劲,一用力人又差点晕倒过去。雅妹连忙将她扶住。石雨无力地对雅妹说,如果你要去深圳,我就到药店去买瓶安眠药吃下去,反正也不贵,就五元钱,自己还拿得出来。她还说如果雅妹要是再敢在外面玩到晚上十点钟以后回来,她就到街上去撞汽车。雅妹说她一切听妈妈的,只要妈妈好好保重自己,她就一辈子做妈妈的乖女儿。

母女俩正悲悲切切时,窗外有人说,林师傅,这么早就收班了。

林奇说,天热没什么生意,早点吃了饭再出去转转。

石雨知道林奇一会儿肯定要过来,就要雅妹将衣服穿好,洗洗脸梳梳头。

果然,雅妹刚洗完脸,正要石雨帮自己将头发卡好,林奇就匆匆进屋来了。后面还跟着齐梅芳。齐梅芳手里还提着两瓶麦乳精。林奇那样子像是想说话,但机会都被齐梅芳抢去了。说了些要石雨注意保养自己的话后,林奇忍不住打断

第二章

齐梅芳的话，说只有既有钱又悠闲的人才说得上保养，连养家糊口都很勉强的人，哪有那份子闲心。齐梅芳争辩说前几年石雨不是练过气功。林奇提醒她，那时马铁牛炒股票还没有完全熄火。

齐梅芳不服软，另选了个话题，说雅妹既然已清楚知道自己高考的分数不管出不出来都将没有希望被录取，那么不如趁早找个工作，为石雨减轻一些负担。

听到这话后，林奇不再说话。随后齐梅芳要回屋做饭，雅妹也到厨房里去了。屋里只剩下石雨和林奇两个人。

林奇问石雨是怎么晕倒的。石雨将经过从头说了一遍。林奇听到有人骂林茂，心里就不好受起来。他说自己的孩子自己知道，林茂绝对还没坏到别人骂的那种地步。林奇说话时心里有些虚。石雨见他难受，就又说大家对何友谅的反应很好，评价也高。林奇的情绪也不见好转，虽然他内心偏爱女儿和女婿，但毕竟儿子的这份亲情是别的什么都不能替代的。

见林奇沉默下来，石雨又劝他，说从来一把手做事都是吃力不讨好，大家说点怪话是免不了的。林奇说，自己正是怕听见工人说林茂什么，所以从退休后他就不到厂里去。说话时，林奇想起何友谅曾叫自己到厂里去看看走走听听的话。

林奇从荷包里掏出一把票子，塞到石雨的枕头底下，说这是这两天踩三轮车的全部收入，他一分也没有花。石雨有些不敢看林奇，将脸扭到一旁悄悄落泪。林奇叫雅妹拿条湿毛巾来，让石雨将脸擦一擦。雅妹将湿毛巾送进房里时，深深地看了林奇一眼。

房里更加闷热了。林奇将放在柜子上的台扇按键按了几下，扇叶一点动静也没有。

石雨说电扇坏了，可能是线圈烧了，她知道那价，不敢送去修。

林奇当即回家拿来工具，将电扇卸开了。线圈是有点毛病但问题不大，真正的问题是小毛病太多了。林奇只好暂时放弃努力，说明天将它拿到一个徒弟开的修理铺去，让他给修好。

石雨似乎没有注意到林奇在说什么，只顾自己的心思。

"你每天晚上都在哪儿揽生意？"

"蓝桥夜总会一带，那里人多。"

"前天晚上你在那儿看见雅妹了吗？"

石雨突如其来的一问，让林奇有些发愣。他本来一直在找机会想同石雨说雅妹在蓝桥夜总会陪男人玩的事，但现在石雨主动问起来，他反而一时不知该不该如实对石雨讲。正好，雅妹在厨房里叫了一声，要林奇快去帮她一下。

林奇望了石雨一眼，石雨示意他快去。

雅妹并没有事要林奇做，她只是求林奇千万别将那晚的事告诉石雨。

雅妹说，她就去那么一次，如果让妈妈知道了，妈妈一定会气得要寻死的。

第二章

　　林奇以为雅妹在吓唬自己，板着脸不答应。

　　雅妹就将石雨刚才说的话告诉了他。

　　林奇听着吓了一跳，甚至庆幸雅妹这么及时地唤了自己一声。不然的话，真不知会闹出什么事来。

　　林奇要雅妹从今以后不进蓝桥夜总会的大门。

　　雅妹答应了。

　　回到石雨房中，林奇手上端着一碗热气腾腾的肉汤。

　　石雨不想喝，她怕雅妹拿回来的这肉不正当。林奇告诉她，雅妹是个好姑娘，每次经过蓝桥夜总会时，她都是低着头绕道走。他从没看见雅妹哪怕是在那大门口停一下。

　　石雨终于喝了一口肉汤，她咽了咽又说，自己最怕雅妹像别的女孩一样，高中毕业后没事干也不想找事干，天天晚上去陪人唱歌跳舞，那样她一生就完了。林奇让她别担心，雅妹不会的，再说自己整天都在那一带转，如果发现雅妹想进那道鬼门，他就代她用棍子将雅妹打回来。石雨又端起那碗肉汤，她一边喝一边吹气，并且好几次说自己有一个多月没有吃肉了。雅妹参加高考时她买了一斤肉，但自己连口汤也没喝。只是啃了一根剔光了肉的骨头。

　　石雨喝汤时，林奇清了几次嗓子，每次清完了又暂时忍住，一直到石雨将汤喝完。

　　"有句话我一直想说。雅妹还是得让她读读书。"

　　"她高中毕业了，大学录取又没指望，再怎么读！"

　　"好多人都让孩子去复读，雅妹也可以再试一次。"

"我想过，复读费要一千多元，我哪里有这么多钱哩！"

"多想点办法，实在不行，我也可以帮帮你。"

"不不，我们母女俩已欠了你家很多人情，再欠下去我们会——没办法做人的。"

石雨顿了一下，吃力地将后半句话说出来。

林奇一下子脸红了，他退后两步。

"你这是说的什么话，我是你师傅，你是我徒弟。我帮你渡过困难是精神文明的表现，谁还会说什么闲话。"

外屋里，雅妹忽然说，何厂长来了。话刚落音何友谅就跨进房里。

何友谅一见到林奇就说了一通。

"也不知赵文玩什么把戏，下午石师傅出事后，我正忙时，她突然打电话来说跑跑出了事。林青急得跑过来，结果什么事也没有，我怀疑是不是林茂在玩什么名堂，但不管怎么样，也不能拿跑跑要挟人啦！"

"你怎么知道没事，说不定是跑跑淘气，赵文当时生气，过后又不好意思说呢！"

林奇说话语气有些冲，何友谅不再说了。他看了看躺在床上的石雨，问她现在感觉如何。石雨说已经没事了。何友谅告诉她，剩下的那些伞齿轮已经帮她铣完了。石雨非常感激，说何友谅像林奇当年当车间主任时一样，最懂得工人的心。虽然也说了林奇好，但林奇心里没有丝毫高兴，他招呼也没打一下，扭头就走了。

第二章

何友谅有些尴尬。石雨叫他别计较,林奇其实心中有数,只是不愿意别人将林茂看低了,毕竟林茂是他的亲生儿子。何友谅说他想将跑跑接回去,不放这边了。石雨说这千万做不得,街坊们都知道你们已将跑跑送回来养,可突然之间又变了卦,林奇肯定会觉得没面子,本来好好的一家人,说不定关系一下子就僵了。

12

林奇回到家中,乌着脸要正在同跑跑嬉闹的赵文给林茂打叩机让他马上回来。赵文说林茂已经打来电话,他不回家吃晚饭。林奇说他不管林茂有什么事,必须马上回来。赵文跑到楼上去了,一会儿又下楼来,说林茂已经回了话,他正陪罗县长吃饭,一时不好脱身。

林奇很生气地对赵文说,当厂长的不顾工人的病痛,只会陪县长、局长,那他别的还会些什么!说完林奇一转身,饭也没有吃就骑上三轮车往街上去了。

林奇先去看了看林青。她正一个人独自摆开小吃摊。听说林奇还没吃晚饭,林青连忙打开炉子,将锅烧好,给他炒了一份肉丝粉。林青忙碌时,林奇坐在小板凳上,旁边同厂的工人大马还没有生意做,就不停地同他说话。让林奇吃惊的是,大马说徐子能被抓进去了,下午三点多钟时一个检察院的人领着他经过这条街，工人们见徐子能背着一包行李，都挖苦地问他这是去哪儿学习。大马还说，如果铸造厂有何友谅这样的厂长，至少全厂工人不会落到现在这样像讨饭的地步。

林奇心里为林茂担心，特别是听说徐子能只有两万元的经济问题，他就更担心了。林奇心里有数，光那只饼干盒里的钱，就有十万左右。他知道林茂绝对不会将钱只放在一个地方，别处一定还有。上午，他想打个电话继续镇一镇林茂，但说了几句后又觉不妥，他怕万一将林茂吓过了头，迫其做出荒唐事来那就更麻烦了，所以就将电话压了。他觉得最好的结局应该是通过这事，使林茂就此洗手不干，好好地当那厂长。徐子能才两万元就被抓，林茂若被发现，就肯定逃不脱牢狱之灾。

林青将肉丝炒粉端了上来，林奇吃了几口就不想吃了。林青非要他都吃了，因为街上不比家里，吃不完就只有倒掉。听了这话，林奇只好拼命往下咽。林青在一旁告诉他，昨天开张就赚了二十多元，算下来一个月可赚六七百，除去交各种税费，纯赚五百没问题。旁边开始忙了的大马探过头来，要她什么税费都别交，只需说是铸造厂的，就没人敢逼着收。大马愤愤地说，我们养活了他们那么多年，他们为什么就不能回头养活我们一阵子。林奇终于吃完了那份炒粉，他借抹嘴时小声对林青说，别学他们，该交的税费还得交，你同他们不一样，别给何友谅惹麻烦。林青说她知道，到时自己会

第二章

偷偷地交上去。

有几个警察向这边走来,为首的一个同林奇打了声招呼,然后就叫林青给他们一人来一碗鸡蛋汤,外加一份肉丝炒粉。吩咐过了,为首的警察又向林奇自我介绍说他就是张彪,同林茂的关系不错。这时旁边的大马大声冲着这边说,鸡蛋汤一元五角一碗,炒粉三元一份,任谁都不让赊账赖账。张彪冷笑一声,当即掏一张百元票子啪的一下拍到小桌中间。说从今天起我们天天晚上来这儿吃。大马也冷笑,说张彪别想用这来怄铸造厂的工人,他要张彪发誓,张彪说他一向说话算数。大马就告诉张彪,林青也是铸造厂的工人。张彪一时愣住了。林奇忙说林青是自己的女儿,林茂的姐姐。张彪这才说,他们这个庄抬对了。

这时,邱胖子不知从哪儿钻出来,声称要同张彪他们做个伴。邱胖子要了同张彪他们一样的东西,然后坐到正好空着的方桌的一边。邱胖子酸溜溜地说,张彪他们前几天受了委屈,今天这顿小吃他请客,算是为张彪等人洗尘。张彪瞪了邱胖子一眼。邱胖子几乎是恬不知耻地说,他从劳改农场回来后,又将那解救回来的苕妹妹卖到寿县去了,不过这一次他记得给她办了个结婚证,现在他那苕妹妹已经生了个胖儿子,而且一点也不苕,因此自己得感谢张彪当初抓了他,不然的话就拿不到两笔钱。他就是靠了这钱做本,发起家来的。张彪提醒他,别以为现在肚皮长圆了,就觉得自己真的福寿齐天,小心别让人踩住了尾巴。邱胖子有些不自在,嘴里还强辩说他没有尾巴可以让别人踩。

　　林奇抽身走开时,要林青同何友谅说一说,下午赵文打电话到厂里完全是误会,不要老放在心上。林青说已同何友谅说过了,但他不听非要亲自去问一问。林奇还要林青劝何友谅一下,林茂这段日子可能不太好过,因此何友谅无论如何要帮他一把,一方面在工作上多给林茂以支持,另一方面还要在工人中帮忙熄一熄对林茂的怒火。林青说他们这儿没问题,只是林茂现在像是着了魔,对自己家人的话越来越不爱听,说多了反而遭他猜疑。林奇说,只要心诚,能感动他的。

　　林奇踩着三轮车来到蓝桥夜总会门口,一眼就看见那辆富康轿车正亮铮铮地趴在停车场里,他爬到三轮车后排上坐稳,心里打定主意,今晚什么生意也不做,就在这儿守株待兔,看看林茂到底在搞什么名堂。他不想做生意时生意却出奇的好,坐了不到半个小时,竟有三个人要坐他的车,都被他拒绝了。但跟着又来了第四个人,林奇有些熬不住,就答应了。刚上路心里又后悔,生怕在这个时间里林茂刚好走了。他将车踩得飞快,到了目的地后,也不吭气就往回走。天已经黑下来,霓虹灯一亮,他反而看得更清楚,那辆富康轿车仍在原地未动。放下心来后,他再也不敢载客了,见有人走过来他就说车坏了。

　　街上的人慢慢多了起来。不时有一个两个或一大群穿着短衫短裙的姑娘,被霓虹灯照着走进夜总会大门,也有些长

第二章

裙飘飘的少妇，独自匆匆地闪身而入。还有些姑娘大胆地站在街边，用一种迷人的眼神去勾搭街上每一个没有女人陪伴的男人。林奇听到另外几个踩三轮车的人在说话，一个人问怎么今天有这么多的鸡，另一个人说今天是周末，工厂里业余的鸡都出来了。林奇一留意，还真的发现有一个女子好像是农机厂锻造车间开冲床的。他正在打量，一个男人走过来，双方只说了几句话，三个女子就同那男人跳上两辆三轮车走了。

林奇心里突然难受起来。他将眼睛闭了一会儿，忽然听见跑跑在身边叫外公，林奇睁开眼睛，见是赵文领着跑跑给送晚饭来了。林奇说已在林青那儿吃过，让赵文赶忙领着跑跑走开，这儿不是他们待的地方。赵文坚持要他多少再吃一点时，街上有个男人在用目光盯着她。林奇急了，他不好用手推赵文，领着跑跑就往街对面走，那儿是安全区，虽然也有几个女人站在那里，但别人都清楚她们只是好奇而观望的。

赵文领跑跑到林青那儿去了。

街上的人渐渐稀少起来。最后那只长得最丑的鸡也被一个五十多岁的男人领走了。那男人居然还想要坐林奇的三轮车，惹得林奇对他低声叫了一句滚开，别脏了老子的车。那男人走开时，霓虹灯光在他脸上一闪，林奇似乎认出他是住在黄陂巷后面的那个老婆同别的男人跑了十几年到现在也不知音讯的补鞋匠。

富康轿车继续趴在那里，别的车都走了，就剩下它那孤零零的模样。

林奇看了看手表，已经十二点了。他在心里骂起林茂来，若对工人也能这样操劳到半夜，农机厂说不定早就红火起来。他有些后悔，自己退休时，县里管工业的副县长曾征求过他的意见，问何友谅和林茂两个谁当厂长更合适，他想了两天，回话时选择了林茂。那时，他觉得何友谅同林茂差不多，选择林茂是因为他是自己的亲儿子。没想到县里最后真的让林茂当了厂长。他一听到消息就有些后悔。毕竟林茂那时才刚满三十岁，又没有当过副厂长，一下子从车间主任的位置上提起来，许多东西还是未知数。何友谅不一样，他比林茂大六岁，干了七年副厂长，底细应该比林茂清楚。如果他俩不是儿子和女婿这样的关系，自己也许不会选错人。而那个副县长又是自己众多徒弟中受自己恩惠最多的，所以对自己的话特别尊重。就在林茂当上厂长不久，这个副县长在一次车祸中死了。副县长若是没死，林奇可以找他想个委婉的方法将林茂换下来，而不会像现在这样，明知林茂有错，但不知如何是好。

夜总会门口有动静了。一群人从里面走出来，林奇听见林茂在说，先送罗县长回去。龙飞打开车门，一个胖乎乎的男人钻了进去，旁边的人都在朝他挥手。富康轿车走后，林茂又在叫，来四辆麻木。别的车都围了上去，林奇在原地没动。四辆三轮车分别载着四个女孩往不同方向走去。霓虹灯底下就剩下两个男人。林奇一下子认出来，林茂身边的那个

第二章

人就是曾经对雅妹动邪念的肖老板。

龙飞开着车回来了,肖老板先钻了进去,林茂正要跟着往里钻时,林奇喊了一声。林茂看了一眼,就挥手叫龙飞将车开走。

"上车,我送你回去。"

林奇几乎是吼着对林茂说。

林茂不敢犟嘴,乖乖地坐到三轮车后座上,一路上,林奇不停地骂林茂,说厂里的工人晕倒在车间,死活不知,他这一厂之长却在腐败窝里吃喝玩乐半夜不歇,陪的人男的是流氓女的是鸡。林奇说,如果他今后再看到林茂和那个姓肖的流氓在一起,他就不管什么儿子老子的关系了,非得将这事捅到县纪委去,县里若不管,他就继续往省里中央里捅。林茂不知道林奇怎么会认识肖汉文的,好不容易得到机会,他连忙解释说肖老板是罗县长的亲戚,罗县长介绍他来同农机厂做一笔生意,自己只是看在罗县长的面子上逢场作戏地应酬。

林奇忽然将车停下来。

"你为什么要赵文骗你姐夫,说跑跑在家出了事?"

"我不知道这事呀!"

"还不老实,你米桶和饼干桶里有什么瞒得过我!"

林茂从这话里听出些信息,他马上断定饼干盒在林奇手中,林奇可能是故意向自己透露信息的。

"我下午不在厂里,办公室的人向我汇报,说何友谅借

113

石雨晕倒之机，在工人中散布流言蜚语，挑拨工人起来闹事，我一向管不了他，在厂里他资格老，在家里你和妈妈也总是袒护他。没办法，我才想这样将他暂时支开，以防万一工人们被真的煽动起来。"

"你这话我只能信一半。"

林奇说话的口气中，火气已经消退不少。

三轮车到了家门口。林茂跳下车就要推门。林奇拦住了，要他先到石雨家看一看。林茂有些不愿意。

"这么晚了，她们家又没男人。去了不方便。"

"石雨病了，你是厂长，什么时候都可以去，有什么方便不方便！你可以同她说刚同罗县长谈完工作，本想早点来，只是无法脱身。"

林茂犹豫了一下，还是将石雨家的门敲响了。林奇要他敲重点。该说话时声音也要大点，别让街坊们感到是鬼鬼祟祟的，反而引起猜疑。林茂加大了力度，那响声有点像砸门。屋里马上传出了石雨的声音。

"谁呀？"

"是我，林茂！刚开完会回来，想看看你的病怎么样了。"

不但石雨家有动静，住在附近的农机厂工人屋里都有反响。石雨在屋里小声叫雅妹起床开门。雅妹朦朦胧胧地将夜晚在家穿的短衣裤套上后就将大门开了。

林茂在进屋的一霎间，被几乎是半裸的雅妹在心里狠狠撞了一下。自当厂长以后，他已有一年多没见到雅妹了。虽

第二章

　　说是邻居，但自己早出晚归，雅妹也忙于学习准备参加高考，这样就错过了他们可以碰面的机会。他丝毫也没想到雅妹竟会出落得如此动人如此迷人。雅妹在前面走，身上每一处摆动和不摆动的部位都在幻化。林茂有些不敢看了。他站在石雨的床前，问了前一句而不知道后一句该怎么说。幸亏石雨十分感动，连连不停地说真没想到林厂长会在这么晚的时候来看自己。林茂还是能较快地让自己镇定下来，他转而问雅妹高考的情况，听说雅妹进考场后由于太紧张，数学和物理都考砸了，林茂问她下一步打算干什么。雅妹说现在还没考虑好。林茂差一点说出让雅妹到八达公司来的话。他一边往外走一边在心里诅咒肖汉文，居然想打雅妹的主意。他还觉得肖汉文同雅妹在一起时一定让林奇碰见了，所以林奇才如此对肖汉文恨之入骨。雅妹在他身后说了声林哥再见。林茂一回头，正好与雅妹那美妙的微笑撞了个满怀。他也笑了笑，然后伸出手做了个握手的动作，雅妹有些羞怯地将自己的手在林茂的掌心中轻轻地放了一下后，便赶紧抽回去，并且又迅速地将那扇半掩的大门关上。

　　林奇在家门口等着林茂。他告诉林茂，别人送给林茂的一瓶茅台和三瓶五粮液，他要拿去用一用。林茂问他干什么要一次拿那么多。林奇要他别管。他又说早点将这些腐败酒处理掉对林茂有好处，不然万一哪天检察院也像对付徐子能那样，突然来家里检查，就会露出狐狸尾巴。门口有些黑，林茂没有看清林奇其实是在嘲讽自己，他还以为父亲是真的着急，就告诉他，县委常委开了会，从今往后未经常委会同意，司法部门不许随便调查企业负责人。林茂没料到父亲会说，这样的县委就该首先立案查它一查。

13

何友谅来到小吃摊上时，张彪他们正准备走。何友谅同他聊了几句，像是无意中提到农机厂两个车间的工人打架一事。张彪当即不高兴起来，说这么重要的事怎么不早同他说，他要何友谅通知一下林茂，明天上午他要到农机厂处理这件事。何友谅忙说，张彪想怎么做都行，但是谁也不方便替他捎话。张彪马上想起，林茂与何友谅关系不好，就摆手说那就搞它一个突然袭击。

张彪走后，林青就责怪何友谅，说他不该将打架的事告诉张彪。林青说，林奇刚刚来过，专门说了何友谅同林茂的事，要何友谅近一段时间无论如何帮林茂一下。听林奇说话的口气，好像林茂出了什么问题。

何友谅说他一直在帮林茂，但林茂从来不领情。看在岳父林奇的面子上，才不计较这些。

林青生起气来，说还有我哩，我是林茂的亲姐姐，是你何友谅的结发妻子。

何友谅笑着补充一句，说林青忘了最重要的，林茂还是

第二章

跑跑的亲舅舅。

林青也笑起来。何友谅趁机岔开话题，说最好还是将跑跑接回来，免得因此受些冤枉气。林青不同意，说这样自己虽然少受些气，却会将林奇和齐梅芳气坏的。老人们心情不好，有个孩子在身前身后环绕着，比吃什么药都见效。何友谅则解释，自己是怕林茂万一什么事惹急了，真会在跑跑身上出气泄愤。

林青说，只要何友谅不惹林茂，林茂又不是疯子，凭什么要去对付一个孩子。

何友谅说他已经看到农机厂潜伏着危机，只要有一件事不顺，就有可能爆发，到那时矛盾会多得让人躲都躲不掉。

断断续续有些零星的顾客来。

瞅着空，何友谅告诉林青，林茂亲口告诉他，林茂向县委江书记推荐了他，让他到铸造厂当厂长。

林青一听，生气地骂起林茂来，说他怎么这样狠心，将亲姐夫往火坑里推。她要何友谅无论如何别答应，自己在铸造厂待了十几年，太了解厂里的底细了，如果想学徐子能捞一把就走，还可以试一试，越穷的地方越乱，越乱就越好钻空子。

何友谅说自己可不想捞，他不愿坐牢，共产党也不是真拿钱不当钱，由人随便去捞，到了一定的时候就会整得你将屁股做脸还过不了关。

绕了一圈，何友谅又说，自己也想回避一下林茂，到铸造厂干一阵也未尝不可。

林青用菜刀在砧板上狠狠剁了一下,说何友谅若是真去铸造厂,那就先将离婚手续办好。

何友谅同林青开玩笑,说离婚正好,他可以在一个月之内找个黄花闺女结婚。

林青一挥菜刀说你敢,你有几个脑袋。

何友谅见近处没人,就小声回答说,两个,上面一个,下面一个。

林青也小声说,她知道何友谅今天心又邪了。

周末是何友谅同林青法定做爱的日子。为了不至于太累,十一点半钟他们就开始收摊。十二点钟时,他们正好推着装东西的板车,在十字街上看见林奇用三轮车拉着林茂往黄陂巷方向走。他们没有喊,只是相互诧异地说,这父子俩不知在搞什么名堂。回家后,两人洗了澡就上床。跑跑不在家,他俩都有些放肆,肉体撞击的声音和快活的呻吟响彻每一个角落,等到两人突然一齐瘫软下来后,何友谅说自己怕坐牢的原因之一就是唯恐几年不能碰一碰林青的身子。林青也说自己跟着何友谅虽然吃苦很多,但一想到这一刻,自己的心就甜起来。

尽管天很热,他俩还是一觉睡到早上七点钟才醒。何友谅怕迟到,饭也没吃就往农机厂赶。半路上碰见龙飞开车接林茂到厂里,林茂请他上车坐一程,他本来要拒绝,一转念头还是上了车。

第二章

"这两天有什么事忙不过来,可以安排我做一做。"

何友谅特意用了安排两个字。

林茂因林奇的话,也想缓和一下。

"新疆那边厂里一直没有开发出客户来,我想若是你能带一个供销员去走一趟,可能会有效果的。"

"没问题,你定个时间,我马上就动身。"

"那就后天吧!"

何友谅点了点头。

林茂早上出门时,住在一条巷子里的工人都主动同他打招呼。林茂知道这是昨晚半夜去看石雨的效果,心里很舒坦,就想连何友谅的关系也变化一下。

"昨天跑跑的事怪我没弄清,我向你说声对不起!"

"没什么,我也有说错话的时候。"

何友谅也做出和解的姿态。

龙飞在前面插嘴了。

"夏天到新疆去最好,遍地都是水果葡萄,特别是从天山化下来的雪水,真是既让人爱又让人怕,用手捧一捧解个渴,那种凉既爽到心里,又扎进骨头。我在新疆当了三年兵,连里的两个战士打赌,看谁敢在雪水中游泳,结果那下了水的一位从此就患上了关节炎。"

"我知道,这时候到新疆去是一趟美差。"

林茂见何友谅领了自己的情,就小声向他提了个建议。

"你可以将林青和跑跑带去,这样我就不派别的人,回来后依然报销两个人的差旅费。"

"林青刚做了个小生意，脱不开身，以后再说吧！"

接下来，两人又说起徐子能的事，林茂说他听罗县长的口气，可能明后天就会将徐子能放出来。何友谅很敏感，问是不是罗县长又在同江书记斗法，看谁的手腕厉害。林茂有些炫耀地说，是有这个因素，罗县长说就因为自己同徐子能的关系比较密切，所以江书记才找徐子能开刀，目的是瞄准背后的人。就凭这一点，罗县长非要让江书记碰碰墙壁，怎么也得将徐子能弄出来。何友谅就开玩笑试探地问林茂，万一有个冤枉，罗县长会不会保他。林茂想也不想就说，在对待他的态度上，江书记和罗县长是一致的。

他俩一齐下车的样子，让站在办公室门口的李大华、小董和胡乐乐三人面面相觑。林茂告诉李大华，上午派人出去买降温品，每人五斤绿豆、五斤白糖。何友谅见林茂又这么独断专行，心里又不舒服起来。

何友谅到加工车间看了看，见石雨已经在铣床边忙开了，他走过去，问石雨怎么不休息。

石雨苦笑一声，说现在病休没工资，不敢那么娇气。

何友谅想说一些话，但又忍住了，他不想在自己与林茂之间又发生什么矛盾，他叮嘱了石雨几句，又要胡乐乐多留心，注意一下石雨的情形。

从加工车间出来，何友谅又到装配车间去。

金水桥见了他连忙笑着迎上来，可说完头一句话，又马

第二章

上变得愁眉苦脸。

金水桥是车间和科室干部中唯一与何友谅保持着密切关系的人。原因是林茂在全厂四个车间中，唯一对装配车间存有戒心。林茂当车间主任时，所在的加工车间就同装配车间经常为产品质量问题扯皮争斗。林茂当了厂长以后，一下子将装配车间的生产定额提高了百分之六，而加工车间只提高了百分之五。为这事装配车间的工人怠了一个星期的工，最后双方都做些让步，将增加的定额降为百分之五点五。

金水桥说他来上班时，碰见了公安局的张彪，他们上午要到厂里调查那起打架的事，说不定还有可能要抓人。何友谅见金水桥这么担心，就猜到了七八分。他问金水桥到底是不是幕后指使。金水桥说别人出的主意，但自己点头同意了，不这样不行，这个月车间在装配过程中弄坏的零件太多了。何友谅骂他没志气后扭头就走。

何友谅到维修车间和锻造车间转了转，那里的车间主任是同林茂一起长大的铁哥们儿，根本不将何友谅放在眼里，连招呼也不同他打。不过工人们都对何友谅很热情，好几次几个人一齐围上来同他说话，但被车间主任吼散了。何友谅耐着性子，一点不恼，还是单独地向几个工人问清了车间这几天的情况。

回到装配车间，何友谅要金水桥放心，不会让张彪找到他头上的。

张彪说来真来，何友谅看见一辆破旧的三轮摩托车从大门口凶猛地冲进来，眼看就要冲到办公室的走廊上，忽然来了个急刹车，三轮摩托车在原地打了一个转后停了下来。张彪没有穿警服，戴着一副墨镜，手上拎着一只大号咖啡瓶做的茶杯，径直闯进林茂的办公室。何友谅知道张彪肯定不会告诉林茂，打架的事是从他这儿听说的。如果一个当警察的轻易对别人说出自己的情报来源，最终只会将自己玩死。何友谅放心地将从车间里了解到的情况记录到笔记本上，接下来他走到办公室，借口向小董要近一段上面发下来的文件和简报看，他有意大声说话，让隔壁的人听见自己的声音。果然，不一会儿李大华就叫他过去一起参加接待张彪。

何友谅知道张彪无非是借此机会要农机厂上点贡，所以一坐下他就开玩笑说张彪是来收保护费的。张彪也顺着他的话，说农机厂的人最不自觉，自己不上门就装作忘了，从来没有主动过。何友谅说刚在蓝桥夜总会联络了一回感情嘛。张彪说那也是自己先开口的。

何友谅马上说，那好趁你现在还没开口，我们主动一回，今天中午撮一顿怎么样。

张彪说自己中午已有了安排，何友谅说那就晚上，还是去蓝桥夜总会。张彪要换个地方，说是伍家山林场新开了一家豪华宾馆，他还没去过。

何友谅看了林茂一眼。

林茂说就照张彪的意思，去伍家山林场。

何友谅马上也说，厂内打架的事你就别操心了吧。

第二章

张彪大笑一阵,说那好,这次不管了,下次再管吧。

他们约好,下午四点半钟在八达公司门口聚齐,然后一起乘车去伍家山林场。

张彪一走,何友谅就说自己不去为好,怕适应不了这种场合。林茂不同意,坚决要他一起去。何友谅只好向林青请假,然后又到黄陂巷看了看儿子。儿子正在赵文房里学唱歌。何友谅远远地听见赵文的歌声里有一丝忧伤。等见到赵文时,发现她的脸色有些苍白。

在去伍家山林场的路上,林茂同剧团的袁圆紧挨着坐在一起,一路上说笑不停。

何友谅坐在林茂的背后,瞅空问林茂,怎么赵文的脸色不太好。

林茂隔了一会儿才回答,说是林奇骂了她一顿,责怪她不该乱说跑跑出了事,还说她没有生孩子不知道孩子的珍贵。赵文受不了最后这句话,昨晚一夜没睡好。

何友谅猜测这只是一部分原因,林茂没有说出来的是什么,他想了好久,直到抵达林场豪华宾馆时还没想出个头绪,估计赵文有可能是在为林茂的有些做法担心,因为徐子能被带到检察院后,县内几乎所有企业一把手的家属都在暗暗为自己的丈夫着急。赵文的情绪中有此成分,但那种深深入骨的忧郁,显然同那弥漫在县城上空的焦虑不是一类。

林场所在位置比较高。林茂同张彪他们在歌厅里载歌载舞,特别是那个袁圆,几乎是吊在林茂的脖子上,而不跳舞时她又将一首又一首的爱情歌唱给林茂。张彪他们也有陪舞献歌的。

何友谅一个人悄悄地走到外面。山下的河流被夜色隐去，在看不见的河流下游，县城的灯光辉映着半块天空。那里的人此刻在干什么哩。辉煌的灯火中，不时有一股通红的光焰向上喷射着。那是农机厂锻造车间的化铁炉在开炉化铁。县城里这样的化铁炉原先有好几座，包括铸造厂在内，别的几座都先后停了，就只剩农机厂和汽配厂的两座化铁炉还在每周两次地轰轰隆隆地燃烧着。

喝酒时，张彪同林茂打赌，说农机厂这个周末加班是剩下为数不多的几次之一，等到不再加班时，农机厂的气数就差不多了。当时袁圆说，农机厂若有问题只能是被你张彪喝酒喝出来的。张彪说一个人是可以搞垮一座工厂，但这人不是我。

夜里所有人都不回去，宾馆虽然给了优惠，但包括第二天早餐在内，李大华给了一张三千元现金支票。身后的宾馆虽处深山，却也是霓虹闪烁。它与山下的县城交相呼应，只是不知道这繁华之花在为谁而开！同样，那高炉之花又因谁而谢！

第二章

14

  同赵文的做爱最后仍然失败了。这时，林茂已对赵文坦白说出了自己所面临的困境。赵文安慰他，说是这一阵他心理上太紧张了，等到放松了以后就会没事的。虽然这么说，赵文心理上的阴影比林茂还严重。最近的一次，赵文在快感出现后，下身忽然痉挛起来。林茂没料到这一阵怎么会突然出现这么多的事，甚至做爱时也不能一心一意，有两个人影总是在心里缠来绕去。先是袁圆，随后又有雅妹。

  那天晚上在伍家山林场豪华宾馆歌厅跳舞时，按照张彪的意思，歌厅安排了四曲华尔兹。而且每一曲都在十分钟左右。头两曲，在只能勉强看见附近人影的点点光亮中，袁圆几乎是一动也不动地紧紧贴在林茂的身上，林茂也将一只手从细腰间送到她光滑的脊背上。在第三支华尔兹响起之前，袁圆对他说，她先出去到外面的树林里等，她让林茂等华尔兹开始以后再出去。袁圆一走，林茂就紧张起来。华尔兹开始后，他站起来时，两条腿都有些抖。

  宾馆外面没有人，只有山坳里的林场场部那里，有乘凉人的说话声。林茂朝林子中间走去，冷不防袁圆从树后闪出来，一下子将他搂住，并将一对嘴唇紧紧地压到他的嘴唇上。林茂一边吻她一边将她推到一棵大树下，还没等他动手，袁圆已将自己的短裙翻到了腰间，袁圆居然连三角内裤都没穿。

林茂将袁圆轻轻抱起来,袁圆熟练地将两腿盘在他的腰上。袁圆很快就快活地呻吟起来,林茂努力了半天,结果还是同与赵文一样,无法完成那最后的一道工序。他不想被袁圆发现,做了一串假动作,然后同袁圆一起从高潮之上退下来。他们回去时,第三曲华尔兹还没有完。

隔了几天,林茂给袁圆打叩机,让她中午十二点以后来八达公司一趟,将她要的赞助款拿去。他提醒袁圆吃了饭再来。袁圆来时,八达公司里没有其他人。办公室门刚反锁上,两个人就抱到了一起。袁圆第一次脱光了衣服,平躺在林茂的办公桌上。林茂上去后,腿却多了一截,袁圆叫他将一只沙发移过来搭搭脚。事后她告诉林茂为什么现在的老板都喜欢在办公室放一只宽大的写字台,因为那是一只不让人注意的爱床,她建议林茂也换一张这样的写字台,自己再来时,睡上去也舒服一些。林茂将三千元现金交给袁圆,袁圆则将一张四千元的收据交给林茂。林茂看到上面写的是收到农机厂赞助款等字样后,就放心地将收据锁进抽屉。他以为没事了,袁圆却要他对自己也表示点。林茂说三千元里面有她的回扣。袁圆说那是公款,她要他私人表示一点心意。林茂一下子明白这是怎么回事,他又拿了五百元钱交给袁圆。袁圆上前要吻他,他却将其推开了。

由于害怕同赵文做爱时的尴尬与痛苦,林茂有两个星期不敢对她发出信号了。这中间,他三次将袁圆叩来。他真的买了一张大写字桌,让袁圆可以在上面翻滚。每一次袁圆穿衣服时，林茂就将五百元现金塞到她的乳罩里。袁圆很高兴，一次比一次表现得卖力，有一次，他们从写字台滚落到地上时，袁圆的头重重磕了一下，但她一点也没有中断自己的动作，反而小声呻吟着要林茂的动作更快点。

有天晚上，林茂从罗县长家里出来，经过林青的小吃摊时，坐在那里的林奇将他喊住。自从何友谅到新疆出差以后，这一阵林奇经常来林青这里帮忙，将自己的三轮车撂在一旁。

林奇让林茂坐下，然后突然发问。

"你和赵文闹矛盾了？"

"没有，好好的哩！"

"别瞒我，你们像是好久未在一起了！"

"天太热了。"

"可你们房里有空调，天天晚上都开着的。"

林茂一时无话，这时林青将他扯到一边小声同他嘀咕。

"妈都同我说了，过去能听到你们的响动。我又问了赵文，她说你这一阵身体不太好。你是不是有什么心事，感到压力太大？"

"好像是。不过我真不知道是怎么回事。"

"你是不是在外面另有女人了？"

林青突然问了一句，林茂赶紧连连否认，说是他怕林奇将自己的双腿打断。林奇又将林茂唤到桌旁，他要林茂别为徐子能那样的事担心，只要他不再走歪脚，什么事都不会发生。林奇这话几乎是对林茂明说了那十万元钱的事，林茂也不用他再说，就称自己的事自己会解决的，要林奇和林青别着急。

正在这时，前面的小吃摊上传来一阵骚动。

有人小声说，徐子能怎么出来了。

果然，不一会儿徐子能就从前面走过来，他故意走得很慢，还同铸造厂的每一个人打招呼说话。那意思明摆着是说铸造厂的工人高兴过早，到头来成了一场空。徐子能看见林茂后，连忙走过来。林奇见此模样便要走，徐子能抢先一步将他拉住，说自己一定要请师傅消夜。

林奇拉不下面子，只好重新坐下。

徐子能颇为得意地说，这样好，反而使自己更清白，以后别人就更别想对他下手了。

林茂不冷不热地告诉他，若不是罗县长的干预，就不会有他现在的高兴。

徐子能没想到林茂知道内幕，只好说检察院的人也是如此对自己说的。

林奇在一旁沉沉地说，经一下波折也好，回来了就得赶快想办法，让铸造厂恢复生产。

徐子能说，谈何容易，铸造厂现在欠债八百多万，可固定资产只有五百万不足，就是拍卖也没人敢要。

徐子能问农机厂的情况，林茂不屑于同他说。徐子能问了三遍他才嗯了一声，说至少还没到资不抵债的地步。徐子能也嗯了一声，说恐怕未必，这种事要会计师事务所的人说

第二章

了才能算。

林奇突然说了句，工厂停不停产可不是别人说了算。

徐子能说，如果是生产越多亏损越多，那还不如不生产。

旁边正在炒菜的大马骂了一句他妈的，接着又说，如果你没当卵子厂长就不会这么说。

徐子能跳起来，问他骂谁。大马一点不含糊地表示就是骂的他。徐子能还要说什么，大马几步蹿过来，挥着拳要按徐子能，被林茂眼疾手快地拦住。这边一闹，远处的工人都跑过来，七手八脚地将徐子能扯到街中央，林奇、林茂和林青忙着保护小吃摊上的东西，待到能脱手时，徐子能早被人放倒在街心。许多工人叫着，要停在近处的一辆卡车开过来，压死这个腐败厂长。那卡车真的开过来了，林奇连忙跑过去欲拉徐子能，卡车轮胎一声尖叫，在离徐子能只有一米远的地方刹住。从车上跳下一个人，大家一看，正是以前给徐子能开小轿车，后来因为不听话而被换掉的司机小蔡。

林奇和林青将大家劝得散开了，见徐子能被打得不轻，林奇就用三轮车将徐子能往家里送。林茂接替林奇给林青帮忙，这一阵几乎没有客人，林茂心情越来越糟，坐在那里默不作声。林青见了就叫他回家休息。

林茂一到家就洗澡，他正对窗户搓着前胸，忽然有一只手轻轻搁在背上，他不回头也知道这是赵文。赵文用两只手柔顺地一把把搓着，林茂不一会儿就感到周身发烧。赵文的双手已从腋下绕到前胸，他顺从地转过身来。赵文只穿着窄小的黑色乳罩和三角裤,人显得从未有过的性感,林茂情不自禁地将双手放到她的腰上,赵文还在搓揉着他的前胸和小腹。林茂一下子就解开了乳罩后面的扣子,接着又伸手去脱那三角裤。赵文抬起一条腿,让它从三角裤里钻出来,三百二十元一套的小内衣,像彩云一样飘落在脚下。林茂挺起时,赵文不知道像袁圆那样用腿匝住林茂的腰,只知道让全部身体去迎接。莲蓬头还在往外喷水,赵文绵软地靠在卫生间的墙上,忍不住一声接一声地叫起来。林茂觉得自己空前强大,他奋力将赵文的灵肉送上高峰,赵文高声叫了一下,接着就如棉花一样变得不知分量。林茂还在不停地动作,但他已感到没有反应了。赵文明显是在鼓励,小声说到床上去吧。林茂不愿脱离地抱着赵文穿过走廊回到房里。可是他对自己越来越失望,赵文已无法做出反应。林茂突然有一种绝望感,他一下子从赵文身上跳开,胡乱地穿上衣服,然后冲下楼,在林奇、齐梅芳和跑跑的目光里,闯进屋外漆黑的小巷。

　　林茂再次走在大街上,他没有往林青的小吃摊方向走,而是拐了一个弯,经过蓝桥夜总会往博物馆那儿走。他只是朝霓虹灯下看了一眼,就发现锻造车间那个叫绣书的女孩,打扮成一副鸡的模样,在五光十色的光艳中转来转去。他装作没看见,拐了几步,贴着街边的楼房往前走。正走着,他忽然发现王京津和李大华站在一处说着什么。他想了想后,悄悄地顺着楼房底下的黑暗走过去。王京津和李大华没有发现他,继续说他们的话。林茂最担心他们将各自管的事往一

第二章

起说，幸好他们只是议论女人。李大华说绣书肯定是只鸡，王京津则说袁圆可能也是，只是高级一些不在街上转。李大华说，绣书的价绝对不会超过一炮五十。往下说的话则更无聊，林茂不再听了，继续独自往前走。

来到博物馆门口，他站了一会儿，忽然听见有人叫他，扭头一看竟是袁圆。袁圆也不问他一个人在这里干什么，只说自己就住在这里，如果林茂没事就请上楼去玩玩。林茂几乎没想就跟了上去。

袁圆是自己买的分期付款的房子，两室一厅就她一个人住。剧团曾在一间八人住的集体宿舍里分给她一张床，她只住了半年就搬出来了。袁圆说自己轻易是不会请男人到这屋里来，除非是确有好感的。她马上又说，今晚要好好放松一下。她让林茂吃了两颗药。林茂开始不肯吃，袁圆笑着对他说了一个药名，他就笑着吃了下去，接着又洗了一个澡，在袁圆洗澡将完时，林茂感到一种强烈的渴望。袁圆还没将水擦干净，他就像饿狼一样扑过去将她抱起来扔到床上，两人癫狂了差不多一个小时，袁圆潮退潮涨地涌动着，反反复复刺激着林茂。大概是药性过去了，林茂感到了一种急剧的衰退，从而内心空前地发憋，他突然低下头一口咬住袁圆的一只乳房，拼命咬着，很长时间也不松口。袁圆大叫一声，挣扎了几下后一下子晕了过去。

袁圆醒过来，望着林茂，又摸了摸差一点被咬掉的乳头。她什么也没说，只是用手在林茂的头上轻轻抚摸着。林茂将头埋在她两乳之间,大声哭了起来。等他哭够了,袁圆才提醒说,都半夜一点了,该回家了。林茂往外走,袁圆在他身后温柔地说,以后心里若难受,就来她屋里,她愿意做出无私奉献。

从野外吹来的夜风中有股凉爽,街上没有一个行人,林茂觉得自己的心情好多了。林茂望了望眼前只有一处窗户还亮着灯的新楼,他知道自己从此不会再来了。

慢慢地,他走进了那最熟悉的小巷。突然,林茂听见雅妹的声音。街边的那小屋里有一支小小的烛光。县城并没有停电,几个女孩聚在一起围着一支蜡烛,一首接一首地唱着歌,声音很小却很动人。特别是雅妹的歌声,一丝一缕也能从别的歌声中飘荡出来,单独地在小巷夜空中洗涤着聆听者的心灵。

赵文还没有睡,她倚在床头上,正看着一本医药书。

林茂洗了今晚的第三个澡,他平静地走到床边,对正望着自己的赵文说:"这两天你找个机会同石雨说一说,让雅妹到八达公司上班。不愿意的话也可以先去试一试。"

赵文告诉他,有个叫肖汉文的人打来电话,说他和货物后天就可以到。林茂躺在床上,只过了几分钟就酣然入睡。赵文却睡不着。她好几次走到隔壁房中,抱着跑跑的小脸蛋轻轻地亲吻。赵文在走廊上来回走动时,听见隔壁传来雅妹隐约的歌声。雅妹唱的是流行歌,那些歌其实是一种心情,无奈的失落、忧伤的失恋、懊悔的追忆和深藏的情爱等。

第三章

15

赵文下楼的次数一天比一天少。问她时，她说楼上屋里开着空调，比楼下凉快。齐梅芳借故上楼去看，每次都见到赵文在看医药类书籍。齐梅芳同林奇说过几次，是不是小两口中身体出了毛病。林奇不相信这么年轻的两个人，会有什么毛病。

林奇心里一直挂惦着雅妹复读的事，他到县高中去询问过。高中管后勤的副校长老方也是林奇的徒弟。老方一开始在农机厂跟林奇学钳工，出师后不久就调到高中搞校办工厂，熬了几年就当上了校办工厂的厂长，由于工厂每年给学校提供了不少福利，前两年又将他提升为副校长。林奇也叫他方校长。老方听了连忙说自己是水货，学校应该是教人知识的，像他这样的人当校长，其实是对教育的侮辱，是表明一向清高的老师们穷急了眼。林奇同他说起雅妹的事。老方知道雅妹是石雨的女儿，说自己还有五百元的股票在马铁牛手上，当时是托马铁牛买的又委托马铁牛卖，没想到连马铁牛自己也不知去哪儿了。老方现在已不指望这些钱了。至于雅妹复读的事，老方说一点问题没有，只要将复读费交齐了，一切手续由他负责。老方也为雅妹叹息，进考场时雅妹紧张得脸色发白，监考的老师叫雅妹唱首歌放松一下再进屋，雅妹一开口，平时唱得极好的歌曲，突然都跑了调。老方认为雅妹天赋不错，可就是心理素质太差，原因是做父亲的马铁牛多年不在身边，这对雅妹的心理产生太大的影响。老方说，母亲只能影响孩子的情感，别的事都归父亲影响，特别是坚不坚强，只有父亲才能培养出来。

　　林奇同老方说起复读费时，老方说石雨曾找过他，听说要一千多元，石雨就沉默了，估计石雨没办法拿出这么一笔巨款来。林奇问学校有没有免收谁的复读费的情况。老方说绝对没有过，因为一千元对干部们来说不是什么了不得的事，干部们肯出钱让子女复读，学校也就没必要为谁开后门了。林奇在这个问题上反复说来说去。老方终于明白林奇的意思，主动说，自己可以做工作，让学校将一千多元的那个多减掉，但一千元是无论如何得交的。

　　林奇这时提到老方与石雨是师兄妹。老方就笑起来，说当年他们私下都以为林奇与石雨这师徒之间要发生故事，等了几年，却连一点新闻也没有。林奇被老方的这话说得心里酸酸的。当年石雨给自己当徒弟时只有十八岁,那模样就像现在的雅妹。那时林奇也才三十出头,连年当劳模,大照片都挂上了街头,到哪儿都能受到姑娘们的注意。林奇那时刚刚有了林茂,后来大家都说齐梅芳若不是及时生了个儿子,林奇就会同她离婚而同石雨结婚。石雨也的确有这种意思,她一直等了十年,到二十八岁时才和马铁牛结婚。在当时,这种年纪的女人已经是没人要的老姑娘了。石雨跟林奇当了两年学徒,这在自己带过的徒弟中也是时间最长的。石雨没有离开自己时,一直显得特别笨,除了一些简单的活儿,譬如键槽等能不用林奇指点自己操纵铣床外,别的一概不行,非得林奇一天到晚手把手地教。全厂人都说石雨是一个漂亮苕,除了生孩子的事,恐怕什么也学不会。只有林奇心里清楚,石雨是不愿意离开自己才故意装着老也学不会的。林奇也不想说破,在内心深处他也不愿石雨离开。这样一直泡了两年,他俩的关系还没有进展,厂里这时强行将石雨调出,不管行不行,都必须独立操作了。林奇后来才知道,是齐梅芳捣的鬼。齐梅芳也看出苗头不对,终于忍不住偷偷地找到厂领导,出于对林奇的爱护,厂领导同意了齐梅芳的要求。石雨一独立开,就表现得让全厂人大吃一惊,铣床上的活儿竟没有她不会的,而且每一项都做得比一些老铣工还好。老方说,石雨当年这份痴情也真让人感动,都快赶上梁山伯与祝英台了。

林奇同老方说不下去了。老方只是回忆过去的乐趣,不太想管从前工友现在的困境。老方说自己的两个孩子都是通过复读,才分别考上大学和中专的。这话让林奇难受起来,他忍不住说起老方来。

"人不能当官,一当官就不认故人了。"

"你家有两个当官的,当然有这种体会。"

老方一点也不含糊,对从前的师傅也敢顶撞。

"是的,都不是好东西!"

林奇招呼也不打就往门口走。老方见林奇生气了,就忙说自己那话只是开个玩笑。林奇不理他,出了门,骑上三轮车往学校外面跑。

离校门还有五十米时,有个瘦男人举手拦车,林奇让他上来。瘦男人要去火葬场,他说自己是火葬场场长,是为孩子复读的事而来学校的。火葬场场长的两个孩子第二次参加高考,但成绩很糟。他下定了决心,不管复读多少次,一定要让其中一个考上大学,解解自己身上死人的晦气。林奇问他哪来那么多的钱。瘦男人说是死人家属送的红包,那些活人想让死人烧得快一点、好一点,还要按他们选的时辰让死人进炉子,甚至不想排队,所以就有人来收买他。火葬场场长不无得意地说,所有搞腐败的人当中,只有他一个人敢公开地对别人说自己收了多少红包,他是逢人就讲、逢会必说,还故意将收的钱多说一些。可不管他怎么说,都没有人来追究他,处分他。火葬场场长一天到晚盼着纪检和公检法的人来,能捞个处分他就可以离开这鬼岗位。可就是没有人上他的当。

第三章

火葬场场长说他下一步准备玩鸡,玩到得个处分调离火葬场时为止。还说自己若玩绝不偷偷摸摸,就大明大白地看谁想来抓自己。不过这些得等到孩子考上大学以后再实施。

林奇将火葬场场长送到火葬场大门前,因为路远,他收了十元钱。返回时,正好经过八达公司,他一直没进去过,有十元钱打底,半天的生意不做也不怕。

林奇将三轮车停在门口,从敞开的大门走进去。

因为开着空调,办公室的门都关着,林奇先找到厕所进去方便一下,出来时,一个人站在走廊上,很不高兴地说,这儿不是公共厕所,外人不能随便进来。

林奇瞪了他一眼,说不就是什么八达公司吗,若是有站岗的自己就不会进来。

那人说县委那里也没有站岗的,他可以去那里。

林奇想起一句话,还没说,自己就先笑了。

笑了半天,林奇才说,你们总经理林茂一天到晚在我屋里上厕所,我从来没说过一个字哩!

那人一听就怔住了。

林奇看见一间半掩门的屋子有人,就推门进去。王京津一见,连忙从办公桌后面站起来,嘴里叫着林师傅,并将林奇向屋里的人做了隆重介绍。那个在走廊里责怪林奇不该上厕所的男人,有些不好意思地向林奇道歉。林奇怕他心里有疙瘩,就叫他领着自己到楼内各处看一看。

林奇将能打开的房子都看了,越看眉头皱得越紧,忍不住问,怎么一台机器也没有?

  这时林奇已知道那人叫郭亮,是公司的业务骨干。郭亮告诉他,林茂办公室里的真皮沙发比一台车床还贵,那张大办公桌则抵得上一台钻床,几只档案柜加一起买台刨床没问题。就这一间屋子里的东西便顶得上一家小厂。

  林奇说,这么搞得像是政府机关,谁来养活谁呀!

  郭亮要他放心,八达公司的前途绝对比农机厂光明。

  林奇一脸的疑问,说农机厂和八达公司不是一家吗?

  郭亮神秘地一笑说,只有做父母的才将儿子女婿当成一家。

  从八达公司出来,林奇见时间已到了中午就干脆回家了。

  等饭吃时,因为想起二十多年前的事,林奇忍不住对齐梅芳多看了几眼。

  齐梅芳觉得奇怪:"你怎么了,看人像看女明星一样!"

  林奇说:"我想起你当年真够狡猾。"

  齐梅芳马上明白过来:"又在回忆石雨给你当徒弟的情景。现在这样也不错,当了邻居,一样的天天早晚能见面。"

  "你觉得不错,石雨现在可惨了。"

  "那你就多关心一下嘛!"

  "这可是你亲口说的。"

  "都这把年纪了,我还怕你花心起邪念吗?"

  "那好,等会儿我就去同石雨说件事,看你吃醋不吃醋!"

  齐梅芳并不在意。林奇到房里看了看还在做家庭作业的

第三章

跑跑。跑跑将自己写的日记用手捂住,不让林奇看。林奇本来就没有准备看,他转身爬上楼顶。太阳很毒,葡萄叶子已晒蔫了,根部的土堆表面一片焦白。林奇看不到丝毫被刨动过的痕迹,就放心地将半截皮管套在水龙头上,拧开了,然后又将皮管另一端用手捏成一只小孔,让水像箭一样射出去喷在葡萄的叶子和根部上。细微的水珠在太阳底下形成小小的彩虹。林奇一边浇水一边看着楼下的巷子。他听见雅妹脆亮地叫了声妈妈,石雨也在看不见的去处答应了一声。林奇一直没看见石雨,石雨是贴着楼底下的阴影走过去的。

林奇跑下楼,打开贮藏室的门,在一大堆瓶装酒中找出那三瓶五粮液和一瓶茅台。他将它们装进一只纸箱,也不用绳捆,抱起来就往石雨家走。

齐梅芳在身后撵了几步问:"你这是干什么呀?"

林奇马上反问齐梅芳:"你不是说不管了吗?"

雅妹正抱着一只收音机在听歌,见林奇进来就向屋里喊起来。

"妈,林伯伯来了。"

石雨从里屋出来,林奇并没停下,他将纸箱一直抱进石雨的房中,石雨有些不解。

"这是什么呀?"

"几瓶酒,你想办法将它卖了,给雅妹做复读费。"

石雨打开纸箱,见里面装的是茅台和五粮液,禁不住轻轻叫了一声。

"这么多的好酒呀!"

雅妹闻声跑了进来,忍不住好奇地拿起茅台和五粮液反复闻着。

"以前我爸总说这两种酒最好,今天才第一次看见。"

"你想回学校复读吗?"

林奇盯着雅妹问,雅妹一时说不出话,她看了石雨几眼,石雨不看她,只用双眼在那四只酒瓶上扫来扫去。雅妹猜出了石雨的心思。

"我不想再读了。真的,我真的不想读。"

雅妹说着就扭头跑开了。

林奇看见石雨的眼圈红起来。

"上午我到你师兄老方那儿去打听了一下,他说雅妹复读资格不存在问题,只要交上复读费就行。老方说过,别人复读费要一千多元,雅妹只要交一千就行。雅妹这么好的孩子,不读下去实在可惜。这几瓶酒是别人送给林茂的,是他主动说让送给你,卖了给雅妹作复读费。按正价可以卖一千二百元左右,你可以卖便宜点,只要一千元钱就行,也别想赚一分。"

石雨盯着酒瓶看了很久。

"不,这酒我不能要,也不能卖。县城这么小,谁不认识谁呀。像我这样的人怎么会有这么多的高级酒哩,大家一怀疑,自然就怀疑到你和林茂的身上。现在风声很紧,许多人的眼睛都在盯着林茂,这么做不是此地无银三百两吗?不

第三章

管怎样,我不能害你家里的人,也不能害林茂。"

"你别在县城里卖不就行了!"

"乡镇里谁会买这种酒?"

"那你可以找人带到地区和省里去卖。"

"你怎么就转不过来弯,酒虽到了外地,可所托的人是本地的呀!"

"实在不行,那就不麻烦你,我找个机会到武汉去亲自将它卖掉。"

"还是别冒这个险,铸造厂的徐子能刚放出来,农机厂里不少人议论,说下一个可能会轮到林茂。这种时候,可是一点岔子也不能出,出了就难以收拾。你就这么一个儿子,赵文又一直没生育。林茂若是万一出了问题,别说是为了雅妹,就是与我们不相干的事,我也会为你担心,为你放心不下的。"

石雨抬头望着林奇。

林奇好久没见过石雨这么望着自己,可能有二十多年了。从石雨离开自己独立工作然后熬到二十八岁结婚以后,石雨就没再这么望过他。他从石雨的眼神里看到了从十八岁到二十岁,又从二十岁到二十八岁,这十年中青春姑娘的种种情感流露。林奇也望着石雨,就像当年在车间里上夜班,两人隔着铣床,在半明半暗的夜空中相互凝望一样。这是他们倾诉的唯一方式,除此以外,两人之间没有多说过一个字。同过去一模一样,最后总是林奇先将目光移开。

林奇喃喃地低下头。

"这也不行,那也不行,难道就让雅妹这么浪下去!"

"赵文早上同我说过,林茂同意让雅妹到八达公司上班。"

"你答应了?"

"还没有,你的意见哩!"

"八达公司像个机关,估计没什么重活儿,说不定会适合雅妹的。"

"我也想让她先干一个月试试,不行的话,到开学时再想办法让她去复读。"

林奇没能再说什么。跑跑从门口钻进来,说饭熟了,外婆叫他回去吃饭。林奇转身欲走,石雨叫他将酒拿回去。林奇抱起纸箱时,石雨又叮嘱他,千万将这些东西收好,轻易不要让外人知道,现在的人对腐败敏感极了,稍有不慎就会酿成一场灾祸。

雅妹躺在外屋的竹床上,见到林奇,她坐起来浅浅一笑。

林奇对石雨说,雅妹这一笑让他想起那年石雨到车间报到,喊他第一声师傅时的样子。

石雨没有回答。雅妹抢着问,别人都说妈妈年轻时比自己漂亮,她要林奇说句实话。

林奇说,在老辈人的眼光中的确如此。他接着问雅妹,是不是已打定主意去八达公司。

雅妹说她再也不让妈妈为了自己而吃那么多的苦。林奇夸雅妹真是个懂事的姑娘,他要雅妹尽管先去报到,万一在公司有什么不如意或受人欺负的事情发生，他去为雅妹讨个公道。

林奇往门外走时，身后有人说。

"师傅，你走好！"

林奇怔了一下，才回头来看。

石雨默默地望着他，雅妹则捂着嘴笑。

林奇分不清这话是谁说的，只感到这是石雨当年的声音。

16

一进家门，齐梅芳就迎上来。

"怎么抱回来了，人家不领情？"

"你懂什么，人家这是太领情了。"

"只怕是一厢情愿的情。"

林奇不说话，见林茂在沙发上坐着，就赶忙将纸箱抱进贮藏室。

林奇出来时，儿子说话了。

"你这一大把年纪做起来怎么这样草率，这种事是千万不能随意暴露的，出了意外可不得了。"

林奇一下子明白，肯定是齐梅芳打电话将林茂叫回来的，不然中午这段时间林茂是不会无事往回跑的。

"石雨不是外人，她也提醒过我。"

"你怎么想出这种主意来？"

"还不是为了雅妹复读的事。你让雅妹进八达公司怎么不先与我通气。"

"这是工作上的事，又不是家务事。"

"我可不管工作不工作，先将丑话说在前，雅妹可是一点社会经验也没有，她这样的女孩总能让一些坏人起邪念。所以，你得像大哥一样看护好她，若是出了什么意外我可饶不了你。"

"爸，你别太担心，现在的女孩都是有主见的，别人认为是坏事，她们自己却不以为然。"

"你混账，这像当领导的说话？我再提醒你，厂里那个叫绣书的姑娘，你若是不管一管，说不定哪天要出大丑闻。"

林茂不再说话，他起身往楼上走，并对齐梅芳说，中午饭他不想吃，留点稀饭，他午睡起来再吃。

这时跑跑从楼上赵文房中跑出来。

"爸爸打电话回来了，他今天在新疆上火车，三天后就可以到家，他说给我带了好多吐鲁番的葡萄。"

林茂顿时想起一件事，进房后就给肖汉文打电话。肖汉文家里的人说他已经押车出发了，最晚明天晚上就可以到。林茂稍稍放下心来。他看见赵文趴在写字台上写着什么，就走到身后看了看。赵文在写一首歌，纸上的汉字和音符被改得一塌糊涂，林茂扫了两眼竟然一点也没留下印象。林茂问赵文写歌干什么，赵文说写着好玩。

第三章

　　林茂刚上床，赵文忽然问他，怎么不见他为那十万元钱的丢失着急了。林茂一时不知如何回答。赵文问他是不是有事瞒着自己。林茂要她别瞎想，如果不是心理上有巨大压力，他的身体也不会出毛病的。赵文告诉他，自己看过不少医药书籍，都说这种情况有两种原因：一种的确是心理上的原因，可还有一种是生理上的。林茂要赵文想想，这种问题的出现也就是一天的时间，若是生理上的原因，绝对不会有这么快。林茂说他打长途电话问了省里的186咨询台，咨询员肯定地说是心理问题，最好的药方是放松自己，不要有任何压力。林茂给了赵文一个号码，若不相信可以打个电话问一问。赵文没打电话，却问这号码是谁给的。林茂说是龙飞给的，这种乱七八糟的事龙飞知道不少。赵文不再说什么，她吻了林茂一下，叫他好好睡一觉。

　　林茂一觉睡到下午三点钟才醒。下楼时，屋里只有赵文和龙飞。两个人在沙发上对坐，不知是什么话题使赵文显得有些兴奋。林奇已出门了，齐梅芳也去了什么地方，跑跑在沙发旁边铺着的竹席上睡得正香。林茂将留给他的稀饭喝下去后，就叫龙飞送自己去银行。赵文问他晚上回不回来吃饭。林茂说有可能不回。

　　上了车，龙飞主动对林茂说，自己刚才同赵文谈起徐子能家里的事。他告诉赵文：徐子能以前在家里很骄横，后来因为受贿和贪污被老婆抓住了要害，从此在家里像孙子一样，连好了十几年的情妇也不敢再来往了。赵文听了这话很高兴。

林茂刚要准备骂龙飞一句，忽然意识到龙飞这话里还有话。他觉得龙飞其实是在说，赵文的高兴是因为她像徐子能的老婆一样抓住了你林茂的要害。他想了好久，直到车子开进了银行院里才开口。

"龙飞，你刚才那话怎么像是威胁谁？"

"林厂长，可不要误会，我是有口无心！"

"你若是有什么想法要求就直接说，你跟我三年了，相互之间应该说是知己知彼。你也应该知道，若是换个人当领导，恐怕别人不会像我现在这样对待你，就说这辆车，从买到用，所有的发票，我从来没卡过，全部实报实销。"

龙飞有些急了。

"我的确只是想让赵文对你在外面的事放心，要是有别的意思，就让我开车时刹车失灵。"

"你又在乱说，你我都在车上，刹车失灵怎么得了。"

林茂掏出一只沉甸甸的信封要龙飞送到江书记家里去，江书记的儿子自费读大学，这是他送的礼。

林茂想借机试试，看龙飞以前是不是将红包都送到了。

林茂拉开车门，一股热浪扑面而来。他紧走几步，钻进银行办公楼的玻璃门。楼内有中央空调，到处是凉飕飕的。迎面碰上存款股童股长，也没打招呼便问林茂是来借债还是还债。林茂说，他不想借也不想还，他是来抢金库的。童股长说你若是说抢银行的也许还可以试一试，真想抢金库那是鸡蛋碰石头。林茂说不这样干，工厂怎么能摆脱困境，他觉

第三章

得现在振兴工业的最好办法就是这个，反正工厂里什么设备都有，金库再保险也是工人建造的，哪有打不开的道理。先抢国内，再抢国外，谁先这样干，谁就能先富起来。童股长说是不错，这主意绝对是世界一流的创造，只可惜林茂是个小厂长，不是三军总司令。说笑了一阵，林茂问信贷股的陶股长在不在。童股长说陶股长荷包里的钱正在往外跳，单等他拎着口袋去装。林茂笑一笑，走了几步又回头叫存款股童股长什么时候到农机厂转一转，自己负责不会亏待他的。童股长说自己知趣，进对了门，占错了屋，待在存款股里一天到晚受鬼的气。

上到二楼，林茂推开信贷股的门。陶股长用眼角睃了林茂一下，嘴里哼了一声什么，依然低头看那放在抽屉里的一叠写满字的纸。林茂在屋里转了一个圈，然后独自大笑起来，由于持续时间长，竟像喘不过气来。陶股长有些愕然地抬起头来。

"林厂长有什么事如此好笑？"

"我刚才在楼梯口碰见小童！"

说着，林奇又笑起来，陶股长等着他往下说。

"你猜小童对我说什么？他说银行应该取消这丢人现眼的存款股，所有其他股室都是供的菩萨，就存款股放着几个要饭的，这与银行的地方太不相称了。"

"就这？这有什么好笑的！"

陶股长很失望，林茂丢了一包红塔山香烟在桌面上。

"我们体会得深。这不，又来磕头烧香求你大发慈悲了。"

"你打算要个什么数？"

"五十万，多一点更好。"

"你也敢开口。五十万意味什么，从账面上讲，加上以前的贷款，整座农机厂就都归我们银行了。"

"我也会算这个账。可不管是银行还是农机厂，幕后老板都是一个。"

"你不用开导我，五十万数字太大，我当不了家，得找朱行长。"

"我知道。不先进您的门，我哪敢越级找朱行长。"

"快去快去，四点半朱行长要召开行长办公会哩！"

朱行长的门可不太好进，先是办公室的人反复说不知道朱行长在不在家，逼得林茂说出自己知道下午有行长办公会的话后，办公室的人才去通报，然后又叫林茂等。银行是从中央到地方一条线管辖下来的，不怎么买县里干部的账，所以林茂不敢轻易将自己的王牌拿出来。耐心等了二十分钟，朱行长总算让林茂进去了。

朱行长知道林茂是来要贷款的，一见面就咄咄逼人地说，农机厂都快资不抵债了，还来贷什么款。

林茂有些谄媚地笑了笑，然后说，自己是不好意思来，但罗县长逼着要他来。

朱行长听出了弦外之音，就说罗县长怎么就不亲自打个招呼，凭林茂信口说，他也不知道是真是假，现在的假冒伪

第三章

劣遍地都是。

林茂说自己肯定不会是假冒的。

朱行长问他要贷款干什么。

林茂委婉而又明白地将罗县长亲自介绍表弟肖汉文来厂推销金属材料的事对朱行长说了。

朱行长一口一个难,说银根太紧了,莫说五十万,就是五万也难贷出来。

林茂就问朱行长是不是要罗县长亲自来。

朱行长说,罗县长来了他管饭管酒,就是不敢管人管钱。

林茂便说自己去将罗县长请来,顺便沾光吃一回银行。

林茂匆匆下了楼,让龙飞火速驱车到县政府。

龙飞在车上说,他已将红包送到江书记家,交给了江书记的妻子。

罗县长正在开会,也不知是什么内容,林茂从门缝里看见他几次张大嘴打着哈欠。好不容易让罗县长看到自己,他后退了两步。不一会儿,罗县长出来了。罗县长拉开门时,屋里的江书记正好朝这边看了一眼。

林茂将见到朱行长的情况对罗县长说了一遍。罗县长马上责怪起林茂,说他应该在自己打了招呼后再去。林茂装出一副做错了事的遗憾样子,其实他是故意这么做的,他就是要抢在罗县长同朱行长见面之前,将底细透露一些出去,让朱行长明白这里面的利害关系,不至于将门关死。林茂说肖汉文明天就会到,要罗县长今天下午无论如何要同朱行长见一面。罗县长有些迟疑,说省地联合调查组正在听县里四大家负责人对铸造厂工人殴打警察和协警人员一事的处理意见。他不好离开。犹豫再三,罗县长才答应请半个小时的假,同朱行长见上一面。

罗县长也没有另外要车,就坐进林茂的富康轿车里。在银行门口下车时,林茂将一张牡丹金卡递给龙飞,要他去取五千元现金,然后到厂里将李大华接来,在二楼走廊里等着。龙飞没有多问,他早就知道这张金卡的户主是农机厂。

罗县长同朱行长见面时,一直没有提贷款的事。只是向朱行长透露下午会议的内容。他说各方在处理意见上分歧很大,言语之中对江书记颇为不满。林茂渐渐听出来,在这起冲突中,江书记倾向于铸造厂的工人,罗县长则倾向警察。人大常委会主任和政协主席分别站在江书记和罗县长一边。

两人说了二十五分钟后,罗县长突然说:"林厂长,你的那个报告拿出来给朱行长看看。"

林茂连忙将报告递给罗县长。

罗县长也不看,随手转交给朱行长。

"这事全由朱行长说了算。"

朱行长在仔细看报告,罗县长要回去开会,起身告辞。

朱行长要送,被罗县长拦住,罗县长要他从指缝里漏点什么给农机厂,也算是对一县之长的一点支持。

林茂一直将罗县长送回会议室。

罗县长推开门,林茂刚好听见江书记说,晚上九点开常委会。

又往银行驶去,车上只有林茂、李大华和龙飞。龙飞交给他一叠钱,并提醒说一百元的是两千,五十元的是三千。上了楼,朱行长已在报告上签了字。林茂将报告拿着走进信贷股,什么也没说就将那叠一百元的钞票塞到陶股长的抽屉里。陶股长没笑也没说话,只是随手将抽屉关上。接着就问林茂要不要现金。林茂说要十五万。陶股长说多了,只能给十二万。陶股长在填写一份表格,林茂问他刚才在抽屉里是不是在看情书,陶股长只是笑。

林茂从屋里走出来,对站在走廊上的李大华说:

"这五千元你出个证明条。"

说话时林茂感到皮包里剩下的三千元有些沉。

17

又到了吃饭的时间,林奇将头顶上的草帽摘下来扔到后排座位上。这时,一个看上去很面熟的人,穿过其他三轮车,径直走到他面前。

"我要回家吃饭了,你要他们的车吧!"

"不耽误你的事,我去黄陂巷。"

"既然顺路,我就捎上你。"

那人上了车,沿途许多的人都向三轮车上张望。黄昏时,街上的人很多,林奇感到那目光像风一样刮过来。他忍不住回头问那人。

"我好像在哪儿见到过你。"

"我也见过你,你是农机厂退休的老模范林奇师傅。"

"倒是没认错,你贵姓?"

"我姓江。"

三轮车进了黄陂巷,林奇问那人到哪一家,那人说自己也不太清楚,要不就先到林奇家坐一会儿。林奇回头用怀疑的眼光看了一眼,将三轮车停在自己家门口。那人掏出三元钱交给林奇,抬起头向上看了几下。

"这小楼不错哇,是你盖的还是你儿子盖的?"

"别人总以为是林茂当厂长搞腐败盖的,其实我盖这楼时,他还没有当厂长哩!"

"这么说,是你在搞腐败!"

"说是也是,那时我还没有动工,过去的徒弟们就纷纷送礼,不瞒你说,盖好楼再一算账,自己没掏一分钱不说,还赚了六百多元。"

"你有多少徒弟?"

"盖楼房的礼单上有八十六个,还有些没送礼的,准确数不知道,不会少于一百吧!"

林奇将那人领进屋时,正在同赵文蹲在地上玩小汽车的跑跑忽然站起来。

"我老在电视上看见你做报告,你叫江书记!"

第三章

背对着门口的赵文一回头,立即惊讶起来。

"江书记,您怎么来了?"

"我来看看老林师傅。"

林奇一拍自己脑袋。

"我怎么就是想不起来,真是老糊涂了。"

齐梅芳也跑过来打招呼。江书记说,老早就听林茂讲,母亲做的小菜特别好吃,今天专门来享口福的。大家忙过一阵,让江书记坐了下来。林奇要赵文去给林茂打呼机,让他马上回。江书记叫赵文别去,自己今天来主要是找林奇聊聊天。

赵文瞅了个空还是去了楼上。她先是发了一条留言,不到一分钟林茂就回了电话,他有些不相信,以为是寻呼台弄错了。一听说没错,林茂就为难了,他正陪罗县长和朱行长在蓝桥夜总会吃饭,后来他想出个主意要赵文在呼机上再留一次言,而且话要说狠。

赵文就又呼了林茂一次,她留的话是:你再不回来老娘就放火将房子烧个精光。

江书记说晚上九点钟还要开常委会,主要是研究铸造厂工人同警务人员打架的事,因为不管是调查组内部,还是县里主要领导之间分歧太大,所以他想先听听林奇的意见。江书记认为在这件事情上,林奇是最有发言权的,如果不是林奇出面制止这场冲突,事情不知会闹到什么地步。江书记先介绍了些基本情况,说是主要肇事人都已搞清楚了,铸造厂工人中为首的是大马等五人，公安局的主要是张彪一个人，加上几个没有转正的合同制警察。罗县长主张强化政权意识，提高执法强度，不能迁就有抵触情绪的人，哪怕是多数人，否则，日后行政工作就难于开展。江书记不同意罗县长的意见，从政治角度来讲，现在的政权是工人阶级的政权，如果动不动就将矛头对着工人，那无疑是挖自己的墙脚。虽然这只是发生在县里的一件事，可政治影响绝对不会只局限于县内。任何法律只是政治的一支触角，如果它损害了政治本身，那这支触角就得考虑要进行修理和调整。所以，江书记无论如何也不能同意随便就向工人脖子上架刀子的做法。工厂到了不能开工的地步，工人们遇上事有些过头和过火的行为，无论是党委还是政府，都要表现出耐心来。如果对一向忠诚的工人都没有同情心，未来的结局会是很可悲也很可怕的。

林奇想了好一阵才说，他不懂政治上的事，可他知道这时候千万不能抓工人，搞不好会有一连串的反应，首先，可能波及农机厂，因为这两家工厂本来就是一家，分了家以后相互关系依然很密切，然后就会影响到汽配厂，大马以前是汽配厂球队的中锋，以后作为技术骨干被充实到铸造厂，并且准备提升为管技术的副厂长，却被罗县长的一个同学顶了缸，两个厂的工人当时反应就很激烈，如果现在将大马抓了起来，汽配厂的工人不会无动于衷的，到时就是多发奖金也没有用。有这三家工厂，就是别的工厂不动，县里也会被翻个底朝天。林奇说，现在要紧的是民心，它比法律更靠得住些。所以，如果非要抓大马，那么同时至少要抓几名负有责任的警察，就算是收买民心也必须这么做，宁肯警察受点冤枉，也要让老百姓觉得心里好受一些。

赵文插嘴，说她认识张彪，他只是警察中的个别人，沾染了许多社会上的坏习气。林奇怕赵文说出过头的话，不料江书记先笑起来，说叫张彪的警察自己虽不认识，却知道好多他的故事，有好的，也有不好的。

跑跑突然大声说道："车船店脚牙，无罪也该杀。"

江书记一愣："小朋友，你从哪儿听来的这话？"

"我爸说的，他叫何友谅。"跑跑很自豪地挺了挺胸，"我爸说，这是流传在旧社会的一句话。"

江书记接着又问跑跑怎么在这里，听说何友谅是林奇的女婿，他想起林茂推荐何友谅到铸造厂当厂长的事，不由得会心一笑。江书记说林奇的意见很有意思，他一定要在常委会上转述。

接着江书记又说起铸造厂的事。

"听说徐子能是你的徒弟？"

"带了那么多人，就他坐了牢。"

"你对检察院放他有什么看法？"

"没看法。我听街上的人议论，徐子能的抓与放是县里领导闹矛盾的结果。"

江书记没有马上回答，屋里的几个人一直在等。

"我的意见是徐子能必须抓，这也是老林师傅你说的民心问题。"

林茂几乎是跑步进来的,龙飞也跟在身后出现在屋里。

江书记同林茂寒暄几句后一转话题。

"过去我们反对夫人干政,后来又反对秘书干政,看来现在得反对司机干政了。夫人与秘书干政还说得过去,可现在司机干政,只能说明干部的素质降得太低了。司机在过去叫什么?叫轿夫。凡是同司机太密切的干部最后总要出问题。"

江书记这话明显是撵龙飞走,他不高兴一个司机在一旁扮演一个什么角色。

龙飞很知趣,借口买包香烟,回头出门去了。

林茂替龙飞辩了几句,说他比别的司机强,前些时发现了一条假钞线索,就马上报了案,结果公安局查获了几十万元假钞。

江书记说,不管龙飞怎么有觉悟,他还是希望林茂不要同司机靠得太近,他手里有不少活生生的例子,领导同司机靠得太近,无外乎两种原因:一是为了女人,二是为了钱财。当然,也还有第三个原因,就是进行贿赂时有人当替身。

江书记这话让林茂起了疑心,自己曾让龙飞给江书记送过几次红包,江书记仍这么说,肯定是龙飞从中打了埋伏!

齐梅芳将饭菜端上桌,江书记不待人请就坐过去,拿起一双筷子先将所有的菜都尝了一遍,每尝一口就叫一声好。江书记反客为主,一个个地叫林奇他们来吃饭。

叫到林茂时，江书记说，你已陪罗县长吃过了吧！

林茂心里一震，不禁佩服江书记消息这么灵通，幸亏自己没有先说假话。林茂解嘲地说，江书记能来寒舍，自己就是撑死也要舍命相陪。

江书记马上说，那好，自己吃多少林茂就得吃多少。江书记吃第一碗饭时，同赵文说剧团的事，他说有人建议让赵文到剧团当团长，他看过赵文在文化馆的业务档案，觉得的确可以考虑。

赵文忙说，她可以当面吃三碗粥，以后宁可每天每餐都吃粥也不愿去剧团当团长。她在剧团里待过，团长是那主角们的儿子和孙子，甚至连孙子都不如。

江书记吃第二碗饭时，说自己代表县委县政府感谢林奇及时化解了铸造厂工人同警务人员的冲突。他说自己有一个设想，成立一个由全县老工人老模范组成的一个组织，专门监督各家企业的党政负责人，并及时向县委常委会提供可靠的信息和情报，遏制一些厂长经理的为所欲为。

林奇说，这也是一个办法，前一阵总在宣传一个能人可以搞活一个企业，可就是忘了提醒人们，一个能人也可以搞垮一个企业。结果那些当了厂长就以为自己是能人的人，一个个忘乎所以，等到企业出现困难时，又一齐将责任推给党推给政府推给社会主义制度，好像自己受尽了委屈，其实他们自己的荷包里早就捞足了。

江书记对林奇的话鼓了掌，甚至还希望林奇有机会到常委会上讲一讲。

江书记第三碗饭刚一端起，林茂就开始讨饶。江书记不依，说自己一直很欣赏林茂的一些做法和一些观点，一个县办农机厂能不亏损就是奇迹，林茂一直做到了有利润这更让人称道，江书记现在却担心，怕林茂受到政治和经济的双重诱惑，而走上歧途。林茂说他心中有数。江书记说他这话不能算是回答。林茂要江书记同意自己不吃这第三碗饭他就正面回答，江书记不同意，说问题要回答，饭也要吃。林茂只好边吃边说，现在的厂长都是不得不在考虑企业前途的同时，考虑自己的前途。说到底厂长也只是一个打工的，饭碗同样端不稳，所以不朝政治发展，就得在经济上做文章。江书记说林茂在装糊涂，明知自己所说的政治与经济不是林茂所说的这个政治与经济，不过他不打算深究，因为林茂说的还算是实话。

吃完饭，林茂捧着肚子装出一种痛不欲生的样子。

江书记取笑他，要调他去当剧团团长，而让赵文去当农机厂厂长。

屋里的人都笑起来，说真没想到江书记有这么大的饭量，简直像个干粗活儿的。

江书记说县委书记就是个干粗活儿的，细活儿全靠林茂他们去干。他又说，自己妻子做了半辈子饭，可从来没做出一顿让他感到可口的饭菜，他今天吃了齐梅芳做的这顿饭，就可以放心做个饱死鬼了。

第三章

说笑一阵，江书记见时间不早，就又说到正题上，问林茂这一阵各厂厂长的情绪如何。

林茂说，那天江书记托他传给厂长的话，他已用各种方法传达了。厂长们都很高兴，说只有这样才能让人放心大胆地工作。江书记不无讥笑地说，如果停止执行《宪法》中的那一条，他们是不是更高兴。他要林茂再给他们捎个话，不要占了共产党的便宜还以为共产党笨，如果这样想就会大错特错，最终葬送自己的前途，这叫聪明反被聪明误。

林茂说："徐子能的抓和放在厂长中间反响也比较大，大家的意思是放比抓好。"

江书记突然说："若是徐子能再被抓，厂长们会怎么想？"

林茂听了不知说什么好。

江书记也不深究，他问起别的事。

"七月份快完了，这个月生产怎么样？"

"还正常，有事做，几个星期天都没放假！"

"你听《美国之音》吗？"

"没听！"

"听听吧，有好处。虽然有不少歪曲的报道，但经济上的事，美国佬分析得还比较准。他们说从今年下半年起中国的中小企业将进入一个最严峻的时期。农机厂的事我可托付给你了，你千万要谨慎，不能出大的差错。这种时期错一步就会带来一系列不良的连锁反应，到那时企业要想摆脱困境就难了。铸造厂就是这样，徐子能头脑一热，听了罗县长的话，像写浪漫诗一样，花几百万搞了一条生产线却根本开不了工，结果其他产品的利润还不够还贷款的利息。撑了一年工厂就垮了。你林茂比徐子能精明，这样的事可能不会发生，但还有别的可能。这些看不见的可能都是艾滋病毒，只要染上一点，最终它就要毁掉一个好端端的生命。"

林茂坐在背着灯光的地方，别人都没看见他眼角有一丝嘲笑。

江书记说完这话就起身告辞，林奇在送江书记出门时，对跟在身后的林茂说："江书记的话太对了，的确应该时刻牢记在心。"

江书记刚一离开，身影还没消失，林茂就说："江书记这种官话套话谁不会说！"

江书记很少这么一个人走在县城的夜色里。树荫底下，一盏电灯或一盏马灯照着各种各样的小摊。江书记问了一些东西的价格，那些东西都是摊主自己做的，很便宜。摆摊的人多数是县里各家工厂里下岗待业的工人，灯火朦胧，又忙着做生意，没人认出江书记。他一直走到县城最繁华的地段。铸造厂的那些工人正在忙忙碌碌围着各自的小吃摊打转。有人经过时，便不停地客客气气地问吃夜宵吗。

江书记看了半天，怎么也看不出有谁像是爱闹事的人。

江书记突然有了一个想法。

江书记匆匆赶到县委小会议室，七个常委已到了六个，就等他一人。江书记也不落座，开口就请大家随自己到街上走一走。他将六个常委领到闹市，隔着马路指着对面的那些人，问大家觉没觉得这中间有地痞流氓。他又将大马指给别人。大家正打量，一个老人胆怯地走到大马的摊前，伸出双手要桌上没被人吃完的一点炒面。大马将那点炒面全都倒进老人的空碗里。老人没吃拿上就走。大马问他怎么不吃，老人说老伴快死了，想吃点炒面，可他连一毛钱都拿不出。大马叹口气，要老人等着，他给老人炒一碗干净的带回去。大马很快将炒面做好了，老人做了一个揖，拿上便走。江书记对大家说，这么好的工人上哪儿去找！组织部长忽然叫起来，要别人快看。在组织部长的手指处，刚才向大马诉苦的那个老人，正坐在一处台阶上大口大口地吃着那炒面。大家明白大马受骗了。

这时，林奇骑着三轮车在大马隔壁的摊子前停下，然后走拢去给那个女人做帮手。

江书记挥手叫大家都过去坐一坐，想吃东西的他请客。

林奇见到江书记有些吃惊，江书记做了个手势叫他别声张。

林奇小声将林青向江书记做了介绍。

江书记望着罗县长，问他有何感受，农机厂副厂长的妻子，生在了铸造厂也一样得上街摆地摊。

罗县长低声说，何友谅这样做绝不是经济困难，肯定是做样子想达到其他目的。

常委中有四个人要了炒面和炒粉，罗县长也要了一份，吃时连连说味道不错，比大饭店的菜还好。有三个人没有要。江书记本来已开口要了炒面。林奇拦住他，说若是还吃，胃会撑破的。江书记就笑着放弃了。别人不明白是怎么回事。江书记就建议大家有机会都去林奇家，尝尝林师傅妻子厨房里的手艺。

回到小会议室，常委们又开始讨论怎么处理铸造厂工人同警务人员打架的事。江书记开始没作声，剩下的六个人意见又成了三比三。大家便等他表态，不料江书记一开口竟说应该将大马抓起来，弄得连一直与江书记对着干的罗县长也吃了一惊。江书记接着说，铸造厂就抓大马一人，公安局的得将张彪等三人抓起来。罗县长马上说这怎么行。江书记没理他，只顾将林奇的话重复了一遍。趁罗县长等几个反对从宽处理这事的常委一时无话时，江书记又说，我们也讲一回斗争策略，大马是真抓，张彪他们是假抓。名义上都是行政拘留，但张彪他们只要到拘留所露个面就行。同时对张彪他们讲清楚利害关系，要他们要么配合，要么调出。张彪是个讲义气有血性的男人，只要讲清楚是不会有问题的，到时拘留手续各自分开办，张彪他们的不入档案、不做记录，事情一过就当着张彪他们的面全部销毁。江书记见罗县长的表情不那么难看，就吩咐，张彪他们的工作由分管政法的副书记亲自去做。

不到十二点常委会就结束了。

江书记将已走到门口的罗县长叫住。

"徐子能的案子又有新线索了！"

"都定了案的事你还不认输呀！"

"是你太想赢了。其实何苦这样，徐子能怎么说也是在搞腐败，帮他说话只会损害自己的形象。"

"徐子能抓了，那徐父能、徐爷能还抓不抓？盯着小虫却放了大鱼，这样更会损害形象。"

罗县长对江书记几乎是寸步不让。

18

整整一个上午林茂都坐在农机厂办公室里。

王京津在同李大华说肖汉文将运来的那批金属材料的价格。王京津只是代表八达公司，李大华则代表农机厂，两人讨论得很激烈，不时还争争吵吵地互相说点难听的话。林茂一直没有干预，他就是要王京津同李大华动点真的，让别人知道自己并没有操纵这事。王京津报的价格比市价高百分之十五，李大华无论如何也不同意。最后他俩闹到林茂这里，林茂要他俩都让百分之七点五。王京津还不同意，林茂就轻轻拍了一下桌子，说就这么定了。

李大华走后，王京津不解地问林茂怎么事先说好最少加百分之十，却又变了。

林茂说，我将底细都交出来了，你还会这么较真？

林茂要王京津将货物的数量增加百分之二左右，使它们连同加价部分一起达到实际增加收入百分之二十的标准。王京津担心货物入库时被发现。林茂要他别管，自己会有安排的。

这事刚刚安排妥当，林茂就接到何友谅打来的电话，何友谅已到了西安，因为是暑假火车票特别难买，西安这儿出奇地热，比武汉的气温还高，并且缺水缺得让人恨不得喝自己的尿。他想早点离开，打算买飞机票，所以特意打电话回来请示一下。林茂先将何友谅表扬了几句，接着就明白地告诉他，还是不坐飞机为好，厂里跑业务的人多，一个人开了头以后就很难卡住了。何友谅叫了几声苦，见林茂还不同意，就说实在不行，到时请厂里将飞机票按火车票报销。林茂还不松口，说非要坐飞机不可也只能照此办法做了，只是苦了林青，一个月的小吃摊白摆了。林茂听见何友谅是将话筒摔下的。

林茂很清楚，这两天何友谅是无论如何不能在现场的，否则这笔交易就得闹出大问题来。尽管何友谅出差前在态度上已有改变，但若是以为何友谅见到这类事时会袖手旁观，那何友谅就不是何友谅，林茂也就不是林茂。所以他必须想尽一切办法，不让何友谅在近两天内回厂。万一肖汉文的车队在半路上耽搁了，他们还能有一两天机动时间。

由于何友谅说到坐飞机回来，林茂虽然不相信何友谅会自己掏几百元买飞机票,但还是觉得要防止万一。万一发生的事总是最可怕。林茂心中没底,便开始拨肖汉文的手提电话,可林茂从电话里一遍遍地听见电脑小姐在说请稍候。他在心里一遍遍地骂,肖汉文你这狗日的将手提电话打开呀!肖汉文那里联系不上,林茂就在这边想办法,他估计不管是坐飞机还是坐火车,何友谅都会先给家里打电话的。林茂先拨林青的电话,铃声响了好久没人接。他又往家里打,齐梅芳告诉他,何友谅刚打来电话,问了一下家里的情况,至于什么时候回家,他要等到票定了以后才知道。上午下班之前,他终于找到林青了,不过林青也不知道何友谅什么时候能回来。

何友谅是在天上飞,还是在地上走,由于没有确定反而让林茂更担心,他继续拨打肖汉文的手提电话,可依然没办法打通。

财务科的人从银行回来了,说一切手续都办好了,不过由于这笔贷款是从别的地方短期拆借过来的,所以利息为千分之二十五。林茂一下子急起来,说怎么这么高,昨天朱行长并没有说是给的短期拆借呀。财务科的人说他们不知道,信贷股的小冯给办的就是这一种,他们不相信,多问了两句小冯就烦起来。林茂马上给陶股长打电话,问是怎么回事,这笔贷款是用于发展生产,工业资金周转期长,比不了做生意,这么高的利息,那生产就不用搞了,因为一般产品的利润率只有百分之十,肯定不够付息。陶股长叫他过一会儿再打电话来，自己先去查一查。下班前的最后一分钟，林茂正要给银行信贷股打电话，陶股长先将电话打过来了。他说情况搞清楚了，中间有点误会，他已摆平了，将那两千元钱分了一半给小冯她们。陶股长叫林茂安排人下午再来将手续重新办一下，按正常的工业贷款办。林茂将财务科的人叫来吩咐了一阵，要他们下午再去时，花上五百元钱买点礼物带去，给小冯她们。陶股长那不知道真假的所谓摆平而分出去的一千元钱，只能由林茂自己掏了。这一点他不便同财务科的人说。

林茂放下心吃过午饭，然后到八达公司去午休。

林茂刚躺到沙发上，望着那张大办公桌出神，电话忽然响了，他不耐烦地问是谁，没想到是石雨。

"雅妹想下午来报到上班，不知行不行。"

"来吧来吧，公司正缺人哩。"

"我下午还要上班，就叫她自己来，她要是有不知礼的地方，回头你再给我说。"

"没什么，雅妹聪明伶俐，你就放心好了！下午我在公司里等她！"

放下电话，林茂心情有些好转，他望着天花板心里考虑给雅妹安排一个什么样的工作。自打决定让雅妹来八达公司后，他坐在大写字台后面，一个人有事或无事时都想到过，让雅妹给自己当秘书，但他又有些担心，怕引起别人的非议。毕竟在县里还很少有人这么干。

第三章

后来，林茂终于拿定了一个主意。

雅妹来报到之前，农机厂来了三个电话，都是业务上的事。首先是四川的一家客户的三个人，到黄山去旅游，顺路来到厂里。第二次是说河南的一家客户找了一个借口，想撕毁上个月签的那份总额为二百万的合同。第三次则是告诉林茂，有人看见反贪局的两个人在厂里悄悄转了一圈，李大华闻讯赶去时，那两个人什么也不说就掉头回去了。林茂叫厂里的人先别急，都给稳住，自己三点半钟左右就可以回厂。

林茂耐心地等着雅妹。三点钟都过了，还不见人来。林茂想叫家里人催她一下，电话都拨通了，赵文在那边声音软软地问，是谁呀？林茂忽然有一种别样的感觉，一声没吭就将电话压上了。

整整三点半时，窗外响起一群女孩的叽叽喳喳声。接着女孩们的声音来到走廊里。一个陌生的女孩声音问，林老板在吗？林茂有了预感，这是雅妹的女同学陪她来报到。林茂站起来准备迎出去，一转念又重新坐下。

门一响，一个女孩将头探进来。林茂看见雅妹就站在那女孩背后，便招手让她们进来。他没想到在雅妹后面还猫着六个女孩，八套色彩斑斓的衣裙一下子将屋子塞得满满的。雅妹有些害羞地站在女孩的中间，好不容易叫一声。

"林哥！"

女孩们一齐笑起来。

"要叫林总或林老板，叫林哥会引起误会的。"

"你们别起哄,雅妹是从小这么叫惯了。其实叫什么都行,无非都是一个符号、代号!"

林茂拿了八瓶矿泉水递给这些女孩。

女孩们对雅妹说:"你老板好大方——哇!"

"林总,我哪天再来?"

林茂还没回答,女孩们又笑起来。

雅妹生气了:"我一说话你们就笑,这么开心,是不是傍上刘德华、张学友了哇!叫你们别来,你们非要来,来了又净捣乱。"

"你说你害怕我们才陪你来的。"

林茂拦住她们,要雅妹填一张表,他打开抽屉,将表格递给了雅妹。雅妹伏在茶几上填写,女孩们都在围观。

一个女孩问林茂:

"林总,雅妹的月薪你给多少?"

"你说哩!"

"我们老板的公司哪有你的好,他都给我开了二百,你的公司这么好,总不能少于三百吧!"

"那就按贵小姐说的,我给雅妹开三百二十。"

"哇,林老板这么大方!雅妹吃我的亏了,我该开口说五百。"

女孩们都趴到雅妹身上,羡慕地抓挠挤捏,弄得雅妹两颊绯红。

林茂走到隔壁将王京津叫过来,然后将雅妹向他做了介绍,具体做什么他要王京津考虑一下。王京津心领神会,就建议让雅妹做公司的秘书。林茂点头同意了。女孩们再一次叫起来,说她们都以为雅妹是来当公关小姐,没想到一下子就当了白领,林茂见时间早过了三点半,就叫王京津领雅妹到各处转一转,让她和大家相互认识一下,然后再发半个月的工资给她。王京津马上向雅妹解释,因为是月底来报到,只能发半个月工资。雅妹这时感动得不知说什么好。几个女孩说她们报到上班后,三个月内老板只给生活费。

　　林茂这时也没心思管这事,出门上车匆匆往农机厂赶。

　　半路上,林茂碰见了张彪,张彪当街拦住他的车,拍打着窗户对林茂说,自己可能要坐牢,希望林茂别忘了送牢饭。林茂以为他是开玩笑,就说他若是真的进去了,自己就用金碗给他送酒送肉。张彪说他不缺酒肉只缺零花钱。林茂说那就给他送美元。张彪将嘴一咧,就放他走了。

　　李大华已经将四川的三个客户安排到唯一装有空调的那间会客室里歇下。林茂一推开门,嘴里就叫胡厂长,什么风将你这贵客吹来了。待到那胡厂长迎上来时,林茂心里一冷,马上意识到李大华没有说清楚而自己也判断错了,这三个人只是一个小客户,去年到今年的合同金额加起来还不到一万。胡厂长随行的两个人一个是他们厂的经营科长,另一个是胡厂长的妻子,因为胡厂长马上要退休,厂里就安排他们一家子到庐山和黄山看一看。林茂不动声色地继续表示欢迎,而且慷慨地每人给了一包红塔山烟。连胡厂长的妻子也照给不误，又盼咐李大华给他们准备点好茶叶。客套一阵，他便推说有事要出去一会儿。出门后，林茂就劈头盖脸地训斥李大华，连话都表达不清，让人误以为是重庆的胡厂长，那是真正值得欢迎的大客户。眼前这个胡厂长，只相当于一个摆地摊的。李大华便责怪自己当时事一多就晕了头。林茂交代说，这三人的招待费不能超过三百。李大华叫苦说三百元的招待费还不如不招待。林茂说，如果他们明天就走，而住宿费又是自己结账，三百元钱就不算少了。李大华提醒林茂，从来就没有让客户自己掏住宿费的，而且客户越小情况越不清楚，越要防止可能出现意外。林茂不听，他就是要让那个胡厂长意识到花公家的钱带老婆旅游不是件很轻松的事。

　　林茂又问河南那边的详细情况。李大华说对方在电话里也说得不太清楚，只是反反复复地说合同执行起来有困难，至于困难在哪里，对方不肯说，然后就仓促地将电话压上了。林茂断定，此中有问题，但问题不会太大，关键是要将对方的意思摸清楚，另外，对方不愿在办公室里讲的话，回到家里后可能会讲的。林茂要李大华今天晚上一定要往对方家里打个电话，将底细掏出来。

　　林茂没有问反贪局的那个人来干什么。他在半路上已同张彪说过，张彪答应帮他摸摸情况。林茂让李大华陪着又去见了胡厂长他们，很抱歉地对他们说，厂里经济情况不太好，工资都快发不出去了，自己事先就约好下午要去银行，所以不能陪他们。胡厂长他们说，这种情况，就是皇帝来了也可以不管。

从会客室出来，林茂叮嘱李大华，要他今天就守在厂里，并叫材料仓库的小伍也留下，如果她实在不肯加班，就叫她将钥匙留下来。

林茂真的到银行去了一趟，他将一只装有一千元现金的信封交给陶股长时，陶股长只推了一下，就接过去。林茂坐了一会儿，抽空问那情书是谁写的，陶股长告诉他是剧团的袁圆。林茂差一点笑起来，他努力控制住脸上的几块肌肉，说袁圆他认识，是个大美人。

陶股长说他们是一个星期前在蓝桥夜总会跳舞时认识的，然后就天天相互打电话、写情书。还没上过床，袁圆就问他能不能离了婚同她结婚。

林茂这才发现，陶股长其实也是一表人才，有棱有角的脸庞挺性感的。

林茂问陶股长去过袁圆屋里没有。

陶股长说袁圆没作声，他也不太敢，怕万一粘上了就扯不脱。

林茂就说这样很对，如果仅仅是相互玩那倒无所谓，若是认真的可要慎之又慎。

陶股长叹口气说，袁圆这女孩的确可爱，就这样放弃他心不甘。

林茂告诉陶股长，天下的好女孩多的是，关键在于挖掘和发现。

雅妹她们只在八达公司待了四十分钟。林茂回到八达公司时她们都已走了。不过办公室里还留着一股很浓的青春气息。屋内那扇一直关闭着的小门已被打开，从小门进去，十几平方米的屋里放着一张新办公桌、几只文件柜和一台电脑。小屋还有一个通向走廊的门，进出都很方便。当初建这楼时，这样的设计就是准备给总经理配秘书的，王京津曾经物色了两个，林茂还没同对方见面就拒绝了。这一次，林茂对王京津的安排非常满意，唯一还要提醒王京津的是，应该将自己桌上的电话串到雅妹那儿。

林茂正想叫王京津，王京津自己先过来了。

王京津告诉林茂，肖汉文刚刚打电话过来，他们已到了长江边，不过轮渡边的车太多，他们打算在鄂州住上一晚，明天一早出发赶过来。林茂一听急了，要王京津赶紧给肖汉文打电话，今天一定要赶到。王京津走了后，林茂又给家里打电话，问何友谅的回程消息，家里还是不知道。林青这时已经上街了，林茂骑上自行车赶过去，林青同样不知道。林茂不敢回家，他同王京津各自抱着一部电话机，冲着肖汉文的手提电话号码死打。七点钟时，林茂的电话里终于出现了一声长长的回铃声。接着肖汉文的声音就传过来，肖汉文说怎么这样巧，他刚打开手提电话正准备同鄂州当地的一位小姐联系，林茂就抢先打了进来。林茂顾不上解释，要肖汉文立即将旅社的房间退掉，今天晚上无论如何也得赶到。肖汉文说长江正在过洪峰，轮渡驶得慢，这时去排队，可能得到半夜才能过江。林茂不管这些,只对肖汉文说情况紧急,晚了可能要出事。肖汉文听了这才答应马上动身。

19

　　石雨和雅妹正站在门口说话,见到林茂从车内走出来,母女俩一齐望着他笑。林茂也回了一个笑,三人都没说一个字。林茂匆匆吃完饭洗了澡,然后告诉赵文今晚有一批货要到,自己得去守着,万一有事就打电话,若不在八达公司就一定在农机厂。

　　林奇很高兴,抽空对林茂说,自己一见到石雨和雅妹面上那少见的笑容,就知道林茂这回办事办得不错。赵文马上说,怎么雅妹一上班就能拿三百二十元工资,她干了七八年革命,工资也才二百多三百不到。林奇开导她说人家那是公司,钱多钱少是没有保障的,不比文化馆,工资奖金都由财政局往下拨。林茂开始并不想回答,直到后来才说了一句话。

　　"你不是说过不过问我工作上的事吗?"

　　"我问一句就犯法啦!"

　　赵文戗了林茂一句。林茂知道赵文内心深处可能已在滋生醋意,就真真假假地同她开玩笑。

　　"你干脆将文化馆的工作辞了,到八达公司来,我负责给你月薪九百。"

"我可不去给你当公关小姐!"

赵文又露出些娇态来,林茂趁机拍了一下她的屁股,告诉她自己得走了,龙飞已等了半天。

经过县城唯一一家花店时,林茂让龙飞将车停下,自己下去买了一束花。龙飞见花束中没有红玫瑰就笑起来。

"你也太谨慎了,没有红玫瑰点缀,这花的样子就是不好看。"

"你不懂,每种花有每种花的意思,不能瞎送!"

"就是知道红玫瑰象征爱情,我才说你胆小。"

"你胆大!现在就去拿几枝红玫瑰,在街上随便拦个女人送上去试试!"

"也不是这么说,但你若给人送红玫瑰,她绝不会反感的。再说现在的女孩同以前可不一样,你给她什么她都会接受,保守点的红玫瑰她也会接受,只是不接受爱情。"

"你这就像给人上党课一样!"

林茂心里有点动,但他没有回头再去买。到了八达公司后,他找了一只茶杯将手中的鲜花插好,放到雅妹的办公桌上。

开了空调的屋子很快就凉爽起来。龙飞在屋里转了转,听见外面有人敲门,便出去了。转眼间就将袁圆领了进来。林茂问她怎么这时候跑来了。袁圆说自己路过这儿,见窗户亮着,就想进来看看。

"好久没联系,你也不给我打呼机!"

"太忙了,今晚又在加班。"

"越忙越要注意调节身心啰!"

袁圆一点也不在乎龙飞就在旁边,一开口就是诱惑。袁圆缩了缩鼻子,然后就开始满屋寻找,待到发现小门开了以后,她就钻了进去,出来后脸上有种似笑非笑的东西。

"我总算找到问题的根源了,有了女秘书是不是?"

"剧团的情况怎么样,赞助都拉齐了吗?"

林茂岔开话题,反问起来。

"只有几个女演员完成了任务。"

"其实你们可以找找银行,信贷股陶股长人挺好,让他同工厂打个招呼,几千元钱的事谁也不敢不掏。"

说到陶股长,袁圆就不作声。龙飞不知道什么时候出去了,屋里只有他们两个人。袁圆忧伤起来。

"那天你走后,我突然起了想嫁个男人、过安稳日子的念头。刚好又碰上了姓陶的,就想试一试。"

"要想过安稳日子,就别找有钱、有权和有才的人。这些人多数靠不住。"

"如果让我同一个平庸的男人成天待在一起,我也不愿意。"

"婚姻的事讲个缘分,没有那份运气,就只能窝囊一辈子。"

"我同姓陶的大概没缘分,今天一早起来便没有一点兴趣了!"

说话时，两人都叹了一口气。袁圆向后一仰，躺倒在沙发上，将目光弯成一只钩子钩住林茂。林茂轻轻一摇头，那钩子就不见了。

袁圆爬起来就往外走，到了门口才回头。

"明天我一定要来看看她，让自己长长见识。"

袁圆走了不久，龙飞就回来了，还带来了张彪，准备四个人一起，边打扑克边等肖汉文。张彪说自己是听说袁圆在这儿特意赶来的，他一直无缘见到这位红粉佳人，没想到今天又错过了。林茂问起张彪说自己要坐牢是怎么回事。张彪轻松地笑着说，有人在导演一出戏，让他当主角，他觉得挺有趣，导演还许诺明年一定给他记个三等功，他见他们这么讲义气，将全部底细都说出来，便同意了。林茂真正关心的是反贪局的人到农机厂的原因，前面这话只是串台词。他将张彪恭维几句后，便转到正题上。张彪说他已经打听过，可能有点事，但不是大问题。张彪教他一个办法，只要问清楚反贪局的人在厂里都同谁接触过，就能大约地估计出到底是什么事。林茂觉得这办法的确不错，他有些坐不住，就拉张彪一起去农机厂。

出门前，林茂拐几步到雅妹将要使用的屋里扫了一眼，忽然发现桌上那束鲜花中多了两支红玫瑰。林茂心里怦怦地跳了一阵，尽管他明白这是龙飞干的，可还是控制不住自己那莫明其妙的激动。

刚到农机厂大门，张彪的叩机就收到局里的留言：干儿

第三章

子又到了。

张彪说这是他们内部慢慢形成的暗语，是指发生了盗窃案。干孙子是指强奸，干老子是指抢劫诈骗。

林茂让龙飞将张彪送回去。

林茂进大门时，门卫室里没有人，他叫了几声，看门的老头儿才从大门附近的由进城打工的农民自己搭的小棚里钻出来。

林茂继续往办公室走。隔着窗户老远就看见李大华抱着电话不知同谁在说什么。走近后，他从那表情上马上判断出来，同李大华通电话的一定是个关系不一般的女人。林茂没有打搅他，转身往车间走去。

除了装配车间以外，加工、锻造和维修车间里都有人在上夜班。加工车间里的人最多，几乎所有车床后面都站着一个人。从当车间主任起，林茂就非常喜欢看车工们上夜班的样子，他站在大门内的一堆半成品工件后面，看着工作灯下全神贯注地操作的车工，确实有种劳动的美感。工作灯光之外的黑暗掩盖了工厂内的所有油污，甚至车床上那些在白日里显得很难看的斑驳与肮脏的地方，也在高速旋转的卡盘和工件搅得飘忽闪烁的灯光中，焕发出许多美丽来。林茂在黑暗中站了半天，他想听到一片机器响的车间里，有人突然亮出嗓子唱出半首歌来。还在当车间主任之前，他只是一名维修工时，就常常在车间里听见车工们在车床处于自动走刀时，出其不意地唱起歌来，这种歌声总是从一首歌的半截开始，

177

可大家听时,都感到前半截的旋律早就在心中响起。

林茂一直在等,歌声总不见响起,车间里的气氛有些闷,他往前走了几步,就在这时,一个男人的歌声响起来了。所有车工都在同一时间里将向日葵一样的脸,朝向最后排的那台高大的专用车床。

歌声持续了两分多钟后,又突然消失了。轰隆隆的车间里顿时有一种寂寞在弥漫。在林茂当厂长之前,厂里的劳动纪律中规定不准在上班时间唱歌。林茂当厂长之后,将这一条取消了。他对这歌声有一种刻骨的欣赏。

林茂在车间里走了一圈,没有人同他说话,他在那唱歌的车工操纵的车床面前站了一会儿,一只直径达一米二的法兰在舒缓地旋转着。一把小巧的车刀划着螺旋线,将灰黑的铸铁均匀地剥下来。他问最近一段铸铁质量怎么样。那唱歌的车工说马马虎虎。他等着那悠扬的嗓门主动说出话来,但他一直没等到。他走向车间后门时也没有人同他打个招呼,这和三年前当车间主任时大不一样。

维修车间和锻造车间里上班的人很少,有几个陌生人在车间里等着,准备随时将加工好的工件拿走。林茂一看就知道是车间自己揽的零活儿。

再次经过装配车间时,林茂听到漆黑的屋子里有响声,就喝问了一声。他又听了一阵,见没有动静,便以为是老鼠在窜动。

林茂回到办公室,李大华还在用先前的那类表情对着话

第三章

筒说话，林茂忍不住一推门走了进去，李大华匆匆说了几句后，连忙将电话压上，他告诉李大华，这个电话总共打了七十二分钟。他将电话机上的重复键按了一下，接着听见了九下响音。他又说，还是打的长途。李大华有些不好意思。林茂叫他别较真儿。

"当个厂办主任，用这点权不要紧，只是别让其他人知道。"

"我知道，就这一次。"

"该打的电话还是得打。下午反贪局的人都同哪些人说过话？"

李大华对林茂的突然询问显然早有准备，他告诉了林茂一大串人名。林茂对这一串名字琢磨了半天，越琢磨越不理解，除了一两个人以外，其余的都是些极普通的工人，他们不可能知道任何准确的内情。而那一两个人也只是属于爱猜测爱起哄的一类，造造舆论而已。

这时，电话铃响了。林茂抓起话筒，正是王京津打来的。他说肖汉文的车队终于上到渡轮上了。林茂要王京津告诉肖汉文，三个半小时后，他在酒店里为他们接风。

林茂松了一口气，回头又考虑反贪局的人来厂之事。李大华请他到会客室去躺一会儿。林茂想起四川来的客户，就问李大华怎么安排胡厂长他们。李大华说他将三百元钱都给了胡厂长，由他们自己去安排。结果胡厂长有些不高兴，说他们明天一早就走。林茂不以为然，说他早就不想要这万把元钱的合同了,说要货便都是急件,搞得车间里生产都没法正常安排。

河南那边客户的电话还没打通,李大华留在办公室继续打电话。

林茂一个人待在充满空调冷气的会客室里,人也冷静了许多,特别是一想到雅妹时,脑子里豁然开朗起来。

林茂拿出手提电话朝江书记家里打。接电话的正好是江书记,两人闲聊了几句,江书记问林茂有什么事。林茂不知为什么一转念将张彪对自己说他要坐牢的事告诉了江书记。江书记问他还知道什么。他说张彪说自己是个演员。江书记就叫他别往外说,工人打警察的事总得处理,不然以后遇事就难以收场。

林茂说完后,又给罗县长打电话,他告诉罗县长,肖汉文送的货马上就要到了,但自己不明白反贪局的人为什么偏偏赶在这时来农机厂。罗县长答应马上过问一下。

不到十分钟,罗县长就将电话打过来,说他已经问过了,反贪局的人只是到厂里去随便转转。他想起张彪说手提电话正在被监听,灵机一动地对罗县长说,自己还是觉得反贪局的人是在盯着罗县长的表弟肖汉文。罗县长要他别在电话里乱说,就是自己的亲弟弟,若犯了法该怎么处理就怎么处理,林茂听到罗县长开始打官腔,一边暗笑一边更认定张彪那话是真的。

李大华进屋后一屁股坐下,说河南电话打通了,客户就

第三章

换了一个供应处长,上任就要重新审查所有先前超五十万元以上的高额合同。对方建议林茂亲自来一趟,并将新来的处长打点一下,李大华说,这叫敲山震虎。

林茂一下子受到启发,他想到反贪局的人也许同样在搞敲山震虎,甚至是引蛇出洞,幻想某人有问题,就会沉不住气,转移什么的,从而被跟踪。

林茂忍不住冷笑一声。

李大华有些诧异。

"林厂长为什么笑?"

"要我们上门行贿,那我们就去吧!"

第四章

20

肖汉文半夜两点多钟才到。有两辆货车先后爆了胎，耽误了不少时间。肖汉文虽是货主，林茂叫他在一边什么也不要说，就当自己只是一个押运的。一切话由王京津来说。结果，事情办得很顺利。李大华开始还说要过磅验收以后再入库，后见林茂不表态，就改口叫搬运工将那些货物先搬进仓库，其他的事以后再说。卸货用了差不多两个小时，到李大华将仓库大门重新上锁时，东边的山顶上已出现了晨曦。街上的餐馆、酒店还没开门，只有大马他们的小吃摊还摆在路边，林茂领着他们在大马的摊上点了几样小吃。

趁着大马只顾忙着没有同别人讲话，林茂问了林青的情况，得知林青是两点钟左右回家的，给她帮忙的是齐梅芳。林茂有些奇怪，怎么林奇没有来而是齐梅芳来帮林青。他问

第四章

大马,林青和齐梅芳说了什么没有。大马说他没听见,这时,大马反问他,听没听说要抓张彪的事。林茂把自己听到的话全告诉了大马。大马得出结论,下一步就要抓自己了。林茂要他别太过敏,大马自信地说,他早就知道这事的结局是各打五十大板。

肖汉文他们吃完东西就要找地方休息,肖汉文对宾馆的情况很熟,不用林茂陪着去。林茂约他下午三点到八达公司去拿钱。

李大华和王京津不能休息,他们叫林茂先回去休息,厂里和公司里若有事他们先顶一阵。

林茂一进家门,正碰上林奇起床。他朝林奇仔细看了一眼。

"爸,你没事吧!"

"一大早你怎么问这个?"

"昨晚你没去帮姐姐,我不放心。"

"没事,我不愿在这时见到大马。"

"是不是公安局要抓他?"

"都怪我,不该向江书记提那个建议。"

"你不说什么,大马这一劫也是逃不过的。"

"现在遇事工人总吃亏!"

"任何时候总得有人吃亏!"

"这也是江书记夸你的那个思想?"

见林奇的语调不对,林茂赶紧上楼去了。

赵文还没有醒,林茂洗完澡悄悄地爬到床上。他一撩毛巾被,发现赵文竟是一丝不挂地光着身子,躺在被窝里。他觉得这很不寻常,以往赵文可不是这样,不到最动情时,那两件小衣是绝不会脱下来的,哪怕是穿着睡衣,她也要将它们穿在身上。林茂将自己的三角短裤脱下来,让整个身子贴到赵文的后背上。赵文在迷糊中翻了一下身,伸出手臂将他紧紧搂住,嘴里还轻轻唤了一声他的名字。

空调机嗡嗡响着,林茂有些怕那做爱的高潮里出现的痛苦,他克制着自己,没有弄醒赵文。不一会儿他就睡着了。

朦胧中,林茂听见赵文在同谁说话,他抬了一下眼皮,问是不是找自己的。赵文放下电话,说不是的,要他安心睡。林茂问现在是几点,赵文告诉他才七点半钟。林茂朝赵文全裸的上身扫了一眼,又继续睡下去。

九点钟时,林茂被赵文叫醒了。她告诉林茂,厂里发生了大盗窃案,龙飞和小董已来家里,请他马上到厂里去。林茂开始还在迷糊中,等冲了一个澡,人完全清醒后,他才猛地意识到此事的严重性,因为昨天从银行里先期提取的十二万元现金的一半,就存放在财务科的保险柜里。他没有扣好衣服就冲下楼,问小董和龙飞怎么不早点告诉自己。小董说一发现问题就打电话过来了。赵文忙解释,她当时接电话听说了后,以为只是一般的小偷小摸,就想让林茂多睡会儿。

林茂钻进车里才问都偷了哪些地方。

听小董说主要是偷车间的小金库,林茂才放下心来。

第四章

　　李大华已将情况集中统计了一下，四个车间的小金库同时被盗，丢失现金一万五千三百六十元。林茂听到这个数字时实实在在地大吃了一惊，他没想到车间的小金库里竟有这么多的现金。而其中将近一半是维修车间的，装配车间最少，只有一百多元。不管是多是少，这些钱全都是车间干私活挣的。林茂到四个车间里看了看，那些小金库无一例外都是用工作台加固后做成的，外壳用的是五毫米的钢板。这么厚的钢板也被人用氧焊从背后割开了一个洞。各个车间都闹得一塌糊涂，工人们几乎全停下了手中的活儿，三五成群地聚在一起骂着车间主任，说他们心太黑，攒了这么多钱，可总说车间里穷。装配车间则是一致对外，说通过这件事，更清楚地看出了厂里的干部对他们车间的歧视。

　　林茂刚看了一圈，李大华将张彪叫来了。

　　张彪到现场走了一趟，尽管现场已被工人们踩乱，张彪还是拍胸说，他保证在三天以内破案。张彪每到一个车间，就故意用怀疑的目光打量着每一个人，弄得大家都有些心虚，赶紧回到各自的工作岗位上忙开了。张彪还一反平日破案神秘兮兮的样子，在厂里到处公开地说，这肯定是内部人作的案，尽管手段很高明，但他还是已找到了重要线索。

　　送走张彪，林茂叫李大华赶紧让财务科的人到银行里将余下的六万元钱现金提出来，并将转账的手续也办了，一起送到八达公司去，还特意安排龙飞用车送他们。

　　机器一响，厂区就显得平静了。林茂也想找地方再睡一会儿,正准备去八达公司,他突然想起那两支红玫瑰,心里就有些犹豫。林茂试着给自己办公室打了个电话,铃声响了两下后,就听见雅妹甜脆的声音。

"您好,林总办公室,请问您是谁?"

雅妹的话让林茂感到有些醉。

"雅妹,我是林茂。我现在在农机厂,有人找吗?"

"有两个长途电话,我已做了记录。另外,剧团一个叫袁圆的小姐来找过您,她说没事就是顺路看看。"

"谢谢你,就这样保持下去。"

"不,该是我谢您,谢谢您送我的花!"

林茂不敢接话,先将电话压了。

林茂在会客室里一觉睡到十二点。

吃过饭后,林茂让龙飞将他送到八达公司。一开门他就闻到雅妹的气息。林茂看见自己桌上有一束鲜花,一支红玫瑰极惹眼地挺立在花丛中。他感到这是从自己送给雅妹的那束花中分出来的。林茂走进雅妹的办公室,桌上的花束果然见少了,红玫瑰也只剩下一支,不过插花的茶杯已换成了花瓶,因而看上去风韵更加诱人。龙飞告诉他,上午抽空来侦察过,雅妹一点也没有见怪,还一个人常常将又小又圆的鼻头放到红玫瑰上久久地闻着。林茂要龙飞以后不要再这么自作聪明了,雅妹同别的女孩不同。龙飞说他正因为知道雅妹与别的女孩不同,才这么用心思为领导分忧。林茂笑着骂了龙飞一句。

第四章

　　林茂想起给江书记送礼的事，他想问问龙飞。又觉得眼下这气氛不合适。他也不想扫自己的兴。两个人都在沙发上躺倒，将双脚放在茶几上，眼睛一闭就睡着了。

　　不知睡了多长时间，林茂突然一下子醒过来，一看手表已经到了三点钟，他连忙推了龙飞一把，自己先到卫生间用凉水将脸擦了几下。

　　林茂回到办公室，刚坐下雅妹就从小门里走进来，说："肖汉文先生来了，见还是不见？"

　　林茂没有看雅妹就说："请他进来！"

　　雅妹在小门里消失之前，顺手用抹布将两双皮鞋留在茶几上的泥沙擦掉。雅妹推开走廊上的门，朝走廊上微微做了一个请的手势。

　　肖汉文一进门就朝林茂挤了一下眼。

　　"林老板，真是士别三日刮目相看啦，也会红袖添香了！"

　　"你不想结账了？那我们就改日再说。"

　　"你怎么这么小气！"

　　肖汉文将一叠发票交给林茂。

　　林茂看了一遍，正要习惯性地起身到办公室找王京津，忽又改主意叫了声："雅妹，你将王京津叫来。"

　　雅妹嗯了一声，引得肖汉文忍不住回头看了看。

　　王京津很快就过来了。林茂吩咐了一阵，王京津就将肖汉文拿出来的发票拿走了。

　　肖汉文见屋里没有别人了就问："你为什么催得这

187

样急？"

"我得防着被人盯上。"

"这是一笔正当的合法的贸易，你我都是在替公司赚钱，就是查出来了也不用怕，都在账上记着。"

"你也知道，县里刚抓了一个厂长。"

"不是要放的吗？"

"已经放了，但看形势还得抓进去。"

"你自己怎么样，要不要我同罗县长说说话？"

"暂时没事。"

"不是暂时，你这种搞法永远不会有事。账本用公的，钱却是私的，这是现在最理想的生意人。这样的生意才做得舒服，钱赚得再多，手法使得再过，仍然能高枕无忧。"

"你也别太乐观！"

"跟我说实话，这一次你将多少国家财产转移到自己的荷包里了！"

"也就十万。"

"我们水平差不多，都是这个数。"

"所以才连在一起叫四通八达嘛。"

"应该抓紧时机再干几次，尽快积累到百万以上，那时你就在县里有很大的发言权了。现在政府还没意识到这一点，这么大的空子不狠狠钻一下，以后就不会有。"

"那我们再合作一次，我提供产品，你帮忙卖，怎么样？"

"这主意有创造性，可以试一试！"

第四章

这时,王京津走进来,将一张转账支票和一大包现金交给肖汉文。

肖汉文将十小捆现金摆在茶几上。

"这钱看起来不少,可花一个就少一个,高明者可能不要这么多钱,而只求源源不断,花了又有。"

林茂使了一个眼色。

"你还是考虑怎么将这些钱带回去吧!"

"我带着牡丹金卡,等会儿你叫龙师傅送我到银行去一下,将它们存到卡里去。"

林茂叫王京津约个酒店,晚上请肖汉文吃饭。

肖汉文忙说,今天的饭局应该由他来请,他得还他们一个人情。林茂也没坚持。肖汉文开始做安排,他点了王京津和李大华。要他俩参加。肖汉文没有直接叫雅妹去,而是问林茂她能不能去。林茂叫肖汉文自己问去。肖汉文唤了一声,雅妹款款地走出来。

"晚上我请林老板吃饭,雅妹小姐能赏光陪一陪吗?"

"对不起,肖老板,晚上家里有事。"

"我面子小,你就给林老板一个面子嘛!"

"我已向林老板请假了!"

林茂一直没看雅妹,雅妹也没看林茂。王京津插了进来。

"肖老板别勉强了,雅妹家里的确有事。"

见肖汉文还准备纠缠,林茂就开口问他这次来准备待多长时间。肖汉文说明天一早就得往回赶,公司里还有一些业务等着他回去办。一回去他也得像林茂一样装出一本正经的样子,所以他才想今天晚上好好潇洒一下。林茂想起了袁圆,就随手拿起电话叩了她一下。等了好久也不见复机,林茂以为她是来见过雅妹后心中吃醋,便不再理她。王京津和雅妹都回到自己的办公室去了。

肖汉文又同林茂小声说起雅妹来。

"你一点也不讲职业道德,是我提供的情报,你却将她挖来了。"

"你才不讲道德,雅妹和我是邻居,就隔着一道墙。"

"感觉怎么样,是不是相中了!"

"肖老板确有眼力,不是你提醒,虽然住在隔壁,我可能还没有发觉。"

"别放过她,这样的女孩,你不下手马上就会有别的人下手,过一阵我给你创造个机会,单独同她出趟差。一开始别在家里,这样的女孩第一次得给她创造一个值得流连的环境。"

林茂只是笑而不语。这时电话铃响了,是袁圆复的机。袁圆说她以为林茂现在是乐不思蜀,没料到角落里还放着她。林茂不同她耍嘴皮子,直截了当地请她晚上到蓝桥夜总会聚一聚。

六点钟,他们准时在蓝桥夜总会聚齐了,这次要的包房叫"博卡青年"。袁圆一见雅妹没来,就说林茂现在是金屋藏娇,而将她当作一个干粗活儿的丫鬟。袁圆说了几句俏皮

第四章

话后，见肖汉文目不转睛地盯着自己，便又开始矜持起来。不过，她还是忍不住悄悄对林茂说，雅妹除了嫩了点以外，真的各方面都不错。但她警告林茂。这样的女孩特别痴情，等玩腻了之后想甩掉会有相当多的麻烦。林茂不同她说这些，而是问剧团的情况。袁圆告诉他，听说最近要调一个新团长来，那人好像同县内企业界关系很好，因此大家都等着新团长来振兴艺术事业，提高剧团人员的生活待遇。

因为第二天要出差到河南，林茂在肖汉文玩得正起劲时，和龙飞提前离开了。到家时正好十点钟，赵文说何友谅已回来了，刚刚将跑跑接走，说是这么久不见儿子，要好好陪一陪。何友谅是昨天下午乘飞机到武汉的，他在驻汉办事处等一辆便车，要不昨天半夜就可以赶回来。林茂想了想后，主动打电话过去。林青今天没有出去摆小吃摊，她叫何友谅过来接电话。林茂没有同他说飞机和飞机票的事，只说自己要出差，厂里的事他已做了安排，唯一不放心的是刚刚发生的这起盗窃案，如果这几天张彪真的破了案，窃贼又是厂里的工人，到时一定要同张彪配合好，千万不能节外生枝。何友谅说如果处理不了自己知道等林茂回来。林茂问了问外面的情况。何友谅说情况还不错，订了六万元钱的合同，另外两家比较大的单位对农机厂的产品已有了兴趣，明年的订货他们会考虑的。只要能搭上线，到时一份合同就有几十万。林茂对何友谅说了些感谢话，然后又有所指地对他说，他手上的出差发票尽管拿到财务科报销，自己同李大华打过招呼，可以先报销后签字。何友谅没有接话，而是告诉他，自己出去走了这一路，发觉外地反腐败工作抓得很紧，去的二十多家企业中，主要负责人被抓的有五家，还有一家的头头基本上处于被监控状态。如果不是这些问题，这次合同可能还订得多一些。何友谅说完后，林青将电话接了过来，她要林茂以后别再让何友谅出这样的苦差，才半个月时间，人就变得又黑又瘦。

林茂没忘记打电话向江书记和罗县长请假。

赵文问林茂这次出去要多长时间，林茂说估计不会超过一星期。边说话两人的身体就结合到一起了。二十分钟后林茂依然在没有高潮和快感的苦涩中无奈地瘫下来。

后来，林茂听见林奇回来了，就装作下楼去找水喝，并且用不经意的语气告诉林奇，这两天反贪局的人不知为什么，老在厂里转来转去。他是想暗示林奇将那装满钱的饼干盒藏稳妥一些。

林奇哼了一句，说心正不怕卵子歪。

21

一大早，林奇就闻到石雨家传来的肉香味。一连好几天都是如此，雅妹起床烧肉丝面，然后同石雨一起吃了一同出门去上班。林奇见了很高兴，雅妹一有了工资，石雨的日子

第四章

就好过起来，脸色也红润了。

当石雨将大门上锁，同雅妹一起沿着巷子并排着往前走，并在巷口消失后，林奇心里就沉闷起来。跑跑还没有送过来，何友谅同儿子还没有亲热够。只有石雨和雅妹才能让自己暂时忘记林茂走之前说的那番话。

林奇将三轮车骑到街上，心思却不在生意上。偶尔有人找上了门，他恍恍惚惚地没反应，同行见了以为他在生病。

"林师傅，不舒服就回去歇着，别中暑了。"

"怎么，想撵我，怕抢了你的生意？"

林奇开着玩笑来掩饰。他不想再引起别人的注意，就踩着三轮车往街上各处转。他还是有些恍惚，一不小心险些与迎面驶来的一辆三轮摩托撞上了。

林奇听见开摩托的人骂了一声："找死呀！"

林奇一定神，看见张彪站在自己的面前。

张彪也看清了林奇，不好意思地问林奇今天是怎么啦。

林奇正要说什么，忽然发现在金水桥手下当装配钳工的卢发金，被手铐铐着扔在三轮车车斗里。

"发金，你怎么啦？"

"林师傅，别问了，我没脸见你。"

卢发金说着真的扭头不让林奇看见自己。张彪一伸手将他的头扭过来。

"知道做贼丑，那你为什么还要干。还考虑得这么周密，一夜之间将四只柜子都用氧焊割开了。"

"我实在没办法,车间月月又是罚款又是扣工资,家里上有老爹老娘,下有儿女,我实在养不活他们。"

"你就不知道也去混个厂长经理当当,哪怕是车间主任也行嘛!"

张彪的话里夹杂着的意思,林奇听了心里更加不舒服。张彪有些吹嘘地说,自己说过三天破案就三天破案,他最会捉的就是这种毛贼。张彪将三轮摩托车向后拉了一下,一拐龙头就要走。

卢发金忽然喊起来:"求你放了我,没有我,家里的老老少少就只有死路一条。"

张彪没有理他,一拧油门,摩托车像老虎一样向前冲去。

林奇感到情况不妙,赶忙骑上三轮车往卢发金家里跑。卢发金家里早就哭成了一团,门却是关得死死的,外面的人一个也进不去。林奇从人群后面挤到门前,大喊了几声。卢发金的妻子听见林奇的声音,哭得更厉害了,甚至还说不想活了。林奇感到问题严重,就让人赶紧到厂里去将何友谅找来。何友谅来后,同林奇一起劝了半天,卢发金的妻子才将门打开让林奇和何友谅进去。他们见屋内的地上摆着刀、绳子和老鼠药,不禁吓了一跳,也不管什么了,一下子就将那些东西都收起来。林奇要何友谅表个态,让他们觉得生活有个着落,何友谅不肯表态,说自己当不了林茂的家。林奇将他"熊"了一顿,要他尽管说好听的,将来林茂不认账自己去同林茂理论。何友谅也没说得太离谱,他要卢发金的妻子

第四章

放心,只要厂里不倒闭,卢发金虽不在家,厂里仍会负担她全家人的生活费。卢发金的妻子又提出要厂里出面将卢发金保出来。何友谅又为难起来,但林奇还是要他答应,先将难关渡过去再说。两个人费尽了心机,总算让卢家的情绪平缓了一些。出门前,林奇将这些时挣的一百五十元钱塞给何友谅,要他以厂里的名义送给卢家。

从卢家出来,正好碰上厂里下班的人群,大家故意高声说,卢发金偷一万几千元算什么,随便抓个厂长,哪一个也能搜出个十万八万来。他们装着没看见林奇和何友谅,说得林奇抬不起头来。

半路上,林奇听到一个同行说,刚刚抓了卢发金的张彪,一回到公安局自己也被抓了起来。同时被抓的还有公安局的另外两个人。大家都对此感到意外。林奇也有些意外,他没想到江书记真的将自己的话听进去了,这样,下一个就该轮到大马了。

林奇刚才在路上看见了大马,大马扛着一只大扫帚在路边的树荫下往县城中心的十字街方向走。林奇将三轮车一拐,朝着大马走的方向追去。

大马正在街边清扫那些小吃摊昨晚留下的丢弃物。有几个人站在离他不远不近的地方同他说着张彪被抓的事。大马一点也不高兴,故意用力将地上的垃圾一下一下地扫出老远。在远处的一棵冬青树下,站着两个警察。铸造厂的工人轮流值班,清扫这一截街道。今天是大马,明天就该林青了。大马不紧不慢地挥动着扫帚，半个小时后，他将垃圾扫成一堆，然后招手将不远处的一辆垃圾车叫过来。

垃圾车将地上的垃圾都拉走了，大马还是站在原地，用眼睛盯着那两个向自己走来的警察。

林奇见那两个警察将一张拘留证递给大马看了一下，又给了一支笔，让大马在上面签个字。大马一句话也没说，两名警察一前一后地将他夹在中间，在众目睽睽之下，往公安局走去。许多人在离开一丈远的地方跟着，人群像滚雪球一样越聚越多，不时地有人高声喊叫，要大马再将这两名警察揍一顿，不要俯首就擒。大马一直没有反应，直到要进公安局的大门时，他才回转身来，左手伸出一个指头，右手伸出三个指头，两臂伸向空中。

"三比一！我们还是赢家！"

大马消失后，人群好久不肯散去。

林奇忽然觉得是自己出卖了大马。他绕到大马家里看了看。大马的家人还算平静，他们说大马早就做好了准备，打算去蹲监牢的，他不愿牵连别人，将一切责任都揽到了自己身上。真正出人意料的是，只给了大马五天的行政拘留处分，他们开始还以为这一回最少要判个两年徒刑。

徐子能从一旁钻出来，说是代表厂里对大马的家人表示慰问。

大马的家人不肯领情，说铸造厂早完蛋了，现在只剩下一个丐帮，而徐子能不配当丐帮的头头。徐子能说自己早晚

第四章

也要加入丐帮。有人马上反问他是不是还想贪污别人讨饭讨到的钱。徐子能有些厚颜地回答,说自己是清白无辜的,不然检察院就不会放人。大家纷纷说,如果他是清白的,那我们就是肮脏的,反正同徐子能不是一类。

徐子能有些没趣,他看见林奇也在一旁,就借机离开人群走过来。

"你怎么来了!"

"看看大马家里人。"

"他这是自讨苦吃。"

"假如你这个厂长干得再好一点,就不至于出现这种事。你也得好好反省一下,为什么大家现在对你这么反感。"

"这事真是没有什么好反省的,厂长的下场都是这样,现在是我,将来可能就是林茂了。我听说你几年没到厂里去了,这原因我猜得到,你是怕工人将对林茂的白眼瞪给了你。"

"你这样不思悔过,迟早还会出事的!"

林奇有些勉强地撑着说了这句话后,往旁边跨了一步。然后向围在大马家门口的人群走去。大马的妻子将林奇请到屋里,林奇刚一坐下,就发现电视机柜里什么也没有。他以为是电视机坏了,问起来才知道是卖了。大马的妻子年初病了一场,在医院里躺了一个多月,卖彩电就是为了付住院费。电视机柜后面的墙上,贴着大马和妻子获得的二十多张劳动模范和先进生产者的奖状。他忍不住问大马的妻子,有何要求没有，他可以帮忙向江书记转达。大马的妻子想也不想就要林奇告诉江书记，大家都很感谢他只让抓大马一人。林奇听出这话的意思是反的，他想了想后，告诉大马的妻子，这主意是他向江书记建议的。他将自己的想法对大马的妻子说了，他说如果不这样，要闹出了大乱子，吃大亏的还是普通工人。大马的妻子好半天没说话，最后终于吸口气，说大马这人就爱逞英雄，林奇的建议倒真是成全了他。

大马一家人没有生林奇的气，让林奇心里踏实了许多。

中午回家时，林奇听说林茂打了电话回来，说那边的情况不太顺，可能要多待一些时间。林茂已经知道卢发金的事了，他要林奇别再管厂里的事，现在人和人之间的关系复杂，不比以前，搞不好就会掉进陷阱里爬不起来。林奇真想立即打电话将林茂骂一顿，但林茂没有留下在河南的电话号码。手提电话又关了机，只能听见电脑小姐那字正腔圆却没有丝毫感情的提示声。

林奇趁屋里的人不注意时，一个人又爬到楼顶上去。

赵文已经给葡萄浇过水，他只能瞅着葡萄藤的根部，在烈日底下晒了好久。

下午林奇没有出去，齐梅芳以为林奇不舒服，几次想摸林奇的额头，都被林奇用手挡了回去。齐梅芳不知林奇为什么愁眉不展，就打电话给何友谅与林青，要他们今天无论如何将跑跑送过来。唯有跑跑这粒开心药可以立竿见影地治好林奇的忧愁病。

第四章

跑跑一来，满屋的东西立刻就活了起来。

林奇果然马上咧开大嘴冲着跑跑笑个不停。

齐梅芳借机将赵文拉进房里，问他们两口子到底是怎么想的，结婚都五六年了，还不想要个孩子。齐梅芳说他俩也不会打算盘，趁现在自己与林奇还能动，将孩子生下来，照料的事可以完全不用他俩操心，可越往后去，自己和林奇的年纪越大、身体越差，到那时再添孩子，可就得靠他们自己辛苦了。赵文开始不说话，等到眼泪漫出来时，才说，这事由不得她，她是想要个孩子。齐梅芳听出这话有问题，又不敢声张，怕林奇听见了又不高兴，就忍着没有往下问。

林奇的情绪好了一些，吃完晚饭，他又上街了。

按照惯例，林奇先到林青的小吃摊上转了转。因为有何友谅帮忙，林奇没有什么可以插手的事。

得了空，林奇就问厂里的情况怎么样。

何友谅说有些话本不想说，但不说又不行，工人们说车间主任搞小金库，是因为上行下效，跟着林茂学的，八达公司就是林茂的小金库，从性质上讲都一样，不同的只是表面，一个有合法外衣，一个没有。何友谅将前两天八达公司卖一批金属材料给厂里，价格比市场上高百分之十的情况对林奇说了。

林奇不理解这错在哪里，因为任何公司做生意都会在转手时加价的。

何友谅说自己也不知道错在哪里，但大家都怀疑，毕竟林茂是这两方的负责人,没有什么特殊好处他何苦要这样做。

正说着,街那头突然喧哗起来,不少人将脏水往街上泼,林奇探头一望,几个检察院的人带着徐子能正慢慢走过来。铸造厂的人都在骂,说徐子能终于也成了二进宫。徐子能只穿着汗衫,尽管有一件衬衣搭在手腕上,大家还是看见了那只铮亮的手铐。

徐子能看见了林奇,暗淡的眼光忽然闪了一下。

"师傅,帮我一把,这次他们带着逮捕令。我听说江书记很器重你,求你替我说说情!"

徐子能说话时,眼里都有泪花了。

林奇将头扭到一边,拒绝看他。

"当初你跟我学手艺时,我就对你说,一个贪污腐化,一个乱搞女人,这些人哪怕是看着他们淹死,我也不会伸手救的!"

"你以前说过所有徒弟都是亲儿子,但你并没有将我这徒弟当亲儿子,亲儿子你还是只有一个!"

徐子能情急之中什么话也敢说。

林奇听了很尴尬。幸亏旁边的人纷纷说,林奇不把徐子能当亲儿子是对的,说明有眼光。

徐子能走后,街道上好久没有平静下来,不过大家不再对县委县政府怨声载道了,说今天抓了四拨人,对了三拨半,这样的事才像是共产党干的,才像是共产党的水平。

没有顾客时,林奇坐在林青的小方桌边一阵阵地发愣。

顾客来了后，林奇骑上三轮车来到十字街头，仍然是一阵阵发愣。他将反贪局的人到农机厂做调查和徐子能再次被抓的事联系在一起时，心中有些不寒而栗。

不过，后来林奇终于想出了一个主意。

主意一来，林奇就踩着三轮车拼命地往家跑。进屋后他就往贮藏室里钻，一下子抱起那只曾经送给石雨的装酒纸箱。齐梅芳见了连忙拦住问他这是干什么，并提醒他，林茂曾经说过，这些酒不能随便让人知道，而且最近风声紧，什么事都回避一下才是最好。齐梅芳缠着不让林奇走，林奇急了才说实话，他准备将这酒交给江书记，给林茂换回一个拒收贿赂的好名声，从正面给林茂减轻压力。齐梅芳听说反贪局的人似乎已盯上了林茂，一下子变得六神无主，害怕林茂成了第二个徐子能，反而催着林奇快去江书记家。

林奇拿上纸箱向县委大院去了。进了院门，他就开始问江书记住哪里，被问的人见他是一个踩三轮的都不愿意告诉他。林奇没办法，只好回到街上问何友谅。何友谅开始也不肯说，林奇也不告诉他自己的目的。最后还是林青发话了，何友谅才开口问林奇是不是为了林茂的事去找江书记，而且是不是因为林茂有些底细被林奇知道了不放心？林奇怕何友谅说出更深刻的话来，就装作无奈地对他说，自己是为了卢发金的事，去求江书记出面干预一下。何友谅不大相信，林奇有些急，说话的口吻也不大平静了。林奇要何友谅少猜疑人，而且也不要将厂里工人的话拿到外面去乱说。不然的话，他就不认这女婿了。

林奇找到江书记的家,敲了半天也不见有人开门。一个过路的人将门铃按钮指给他,他按了两下,江书记的妻子才出来将门打开。穿过院子进到屋里,江书记的妻子叫他将箱子放进后面的一间屋子,随手打开看了一下,见是茅台和五粮液,忙说这么客气干什么。林奇明白她误会了,就解释说:

"这是给江书记的。"

"没有江书记谁会上这门,我知道,你别说。你给谁开车?"

江书记的妻子越说越远。林奇忙将自己的姓名和身份对她说了。江书记的妻子一听马上高兴起来,说自己正想找机会去林奇家,向齐梅芳学几手做菜的绝活。她说那次江书记回家后,好长时间里只要一端碗就夸齐梅芳做的菜好吃。

江书记去宾馆看望从地区来的一位领导。

江书记的妻子显得有些迫不及待,不停地问齐梅芳那天做了几样菜,是怎么做的。前面的问题林奇还能勉强答出来,后面的他基本上不知道。没办法回答时,林奇说你可以打电话问齐梅芳。

江书记的妻子真的开始打电话,线路一通,两个女人就聊上了。江书记的妻子一道菜一道菜地问,还仔细地用笔在本子上记下来。除了那天江书记吃的菜以外,另外一些菜的做法江书记的妻子也记录了下来。林奇在心里数了一下,差不多有二十种。

第四章

两个女人在电话里说了一个多小时，林奇一直在旁边坐着，没事做他就盯着那台大彩电看。待看完了回头再想，林奇竟不记得自己看过些什么。倒是江书记的妻子有本事，一边同齐梅芳在电话里谈菜谱，一边还记住了电视里播送的一些内容。江书记一进门，她就对他说，刚才电视里播了一条新闻，说山东诸城的工业改革很有意义。

江书记是十点过了才回家的。这之前江书记的妻子提醒过几次，要林奇先回去，有什么事可以同她说，结果也是一样的。林奇固执地不肯走，弄得江书记的妻子不高兴了，从九点钟以后就一直不说话。

江书记同林奇握手时，问他知不知道什么叫诸城经验。

林奇说他只知道大庆经验和精神。

江书记说，诸城经验就是搞股份制，将县里的工厂全部卖给私人。

林奇问那样做厂长由谁来当。

江书记说，谁的股份多就由谁来当。

江书记问林奇赞不赞同这种搞法。

林奇说，不管什么搞法，结果都不能让工人吃亏。

江书记笑一笑，问林奇来干什么。

本来林奇只想说关于酒的事，因为一时不好开口，就真的将卢发金的事说了出来。他要江书记无论如何关照一下，不然就有可能变成几条人命的大事，再说被盗的钱，卢发金已经全部交出来了，完全可以宽大处理。江书记没有马上回答，而是问抓了张彪和大马后群众的反应。听林奇说群众反映不错，江书记很高兴。林奇又告诉他，群众对徐子能被抓，反映更好一些，如果能对卢发金做出宽大处理，别人谈什么自己不能完全预计，至少他自己会叫江书记为江青天。江书记又笑起来，说想不到林奇也会编花花帽子给人戴。他答应如果情况真的同林奇说的一样，他会叫司法部门酌情考虑给予宽大处理的。

说完这些林奇忽然支吾起来，江书记的妻子在一旁说，林奇送了四瓶好酒来。江书记忽然不高兴了。

"你怎么也给我来这一套？"

"我是替林茂送的。"

"若是林茂送就该挨训。"

"江书记别误会，我不是来行贿，是别人上我家来行贿，我把它交给你，由你处理。"

林奇忽然口齿清楚起来。

江书记一愣，问是怎么回事。

"今天一早有人敲门进了我家，说是林茂的朋友。我说林茂出差了，他放下东西就要走，我问他的名字他也不肯说，只说姓肖。我没料到他会送这么好的酒，刚好中午林茂打电话来，听说此事后，就叫我帮他送到纪委去。我不认识纪委的人，想到送给你也一样，于是就上你家来了！"

江书记的妻子有些不好意思，自己进屋将纸箱抱了出来，让江书记过目。江书记将四瓶酒依次拿起来打量了一阵，然后肯定地说，三瓶五粮液全是假酒，茅台看起来也不是真的。江书记将林奇表扬了一阵，又说他会叫纪委通报此事。林奇听了心里有些踏实的感觉。

临出门时，江书记要林奇转告林茂，一定要慎之又慎，别做聪明反被聪明误的事。

林奇在江书记的院门口独自站了一会儿，他感到今晚的夜风特别凉爽。忽然间，他听见江书记小声责骂妻子，江书记说她不该贪小利，弄得他差一点出了洋相。江书记的妻子说了句什么，林奇没听清就赶紧跳到三轮车上。

林奇在街上走，意外地看见石雨和雅妹在一处小吃摊上吃夜宵。

林奇同她们打了个招呼，石雨不好意思地解释，是雅妹硬拖自己出来的。

雅妹说妈妈在那小屋里闷了五年，早该出来潇洒潇洒。

22

红玫瑰的花瓣边缘出现了一些黑色的枯萎，几朵乳白色的满天星，小巧玲珑地坠落在办公桌上，雅妹有些怜悯它们，不忍心用手指去拈起。然而在电扇搅起的旋风中，那些小小的花儿慢慢地竟在桌上铺了一片，俨然成了一处小小的秋景。雅妹忍不住伸出两个指头，小心翼翼地想将它们从办公桌上转移走,她突然间发现自己尖尖细细的手指上,贝壳一般可爱的两片指甲,竟可以同那些楚楚的落花混在一起而不会被人所辨认。不过真让她珍惜的是那支红玫瑰。她很早就从书里知道,放一片阿司匹林在花瓶里,可以使插花保鲜期延长一倍。运用这知识现在是头一次,就在刚才她给这些花换水时,还往里面放了一片阿司匹林,但不知何故,红玫瑰还是出现了那些她不愿看到的黑颜色。在红玫瑰和满天星之间,雅妹似乎更喜欢后者,她觉得满天星在情感上与自己更容易沟通一些。而红玫瑰则用那种成熟对自己形成一种压迫,没事时,她宁肯用手指去抚摸而不用眼睛去欣赏,抚摸的那种感觉,有时好像能穿过自己那短暂窄小的时空,使自己享受到许多尚没有过的享受。

那天中午,几个女朋友约好了趁办公室的人下班后来看她。进门后一见到红玫瑰就惊诧起来,她们异口同声地说,这一定是老板送的。雅妹不相信,她觉得这只是司机龙飞搞的恶作剧,她说自己以前就听妈妈说过,龙飞有些痞也有些流气,喜欢在女孩面前搞小动作。那些比她早些找到工作的女朋友说,她们有切身体会,假如是司机或秘书这么做,背后一定是站着老板。雅妹还是否认,她认为林茂不会这么轻率。女朋友们都笑她,这么坚决地为老板说话,一定是心里已爱上老板了。女朋友们要她小心老板的妻子,那是只母老虎,咬起人来连骨头都要被弄碎。听雅妹说自己与老板家是邻居,她们都说这可不是件好事,万一有了情况连个躲的地

第四章

方也没有。雅妹见她们越说越真就截断了话题，要撵她们出门。嘻嘻哈哈闹了一阵，大家慢慢将话题转到学校里，不知谁提到副校长老方，一个女孩马上说那是一个地道的王八蛋。她表姐因为找他拉关系参加复读，结果复读虽然成了，可人也被他玷污了。女孩说，因为表姐的教训，所以她才发誓不复读。别的女孩可没有这份恨，她们只是议论自己的女儿红一定要找个值得日后纪念的男人才能献出去。雅妹听得两耳发烧，心里咚咚地跳个不停。她的这些朋友一向比自己胆大。自己就是被她们拖到蓝桥夜总会里玩时，遇上肖汉文的。

外面有人咚咚地敲了两下门。屋里一下子寂静下来。将裙摆撩得高高的女孩，连忙放下裙摆遮住露出了大腿根和各色短裤的下身。

雅妹打开门，门口站着何友谅。她向女孩们介绍说，这是农机厂的何厂长。又向何友谅介绍说这些女孩是她的朋友。何友谅冲着女孩们笑了笑，但女孩们一个也没笑。

雅妹不太清楚八达公司与农机厂是怎么样的关系，只是听王京津吩咐过，公司内部的事一概不许向农机厂的人透露，包括何友谅等厂里的负责人。她将何友谅让进办公室，然后小心翼翼地问他有什么事，要不要通知王京津。

何友谅说不用，他只是顺路进来看看。

何友谅也真的是看看，他在办公室转了一圈，用手摸了摸林茂的大办公桌和真皮沙发，又到楼上走了走，然后一言不发地离开了。

雅妹在他身后说何厂长走好他也不理。

何友谅一走，女孩们就叽叽喳喳地说这个人很可怕，一看就知道是林茂的对头，趁林茂不在偷偷跑来钻空子挑刺儿。雅妹告诉她们何友谅是林茂的亲姐夫。女孩们不以为然，说电视剧《武则天》中皇帝的儿子们还互相残杀哩。雅妹又告诉她们，听妈妈说，农机厂的工人普遍喜欢何友谅而不喜欢林茂，女孩们几乎是异口同声地说，这两人她们都只见过一次，不管别人怎么看，她们还是喜欢林茂的那种聪明、潇洒、大方。

女孩们一直闹到王京津来上班了才走。

王京津让雅妹跟上自己到街上去买降温品。雅妹以为也是像妈妈一样弄些绿豆白糖，哪知王京津却给每人买了一件啤酒和一箱健力宝。王京津又让雅妹到化妆品柜台去挑了几样香水、唇膏、摩丝和飘柔、潘婷等洗发液。然后一起开了张发票，雅妹将几样化妆品放进包装袋里时，觉得有人正在深深地看着自己，她一扭头，正好遇上王京津那意味深长的目光。

林茂出差未回，办公室里也没什么事可干，王京津就叫雅妹将林茂和她自己的那一份一起送回去。下午三点多钟时正热到高潮，黄陂巷里人都猫在屋里不出来，正好可以避避耳目，免得被人看见了又要说许多的风凉话。王京津叫了一辆三轮车，又将几样东西亲手搬上去。

雅妹坐在三轮车上，穿过整条黄陂巷，果然没有碰见一

第四章

个人。她先将一箱健力宝抱进林茂的家,齐梅芳正在电扇下面打盹,一道涎水挂在嘴角上晃也晃不断。

"齐姨!"雅妹叫了一声,齐梅芳吓了一跳。雅妹将健力宝放下,又去搬啤酒。待齐梅芳反应过来,她已将啤酒和健力宝放好了。齐梅芳叫她坐下喝口水,她推辞说还有些东西要搬回去。

雅妹往外走时,听见楼上赵文在唱歌。赵文唱一句,跑跑接着学一句。

雅妹将三轮车上剩下的东西搬进家门时,偶尔发现对面那敞开的门里站着一个人。那人问她是不是公司里发的,雅妹装作没听见,随手将门碰上。忙碌一阵,身上出了许多汗,她弄了一盆凉水,将衣服脱光,上上下下擦了一遍。抚摸自己的身子,雅妹想起女朋友们说的那些话,不由得独自愣了一阵。回过神来,她又听见赵文在隔壁唱着歌。

这一次跑跑没有跟着唱,赵文的歌声由于时隐时现而显得更加动听。

雅妹用毛巾擦了擦自己的乳房,她忽然有一种预感,或许在林茂与赵文之间自己真的会演绎一个故事。这念头一起,她连忙用手在乳房上将自己狠狠地捏痛两下。

雅妹擦洗完后,只穿着两件小衣服,说是在竹床上躺一会儿,哪知竟睡着了,直到石雨开门进屋才将她弄醒。

石雨下班回来,见雅妹那种睡相,忙随手掩上门,将她弄醒。石雨责怪雅妹,说她现在不是小孩了,今天在车间里好几个人都争着要给雅妹介绍对象。正在穿衣服的雅妹一听到这话,就用双手将耳朵捂起来。石雨不管她,继续说自己的,她要雅妹不管在家还是在外都要谨慎,哪怕是真的爱上哪个男人了,到哪一步该挪哪步棋,这分寸一定要把握住。

雅妹这时放开手,扑上去搂住石雨的脖子说:"妈,求你别说这个了,好不好?"

石雨有些吃不住雅妹那吊在脖子上的重量,她努力站着身子说:"你跟着林茂,妈还是放心,虽然有人说他这样那样的坏话,但在男女私事上他还算正派,我只是怕你被他当作公关小姐。"

雅妹说:"妈你再担心,干脆就弄条绳子将我成天拴在你腰上。"

雅妹说着转身钻到里屋,拿了两听健力宝出来,将其中一听塞给石雨。石雨以为是雅妹买的,推着不肯接,还埋怨她不该花这冤枉钱,家里有开水有茶还有绿豆汤。听说是公司发的降温品。石雨心里一下子又不好受起来。她告诉雅妹,这一阵子厂里的工人总在骂八达公司,说八达公司是一个癌细胞,靠吃健康细胞发展自己,农机厂的工人喝粥,八达公司的人吃肉。因为雅妹在八达公司,这话让石雨听了格外难受。石雨没想到八达公司这么大方,甚至还给雅妹买化妆品。雅妹在一旁劝开了石雨,说八达公司还算节约的,她那几个女朋友待的那些公司,最多的每人发了一台空调,还让大家轮流到伍家山林场宾馆去避暑。石雨听到这话果然就不作声

第四章

了,她叹口气就到厨房里忙着做饭。

雅妹在一旁帮忙洗菜烧火。

石雨说今天一个班完成了一个半班的任务,好久没有这么顺利地干一回活了,而且还是加工的伞齿轮。胡乐乐来验收时都有些不相信,怀疑她是不是将以前的存货拿出来了。胡乐乐后来悄悄表态,这个月一定会多发五元奖金给她。雅妹明白石雨为什么高兴,自己没到八达公司以前,能多五元钱的收入,对家里来说可是一件了不起的大事。雅妹不想扫石雨的兴,就跟着说,再这样干下去,她就可以当劳模加一级工资了。石雨果然更高兴了,她说不过车间还有几个生产高手,换了别人从来完不成任务的活儿,他们总是班班超产,她若同他们竞争,还得努力加油才行。

吃晚饭时,母女俩一人拿了一听健力宝,正在说干杯,对门的那个人走进来。

见到她们的模样,那人忍不住说:"哟,你们家也像有人当了厂长一样,翻身得解放,什么时候分车又分房呀?"

石雨一边请他坐一边说:"我们是瞎闹,雅妹参加了工作,自家人庆祝一下。"

那人说:"这是自然的事,能进八达公司,等于爬上了摇钱树,换谁都会庆祝的。"

雅妹说:"你们好像挺恨八达公司,是不是?"

那人愣了愣说:"我只恨那些想砸我们工人饭碗的人。"

石雨连叫了几声也没将他留住。那人走后,石雨就说雅妹不该对邻里街坊说话这么戗。雅妹说就是看不惯那人进门时那副打土豪分浮财的样子。

石雨提出晚上到林家去坐一坐，这么长时间了还不上门去说点感谢话，别人会说闲话的。雅妹想着林茂正好不在家就答应了。

她们过去时，林奇正要出门上街踩三轮车揽生意。

林奇朝屋里喊一声："来客了！"他也不走了，转身招呼石雨和雅妹坐下，不一会儿齐梅芳一副湿淋淋的样子从卫生间里钻出来，忙着泡茶端水。

雅妹不时抬头朝楼上望。林家的楼房同城里所有人的设计都不一样，它是仿欧式的，楼梯和二楼走廊都建在室内，雅妹听别人说这叫内两层，是林茂自己弄的草图，然后叫技术员比照着设计的。为这怪样子，林茂还同林奇闹了很长时间，直到林茂威胁说不按他的要求做这房子，他一不结婚，二不在家里住，林奇没办法才同意。雅妹打量着这房子，怎么看怎么新鲜有味。楼上的房间里有灯光，在断断续续的电子琴声中，不时传出赵文同跑跑的说话声。

石雨已经同林奇和齐梅芳说开了，各类感谢话变换着词语说了好几遍。齐梅芳总说是应该的，两家只隔一道墙，石雨又是林奇的徒弟，他们不帮忙这话也说不过去。说了一阵客套话，林奇忽然问起厂里的情况。

石雨说："生产还算正常，别的事也只是两个车间打架和卢发金偷小金库时乱了一阵，不过很快就没事了，工人们好

第四章

说好管,一天不做一天就没饭吃、没钱花。"

林奇说:"大家对林茂和何友谅都怎么看?"

石雨说:"我也不知道缘由,好像是对林厂长的意见集中一些。不过,这也难免,一把手总是得罪的人多一些。"说着她一转话题,"林厂长这趟差出的时间不短,该回来了吧!"

林奇没作声。齐梅芳说:"中午他打了电话回,还得等几天,那个什么处长那里还有些扭筋。"

石雨说:"我听胡乐乐讲,现在有个什么诸城经验,说是要将企业都卖给私人,真是那样,你们家就有优势,盘下一个企业,不需要别人帮忙管理。"

齐梅芳说:"我也是这样想的,等到情况不好时,干脆让儿子女婿联手我们自己开一家工厂。"

林奇忽然打断她的话,要齐梅芳带雅妹到楼上各处看看。

雅妹正在想这个,一听到林奇说她就站起来,齐梅芳没办法,只好陪她上楼去。

雅妹一见到正在教跑跑弹电子琴的赵文,不知怎的就有些不自然。

赵文站起来问她在公司里上班适不适应。

雅妹点头说适应,坐办公室比坐教室要轻松多了,而且没有家庭作业。

赵文笑着说那也不一定,坐办公室的家庭作业是在每个人的心里做。

雅妹揣出这话的另一番意味，她装作不解地望着赵文。

赵文又说，要是在几年以前像雅妹这样的女孩子会抢着去剧团和当售货员。

跑跑在叫舅妈，问自己的一个手指该按在哪里。

赵文就丢下了雅妹，重新同跑跑泡在一起。

雅妹扫了一眼房中摆设，一切都还普通，只是那张大床和大床上的一对枕头让她心里咚咚地跳个不停。她甚至想到林茂同赵文在这床上躺着的样子。雅妹不想看了，她下了楼就悄悄地扯石雨的衣襟，石雨明白她的意思。

两个人起身告辞。林奇和齐梅芳将她们送到门口后，齐梅芳转身回去，林奇摆弄了几下三轮车，然后推到石雨的门前又停下来。雅妹在门后听见林奇要将自己踩三轮车挣的钱给石雨，但石雨不肯要，说家里现在情况好多了，再要他接济就是昧良心，就是剥削。林奇则说自己天天上街踩三轮车，目的就是想帮石雨。如果石雨不要他的钱，他这么做就成了一个贪钱的老财迷。石雨要他去帮帮卢发金的家里人。林奇说他知道，但是帮助别人远不如帮助石雨能获得更多的快乐。

第二天，雅妹上街时碰见林奇在拉一个客人。

林奇浑身上下流露出一副无精打采的样子。

第四章

23

林茂在河南待了十天才将事情敲定。为了见到那个新上任的处长，他都快给人下跪磕头了。林茂明知那个处长没有出差，可就是见不上。让他更担心的是，就连供应处的那几个老关系也不知道新处长家住哪里。一直到第十天，林茂放心不下家里的事，正打算先回厂看看，过一两天再来时，大概是处里的那些人将林茂的意思透露给了那个处长，处长才主动将电话打到宾馆里，说自己这一阵一直在为房子奔波，现在其他手续都办好了，就是差五万元钱没办法解决。林茂一下子就听出对方是在开价，便一口答应说自己负责替他解决。说归说，五万元钱可是个大数目，加上又是塞进黑窟窿里，林茂就慎重起来，他打了个电话给李大华，要他租一辆车立即赶来。现金他可以用信用卡在当地银行里取。他要李大华来，是让其将这五万元钱送出去，自己不去沾手。这样，日后万一有个什么闪失，他则能进退无妨。林茂很清楚，金额越大越惹人眼目，不是万无一失的事，就不能从中沾半点便宜。李大华在挂电话后只用了十三个小时就同林茂会合了。林茂将信用卡交给李大华，让他如数取了现金，独自给那个处长送去，自己则同司机们在房间里打扑克。李大华从出去到回来，前后没有两个小时，进门就说合同一点问题也没有，也不用重签，那处长还说愿意同农机厂保持长期的合作关系。

隔了十多天，乍一回厂，林茂从那平静如旧的模样中嗅出了几丝与以往不同的味道来。特别是何友谅，两道目光简直就是两根刺。虽然握手时的寒暄很亲热，但林茂感到空前的不自在。

果然，何友谅一点弯也不转地说："恭喜你，县纪委通报表扬你了，说你主动交出别人送的礼品。"

林茂说："我不在家这么长时间，有事不妨再说明点。"

何友谅说："爸爸将别人送给你的几瓶好酒，代表你交到江书记那里去了，说是你在电话里吩咐的。"他顿了顿又说，"我知道这是老人怕惹事，自作聪明干的。我担心会弄成此地无银三百两。"

林茂迅速做出了选择，他说："你毕竟不姓林，还不完全了解我们。爸这样做，的确是我吩咐的，爸也愿意替我做这件事。"

何友谅冷笑了一声说："不管你和别人怎么说，想瞒过我，我就白做了你姐夫。我还是那种看法，爸这样做是将你置于悬崖边上。"

林茂也冷笑一声说："哪怕是置于刀山上我也不怕。"

何友谅语气先软下来说："老人也是好心，我们别伤他就是。小董那里有个通知，像是江书记要找你去说什么事。"

林茂走了几步又回头问："姐和跑跑都还好吧？"

何友谅说："跑跑还在爸妈那里，赵文教唱歌都让他上了瘾，口口声声总说将来要当歌星。你姐这几天有些感冒，今天才退烧，又在张罗晚上出去摆摊卖小吃。"

林茂说："我从河南带了十只烧鸡来，晚上我给你们送过去，在摊上做道菜，可以多挣几个钱。"

何友谅有些感动，就问："赵文最近情绪有些不对，挺忧郁的，是不是遇到什么事了，你可得注意一下。"

林茂张张口后还是不愿将话说出来，只是冲着何友谅点了点头。

小董在办公室的记事本上，真的记录着县委办公室的通知，让林茂一回来就同江书记联系。林茂连忙将电话打过去，江书记叫他两个小时以后到办公室见面。林茂在厂里转了一圈用去半个小时，工人们都在忙碌，默默地不怎么理他，只是车间主任们陪着谈了些情况。他将他们都说了一顿，说他们都存着二心，瞒着自己偷偷建小金库，是不是想留作日后竞选厂长的活动经费。向他汇报卢发金情况的金水桥是唯一例外，林茂知道他同何友谅好，就没有剋他，反说卢发金的问题自己会特别处理，不让车间感到为难。

林茂看见时间还早，就让龙飞开车送自己回家一趟，先前到家时赵文出去了，他觉得这会儿她应该回来了。十几天不见，林茂心里很想她。

车进黄陂巷时，林茂看见赵文牵着跑跑在街边不紧不慢地走。龙飞将车子停到她身边，赵文抱着跑跑坐进来时，林茂笑着将她的手紧紧捏住，只一会儿，赵文的脸色就鲜红起来。一进家门，赵文放下跑跑先上楼去了。林茂叫龙飞也回去解解渴,一个钟头后再来接自己。龙飞一走,林茂就快步上楼去。刚进房门,赵文就扑上来,两人搂着一个长吻就用了差不多十分钟。林茂在外面憋了这么长时间,他以为毛病会消失,但是几阵狂风骤雨般的癫狂之后,结局仍同先前一模一样。尽管林茂竭力掩盖着内心的失望和痛苦,赵文还是感觉到了,她将脸贴在林茂的小腹上,泪水顺着林茂的肚皮在肚脐里汇成了一片汪洋。

林茂不知是对赵文还是对自己说:"放心,我不会这么没福气,什么都会好起来的。"

两人在床上厮磨了好久,直到龙飞在外面按响汽车喇叭,林茂才起身,赵文却还在用一双手吊在他的脖子上。

林茂在汽车前排座位上刚坐稳,龙飞就舒服地吁口气说:"这才是天下第一快活事!"

林茂没头没脑地冲着他吼了一句:"快开你的车!"

龙飞一见情形不对,赶忙一踩油门,将车子发动起来。

富康轿车在县委大院里停下来,林茂往办公楼走去,隔几步远就能碰见一些科长股长。他们拉着林茂说他怎么如此大方,一下子就交出这么多五粮液和茅台,早知他有这么多好酒,不如提前一些时去拎来。也有人说他,是不是因为知道那酒是假的,怕喝了伤身,就干脆交出来卖个乖巧。林茂任他们怎么说,只是一个劲地给笑脸。他清楚这些芝麻官是最不能得罪的,否则就会整得自己哭笑不得。

就连江书记见了面也先同林茂说那酒的事,还问他家里有没有珍藏品。在江书记面前林茂反而敢开玩笑,他说是有,不过保管员是江书记,藏酒柜也放在江书记家里。江书记一语双关地说林茂想得不错,什么东西放在他那里最安全,放在别人那里就难说了,包括心和感情。林茂领悟到江书记说的别人暗指罗县长。

林茂想了想,一咬牙将林奇送酒的真相说了出来。

林茂说:"我从来就没起过要将那些酒交出来的念头,几瓶酒算什么,大家都在这么做,到人家里拎点烟酒这是很平常的事犯不着小题大做。只是我爸这人只知过去的规矩,以为还是小米加步枪吃树皮草根的年代。"

江书记一笑说:"你小子倒也敢说真话。也好,总比鬼话好听。其实你不坦白,我也有数。如果不是送到我家,那个通报也不会发的,因为送到我手上了,不弄个通报别人还会生出误会来。再说,看事物主要看结果,而不是过程。结果是好的,就没错。"

林茂说:"我还说句真话,这次去河南,厂里花了五万元钱去贿赂一个处长,才保住那笔两百万元的订货合同。"

江书记沉默了一会儿才说:"这话到我这儿为止,任谁也不要说。不然,叫人捅了出去,那处长受处罚是理当的,可农机厂从此会失去一大片市场。"

林茂说:"江书记这么开明,我也就可以放心做事了。"

江书记马上一转话题说:"我约你来,就是要你带头做一件事。"

林茂故意夸张地一拍胸脯说:"江书记放心,党指向哪儿我就打向哪儿。"

江书记说:"先别吹牛,我还怕你装癫皮狗哩。你知道山东诸城吗?"

林茂点了点头说:"最近私下听人说,那儿的企业都让私人买走了。"

江书记说:"你只说对一半,还有一半,是国家将那里的小企业都给卖了。"

林茂敏感地问:"江书记是不是想用农机厂作为县里的试点?"

江书记说:"我想了好长时间,也同包括林奇在内的各种人谈过,诸城的办法可能是我县企业的唯一出路。"

林茂想了想说:"其实铸造厂作为试点可能更合适,若是这个办法将快死了的企业都能搞活,那就更有说服力。农机厂眼下形势还算不错,猛地一改方针,说不定会闹出什么乱子,使工厂一下子跌入低谷。铸造厂不一样,它现在几乎是一张白纸,可以任意写画。"

江书记马上不高兴起来:"你以为我那么蠢,没想到这一点!你是厂长难道就不明白,做买卖要趁货正俏时抛出去的道理。现在卖铸造厂大家会以为那是一包脓一摊屎,连闻都不闻。只有卖农机厂才会造成一股轰轰烈烈的声势,成为上下关注的焦点。林茂你别耍滑头,我知道你心里可能另有一个小算盘,那个八达公司究竟是干什么的,我一直在盯

第四章

着哩！"

林茂见江书记将话说到这个份上，就不敢再往下说，连忙一口应承下来，说："我只是提个建议，最后决定还是听江书记的。"

江书记说："我不管你是真听还是假听，从明天开始，一个星期以内，你先拿出个方案来，交给我看看，定了以后，你再写个正式报告。别的你也不用考虑，就按照资本主义国家的那种样式，搞彻底的私人的股份制，不设什么国家股集体股，脱裤子放屁，卖个精光。"

林茂算算账，说一个星期不行。江书记就放松到十天，他还要林茂暂时不要告诉任何人，包括罗县长也不能向他透露风声。

江书记说自己要一手一脚地将这事抓到底，找出几条可以推广的经验来。因为都没有见过彻底的私人的股份制，两人说了一阵就说不下去了。转而说起各地企业面临的困难。

林茂开口就说造成这种局面的原因是中央的指导方针有问题。

江书记一听他说就火了，说现在怎么有那么多能高瞻远瞩的人，总能将问题一下子从基层看到中央，可他们好像光长眼睛不长头脑，什么问题都能看到，唯独就想不出一个真正有效的办法。江书记说，铸造厂的问题，县里呼吁了很多次，愿请高明者出来挽危难于既倒。可呼吁了一年也不见有英雄好汉跳出来。江书记说，现在的真正问题是大家都在等着坐享其成,天上掉馅饼时就高兴,天上刮风下雨时就骂娘。

　　林茂在江书记的办公室待到下午六点多钟时才出来。他拐了一个弯后才长长吁出一口气。林茂心里的确有个小算盘,江书记点出八达公司也的确捅到了要紧处。他没想到江书记这么快就要在农机厂头上着手搞股份制。八达公司还没有完全独立出来,一搞股份制,势必也得同农机厂一起卖掉。那样自己以后的退路就一点也没有了。他一路走一路想,却找不出一个可以与之商量的人。无论是王京津还是李大华,都只是他手中的一件工具,任何真实的想法都不能向他们透露。

　　前面的街上突然喧哗起来,不少人都聚在林青的小吃摊前面。林茂担心姐姐出事,就紧跑了几步,靠拢了一看,原来是大马从拘留所回来,又重新摆起了小吃摊。大马一副壮士英豪模样,站在人群中大声说着话。林茂同林青打过招呼,然后站在一旁听大马乱吹乱擂。

　　大马说他在拘留所干活儿时,被派到沙洋劳动农场出差,警察是有意不让他干重活儿而给予照顾,没想到在那边遇上几个犯人,自己算是长了不少见识,因而多待了几天,回来后拘留所将多待的几天算出工资给了他。

　　林茂听大马介绍说那几个犯人都是极有学识的大知识分子时,就想起一句俗话:牢里关的是英雄汉。大马说那几个犯人中有的刑期快满了,如果他能当厂长,到时就聘他们当副厂长作顾问。林茂听大马说了半天,他归纳成一句话,那些人的观点是,中国经济的出路是迅速让企业实现私有化。

第四章

林茂心里突然有了主意,他耐心地等了一个多小时,围着大马的多数是铸造厂的人,他们还得做生意。等他们都散去后,林茂装作给林青帮忙,凑到离大马最近的地方。

林茂说:"大马,你刚才的那些观点并不新鲜。"

大马扭过头来说:"你不赞成是不是?既得利益者肯定会反对的,搞成了私有化就不能像徐子能那样利用职权搞腐败了。"

林茂不同他正面交锋:"山东有个诸城你知道吗,那里的企业已经实现私有化了。"

大马说:"你怎么知道,报上又没宣传!"

林茂随机应变地撒了半个谎:"因为是国家的秘密试点,不好大作宣传,但是很多地方都去那里参观学习。听说县里也有人悄悄去了,回来后想在县内选家企业搞试点。"

大马说:"什么样的企业才够试点资格?"

林茂说:"什么资格,只要是企业就行,关键是企业内部的人要主动,会配合,搞试点的领导才有劲头,照我说,你们铸造厂挺合适,就搞股份制。都这样子了,又不怕弄烂了什么。搞成了工人就成了股东,有发言权和决定权,别人再想为所欲为就只能是痴人说梦了。"

大马想了想说:"真要搞,有些什么手续要办?"

林茂说:"我也不知道,都没经历过,不过总归是先得有个方案报到县委县政府那里吧!"

见大马有些动心,林茂又添了几把火,他说:"如果你们真想搞,一定要邀上一批态度坚决有能力的工人,让领导相信这些人不会将事情弄坏。"

大马一甩手中的勺子说:"搞!老子就是要试它一试!做一回工厂的真正主人。"

林茂又同大马聊了几句然后借机抽身走开。经过蓝桥夜总会时,林茂想起肖汉文,他觉得这是唯一可以与之商量的人。回到家里,林茂给广东打了一个电话,肖汉文的家里人说他一直没回来,还在县里没挪窝。肖汉文家里人起了疑心,问林茂怎么会不知道肖汉文没回去。林茂忙解释说自己出差刚回县里,不知情况有变。放下电话林茂想了好久,肖汉文这么神不知鬼不觉地待在县里,一定不会是住在宾馆。

过了一会儿,林茂猛地想起了袁圆。

24

林茂敲了几下那扇不太熟悉的门。袁圆出现在拉开的门缝里,身上只穿着很少的衣服。见是林茂,她就不顾什么,用身子堵住门缝,问他这么晚来有什么事。

林茂说:"我找肖汉文!"

袁圆说:"那你找错地方了!"

林茂一下子推开袁圆,闯进屋里。肖汉文只穿着一条短裤斜着躺在袁圆的床上。

第四章

肖汉文冲他笑着说:"我不是肖汉文,我是肖汉文哥哥的弟弟、弟弟的哥哥。"

林茂有些吃醋地骂一句说:"我也瞧着你不像肖汉文,而像是一个混账王八蛋。"

肖汉文一下子跳起来:"说混账可以,让当王八老子可不干!"

林茂想想他只是拣了自己的破烂就消了气说:"都不是,你还是肖汉文,肖老板!"

袁圆怕两个男人干起架来,忙说:"你们都出去,我要穿衣服。"她故意做出要脱睡裙的样子,林茂和肖汉文果然就不作声了。

袁圆并没有真穿衣服,她装了装样子,就到外屋给他们拿冷饮。

林茂压低嗓门说:"我有急事找你商量!"

肖汉文说:"在这儿说不行?"

林茂摇摇头说:"只能是你我之间。"

肖汉文说:"那就去蓝桥夜总会,开个包房,我买单。"

袁圆端着冷饮进房时,肖汉文已经在穿上衣。林茂几口将冷饮喝完。肖汉文告诉袁圆,他要同林茂出去一趟。袁圆没有作声。林茂故意将手中的大哥大皮包丢在袁圆屋里,待下了楼后便借机返回来。袁圆拿着林茂的大哥大皮包,开着门站在屋子中间等待着。

见了林茂,袁圆说:"你是想回来骂我一顿?"

林茂说:"我只是想问他给你什么好处?"

袁圆说:"每月五千元!"

林茂说:"那银行的陶股长哩?"

袁圆说:"你不用管这么宽。"

林茂说:"你必须回答我!"

袁圆说:"他能给五千我也不敢要,我不想坐牢。"

林茂说:"肖汉文的钱可能更不干净。"

袁圆说:"钱不干净不怕,只要买的东西干净就行。"

林茂摇摇头说:"女人还是见识短,赚肖汉文这种小老板的钱算什么,共产党这个大老板的钱赚起来才叫痛快。"

林茂再次下楼后,肖汉文问他怎么拿只皮包要这么长时间。林茂要他放心,再厉害的快枪手,这点时间也不够同女人上床的。说得肖汉文哈哈大笑起来,一路上自然免不了吹嘘自己的风流史,他说自己最快的一回是在一个朋友家里打麻将,他借口上厕所,五分钟时间不到,就将朋友的小姨子搞定了。

林茂看见林奇坐在三轮车上等客,就拉着肖汉文在暗处站了一会儿。这段时间里林奇在那边一动也没动过。林茂有些奇怪,就让肖汉文过去看看,肖汉文回来说林奇在三轮车上睡着了。林茂经过林奇身边时,真的听到了一阵鼾声。林茂不由得思量起来,父亲以前可不是这样,只要是干活儿,从来不会瞌睡的。肖汉文要他别着急,人老了,就是这样。林茂说肖汉文不懂林奇,就是自己同父亲生活了几十年也还

第四章

不大懂。

进了蓝桥夜总会，上到二楼，迎面碰上张彪。

林茂说："来潇洒？"

张彪说："鬼，来抓一个逃犯，情报搞错了，差点当众出洋相！"

林茂说："没事了吧，大马也出来了！"

张彪说："狗日的像是要耍我，那个假处分还没当面销毁。不过老子也留了一手，他们谈话许愿时我偷偷录了音。万不得已时我就将它抛出来。"

林茂说："农机厂最近有情况吗！"

张彪说："风声还是紧，就经济犯罪问题，局里最近接连开了几次会，我也想不通，这类案子本不该公安局管。"

肖汉文插进来说："这太容易理解了，经济案子油水足嘛！"

张彪瞪他一眼说："我认识你这广东佬，也知道你姓肖。告诉你，到这儿来可得将卵子缩着点。"

林茂忙说："他是罗县长的亲戚。"

张彪说："知道，我没见过都能一下子认出来，可见你知名度太高了。这儿可不是海南，县长的亲戚也只能遮挡一两回。"

张彪的话将肖汉文说得灰溜溜的，进了包房后还有些无精打采。

林茂见这种状况无法谈生意，就找事刺激他一下。

林茂说:"你怎么这么快就将袁圆承包下来?"

肖汉文说:"现在的女人不图名就图钱,我没名但有钱。你将一大把钞票往床上一撒,她还能不上去!"

林茂说:"山里的姑娘,感觉怎么样!"

肖汉文终于兴奋起来:"那袁圆绝对是个性天才,别看是个处女,可几天时间就将床上功夫学得出神入化。"

林茂差一点笑出声来,他猜不出袁圆是怎么蒙混过关,使肖汉文这样的老手都分不清而上当的。他怕自己一不留神露出马脚,便迅速切入到正题上。

林茂将江书记下午的谈话详细对肖汉文说了一遍。肖汉文一边听一边不断地夸江书记,说他是个有胆有识的领导人,通过借鉴,一下子就抓到了问题的本质,林茂没有将自己已经怂恿大马他们将铸造厂搞成股份制的事告诉肖汉文,他留了一手,以防万一。

肖汉文说:"这是好事,你应该将控股权趁乱弄到手,那样农机厂就基本上成了你的私人企业。"

林茂说:"那八达公司怎么办哩,到这个份上又被农机厂瓜分,我可不甘心。"

肖汉文说:"你比我还毒,是不是还想将八达公司独吞下来!"

林茂说:"恐怕难以办到。"

肖汉文说:"这事我一直想同你谈,但怕你不干。我已经帮几个朋友干成了,他们后来都成了百万富翁,一个个不是

第四章

省人大代表,就是政协委员。你想听我就说说。"

林茂说,"我就是专门找你讨教的。"

肖汉文说:"办法很简单,就是将八达公司变成独资企业。"

林茂说:"我也想过,可是谁愿意到这山里来投资哩!"

肖汉文说:"别人来投资你还想当老板?这种办法想都不要想。我教你一个窍门。第一步先想办法用农机厂的名义从银行里贷出二百万,对厂里说是做业务,对银行则只能用私情,讲好一个月内还本付息。第二步将这笔钱汇到境外。第三步再将这笔钱从境外汇回来,人民币就成了外资。到时将执照一申请到手,再公开从银行贷它个几十万。待这几十万一到账,你再将那二百万退出来,从原路返回到银行,对厂里就说业务没做成,本金还在,厂里只是背点利息,银行还说你讲信用。"

林茂说:"这太复杂了,我有点不明白。"

肖汉文说:"别人也是这样,我再提示一遍。那两百万,你用一百万注册,一百万作流动,然后你可以随意作价将农机厂投到八达公司的那些财产买下来。最多也只要十几万。这十几万先在那一百万流动资金中支付,待贷款来了,将它填上,然后就只需揩屁股了。"

林茂惊讶地说:"这样也叫独资吗?"

肖汉文说:"不叫独资那你说叫什么!林厂长,你虽然聪明过人,可世面还是不如我见得多。现在的许多独资和合资企业，哪家不是这样干。那点境外过来的资金只是诱饵，真正目的是用一百万去钓一亿。谁荷包里有一亿？你我心里都清楚。"

林茂说："我是听说过，有些合资企业的外方老板一旦将银行的资金弄到手以后，就将自己的投资部分撤了回去。但你这种做法，我是闻所未闻。"

肖汉文说："你是不是觉得不保险，怕我姓肖的害你！这样，我们先不说定，只要你有意向，我可以带你到南边几个搞成了的地方去考察，费用全部由我负责，完事后你还可以拿发票回来报销。"

林茂沉吟一阵说："如果做成了，你想从中得到多少好处？"

肖汉文说："南边做生意已进入了有序市场，好处大家都沾一点，不能一个人将钱赚尽，我只要百分之五。"

林茂说："那别人怎么办？"

肖汉文说："你只需拿出百分之五，也就是十万，别的一切都由我来出。不用你再多花一分钱。"

林茂有些迟疑地说："花十万弄个独资企业法人，是不算贵。只是这手段太邪了点！"

肖汉文说："你放心，这样做犯不了大法，最多也只是吊销独资执照。但公司还是你的，你还是法人。反正我们的目的也只是想办法将公有变私有，独不独资都一样，达到目的就行。"

第四章

  林茂说:"还是独资好,有个遮掩和阻挡,让别人以为自己只是一个在台前的小卒,不显山露水。"

  肖汉文说:"怎么样,我们再干一把。像你这卵子一样的小厂就算不搞什么私有化,迟早也会被吃吃拿拿的头头将油水都搜刮走,剩下的只是硬撑着一堆债务的骨头。我还是那句话,你不干的事总能找到人干。从某种意义上来说,你还干了件利国利民的好事。你虽然将农机厂的精血吸走,但你并没有挥霍掉,它的价值还在这个社会上流通,还在为社会做贡献。如果是挥霍了,那价值就不存在。所以对于农机厂你是损害了它,但对于国家,却不存在这个问题,因为八达公司仍在它的制度控制之下。美国佬为什么敢将他们的什么大厦用几十亿美金卖给小日本,他们就是认准这个道理,小日本将大厦买走却带不走,还是得归美国佬管。他们将小日本的钱掏走后,小日本却一点也管不了。就像香港,中国说收回就要收回,英国人一点办法也没有。所以,我们得趁国家信心很足时,放手干一场,等到国家信心不足时,就金盆洗手,找个地方吃利息去。"

  林茂被肖汉文的这一番话说动了心,他答应可以随肖汉文一起到南方去走一走,看一看,然后再最后确定。林茂问肖汉文几时走,肖汉文说还得等几天。林茂以为他还有事,听肖汉文说什么事也没有,他就劝肖汉文早点走,争取早点将这件事弄出个眉目来。肖汉文色眯眯地笑着说,这几天袁圆身上不干净,他要等到袁圆身子恢复后狂欢两场再走。林茂真话假说骂他是个色棍。肖汉文不管他的绵里藏没藏针，只顾自说自话，他说到南边去考察时要将袁圆带上，旅途上有个情人伴着那滋味格外不一样。肖汉文还劝林茂将雅妹带去，他已经看出林茂对雅妹有意，他说只要雅妹去，自己负责让林茂将她搞定。

林茂不愿意肖汉文提到雅妹，他重重地打断肖汉文的话："我没有你这么好色！"

肖汉文说："天下男人都好色，只不过有些男人偏要虚伪地装正经。"

这时，一个女孩推开包房的门，笑吟吟地问："二位老板要姑娘陪吗？"

林茂没等肖汉文开口一挥手说："去去，我们还在谈正经事哩！"

林茂边说边抬头，他一眼认出那女孩是锻造车间的绣书。

绣书也认出林茂，脸上略有些慌乱，趁林茂一低头时，赶紧走了。

肖汉文看出其中有奥秘，回头问林茂是怎么回事。

林茂没有说绣书是农机厂的工人，只说自己认识那女孩。那女孩参加过县里的业余歌手比赛，得了个优秀奖。

林茂问起罗县长的情况。肖汉文说罗县长近一段心情不太好，好像是同江书记斗法时折了一阵，老是上医院买药吃。林茂叫肖汉文不妨将铸造厂的工人想搞股份制改革的消息透露给罗县长，但不能扯出他来。肖汉文连称这个办法好，只

第四章

要罗县长抢先插手铸造厂的事,农机厂的股份制改革就得往后拖,他们搞独资企业的时间就宽裕了。林茂说,还有一个好处,这样一来罗县长就可以胜江书记一招,将比分扳平。肖汉文说他不问官场上狗咬狗的事,他只管尽快多赚些该赚到的钱。

林茂很晚才从蓝桥夜总会里出来。他没有叫龙飞的车,一个人顺着大街往前走。大街拐弯处,他看见林奇踩着空三轮车,一副无精打采的样子,在路灯下慢吞吞地走着。三轮车的速度同人走的速度差不多,林茂不愿这时被林奇看见,不得不放慢脚步,甚至在树影下站了一阵。

巷子里零星躺着一些乘凉的人。黑暗中不时有几下蒲扇撵蚊虫的噗噗声。家门口那一段正好没有人。林茂在门前站了一会儿,他看着从雅妹家窗户里射出的灯光,终于忍不住悄悄走过去。窗户里一点动静也没有。林茂探头一看,半裸的雅妹正躺在床上看书,两条光嫩的大腿搭着架子伸在半空中。林茂不敢看第二眼,压着心里的波澜,悄然回到自己屋里。

林奇正坐在沙发上等他。

林奇说:"人家送的好酒,我都替你交出去了。"

林茂说:"谢谢爸爸想得这么周到。"

林奇说:"光我做有什么用,你说说,工人们到底为什么对你有意见。"

林茂说:"我要知道就好了。"

林奇说:"你别以为我不知道,前些时你到处找饼干盒,里面有什么宝贝?"

林茂说:"没有什么哇,若有的话,为什么后来我和赵文连问都不问哩!你这么着急,好像比我们更清楚。"

林奇气极了,一口痰憋在嗓子里,脸色变得乌红。

林茂赶忙给他端来杯水。

听到动静,齐梅芳从房里钻出来。

齐梅芳一边拍着林奇的后背一边说:"你有事可别拿孩子出气,他出差刚回来,两口子还没团圆,别弄得大家情绪都不好。你有什么可以直说嘛!那天石雨和雅妹来家里坐了一阵,她们走后,这几天你总是这么个样子,要么失魂落魄,要么就发无名火。好端端的你为什么要这样哩!"

听着齐梅芳的数落,林奇的情绪慢慢平静下来。

林奇让齐梅芳回房去睡,自己有话同林茂说。

林奇说:"这厂长的位置不能让你占久了,还是让给你姐夫吧,他比你更合适。"

林茂说:"这事你别担心,江书记要在厂里搞股份制试点,谁的股份多谁就来当厂长。"

林奇说:"江书记问过我的意见,对不对我不清楚,但我感觉到友谅当厂长比你当厂长更受工人欢迎。不管将来用什么形式,你都不要同友谅竞争。"

林茂诡秘一笑说:"那可不行,怎么能不打一仗就举手投降哩!"

第四章

25

　　为了不在上班出门时碰见雅妹，林茂有意早起了一个小时，破例走着先到农机厂看看。锻造车间里还有人在加班，他走进去时，竟迎面碰上绣书。

　　林茂问："怎么这时上班？"

　　绣书说："白天里和上半夜电压不足，机器无法启动，只有挪到下半夜。"

　　林茂又问："你这样做，有多久了？"

　　绣书故意装茗："就这几天，主任安排的。"

　　林茂只好直说："你家境还可以，挣那种钱干什么！"

　　绣书脸也不红地说："你以为这钱脏，可大家认为还有更脏的。"

　　林茂装作叹口气说："你得防着传染病。"

　　绣书说："这你放心。我每个班都正好做完定额。"

　　这时，几个工人围上来，问上次被卢发金偷了的小金库的钱怎么处理，林茂想也不想就说，先查账，待弄清楚以后，该是工人的发给工人，该交到厂里的交到厂里。有人又说要将这些车间主任都撤了。林茂马上反问，若换上去的人更差劲怎么办！工人们异口同声说那就再换。林茂摇头说怎么换也没有用，还不如将第一个人喂饱了，反而会知足而洗手，否则一个个饿鬼接二连三地折腾，到时候生铁也成了点心。

绣书在一旁说林厂长的话的确有道理，这叫攻其十指不如断其一指。大家都说绣书的话是张冠李戴，不过她的意思所有人都领会到了。

林茂等李大华来了后，要他将小金库的事马上处理了。李大华说账自己查清了，如何分配单等林茂的一句话。林茂看了看账目明细，就吩咐将各车间应上交的钱都给了装配车间，然后各车间三一三十一①，统统按人头平均分发下去。

李大华说："这样做，恐怕别的车间对装配车间有意见。"

林茂说："有意见才好，你愿意看到几个车间抱成一团遇事都向我们讨价还价？！"

"还是林厂长有远见。"李大华边说边笑。

林茂说："你笑个鬼！那张五万元钱的白条子报销时一定要保密，对财务科的人话要说狠些，走漏了风声那可不是好玩的。"

见这边没什么事，林茂就往八达公司那边走去。半路上碰见骑着自行车的王京津。王京津下车同他并肩走了一程，并告诉他，何友谅这些时有事没事到公司溜达了好几次，甚至公开地询问公司的经营情况。王京津虽然说什么也没有告诉何友谅，林茂还是不放心。王京津接着又汇报起业务情况，他说他搞到两条准确信息：一是一辆走私的韩国现代王轿车，出手价只要三十万；二是有人急需一套生产卷烟的流水

---

① 三一三十一：本为珠算口诀，这里形容平均分配。

线设备,估计是地下烟厂。王京津说他有门路买到这种生产流水线设备。这两样都可以赚大钱,就是公司资金不够,他去银行试了试,银行根本就不给贷款。林茂对现代王轿车很有兴趣,这种车的市价是六十多万,作为走私车最低可以卖到五十万,扣除打通关节的费用,这一辆车赚个十几万是没问题的。林茂叫王京津立即去同货主联系,资金的事由他来想办法。

远远地看见龙飞的车子停在八达公司门口。林茂走进公司大门,发现的人都从办公室里钻出来同他打招呼,好几个人都说他这趟差累瘦了、晒黑了。人群中唯独不见雅妹,但雅妹的门是开着的。

林茂犹豫了一下后,还是从那开着的门走了进去。

雅妹正在将一枝新鲜的红玫瑰往瓶子里插。桌上搁着的是先前的那枝红玫瑰。林茂知道这又是龙飞搞的鬼。见他进来,雅妹回头浅浅一笑。

林茂说:"工作适应吗?"

雅妹说:"还行,王主任挺照顾我的。"

林茂说:"你和妈妈到我家去过?"话一出口林茂就觉得这么称呼不对,幸好雅妹没察觉。

雅妹说:"我妈非要上门去表示感谢。"

林茂说:"你不想感谢?"

雅妹一歪头调皮地说:"你说呢?"

林茂笑一笑,不作声地穿过小门,坐到自己的办公桌旁,刚打开抽屉,拿出茶杯,雅妹就提着一壶开水走过来。

雅妹沏好茶后,突然说:"谢谢你送的花!"

林茂措手不及,脸色一下子红了起来。他差一点说出红玫瑰不是他送的,是龙飞自作聪明。雅妹的模样使他很快镇定下来,他看出雅妹说谢谢时一点也没有忸怩做作,就大胆地说:"希望你能真心喜欢:包括这花,这工作。"

雅妹说:"朋友来看我时都羡慕死了。"

林茂听见走廊里有些嘈杂脚步声,连忙说一句:"过些时我带你到南方深圳去出趟差,顺便找找你爸爸。"

雅妹嗯了一声。

雅妹刚走进那扇小门,林青和大马还有另外两个铸造厂的工人就出现在办公室门口。

林茂有些惊讶,问林青怎么上这儿来了。

林青说:"他们拖着我来问你股份制的事。"

大马忙说:"昨晚听了你给的信息后,我们几个一宿没睡,商量了一套方案,但毕竟我们都没当过厂长,就想请教你一下,看还落下什么没有。"

林茂说:"我也没搞过什么股份制。"

大马说:"至少你先知道消息,比我们多思索了一些时间。"

林茂还在犹豫,林青将一叠纸放到他面前,说:"就算是帮姐姐我看的。"

林茂没办法,只好硬着头皮往下看。刚看完头两条他就

第四章

吃惊起来,越往后看,越有一种了不得的感觉。他一点也不相信大马他们竟有这种水平,很多细节的关键处是他一直忽视了而没有意识到的。林茂将大马他们的股份制方案看了两遍,才努力从中找出两处无关紧要的问题。换了自己,无论是作为股东还是作为工人,对这样的方案都会满意的。他正要说几句好话,忽然想起什么。

林茂将林青叫到身边小声问:"这方案是谁帮忙搞的?"

林青说:"是我们自己。"

林茂说:"别瞒我,是不是姐夫插了手?"

林青说:"他不让我对你说,他是参加了。"

林茂说:"难怪呀,这上面好些地方像是针对农机厂和八达公司的。姐,你是不是也想搅和进去?我劝你马上打消这个念头,搞了股份制,也不是人人都可以当厂长、副厂长的。"

林青说:"当初你姐夫也说你不行的哩!当年读书,你的成绩从来就没超过我。"

林茂说:"搞企业同读书完全是两回事!"

林青说:"我那小吃摊不也是企业?"

林茂想了想说:"姐,你真想干一番事业我也不拦你,但我提个建议,你们不妨请姐夫过去当一把手。"

林青说:"我们有这个想法,你姐夫他却不肯离开,还说他时刻准备在危急关头出马,救农机厂于水深火热。"

林茂装着大度地笑了笑,转而同大马他们聊铸造厂的事,大马说股份制若搞成了,这几位就是厂长和副厂长。别人马

239

上说让大马当厂长。林茂提起方案中的厂长条件，问如果真的确定当厂长的人必须购股两万元以上，他们哪里去筹那么多的钱。大马他们说，他们准备将全部房产抵押，到银行去贷款。

林茂说："没想你们也会这个，知道银行是国家摇钱树，不贷白不贷。"

大马却瞪大眼睛说："不，我们要干就干个人样出来，不再做这种害人又害己的事。"

林茂说："到时候你们就知道了，别人都这样干，你不干就吃亏。"

大马说："哪怕吃亏也受了。不然还会落得个徐子能一样的下场。"

林茂见无法同他们说到一块，就摆出一副送客的架势。

大马他们走后，林茂给河南那边挂了个电话，找到那位处长，提出想将三个月的货提前一齐交了。那位处长很爽快地答应下来。林茂又将八达公司的账号告诉他，要他收到货以后，将款汇到八达公司来。那位处长仍旧满口答应，接下来，他又给李大华打电话，通知他暂时停止将货发到外地，等凑齐了三车后，全部发到河南去。李大华有些为难，说恐怕别的客户会提出违约问题。林茂要他放心，真那样无非是给对方经办人一点好处就能摆平。

李大华答应后又告诉林茂，刚才卢发金的妻子到厂里来哭闹了一通，提出要厂里出面救卢发金出来，那女人带着几包老鼠药，威胁说厂里若不答应她就当面吃下去。李大华没办法只好答应下来，同时还与何友谅商量，从工会经费中拿出五十元补助给她。如此才算将那女人打发回家。

林茂本来打算马上动手写江书记要的股份制方案，放下电话后，他决定先到看守所去看看卢发金。

林茂让雅妹到会计那儿领了三百元现金，然后同自己一道坐车去看守所。听说是厂长来看工人，看守所的人很通融，没要手续就放他们进去了。卢发金的样子不像个犯人，甚至还胖了一些。龙飞从雅妹手上接过那些烟和点心，交给卢发金，说这是林厂长用自己的工资买的。卢发金很感激。龙飞又说，上午厂工会给他家补助了五十元，林厂长又决定从公司里拿出三百元再补一下。林茂不好说什么，只对他说，自己会尽力想办法，早点将他弄出去。正说话时，卢发金的妻子来了，林茂当面将三百元钱交给她。那女人先不肯接，说自己不要钱只要人。卢发金吼了一声骂她好不知足后她才勉强收下。

正说话时，林茂忽然听见有人在叫自己，声音很小，他看了半天才从一道门缝里发现徐子能的半边脸。林茂不想理他，装作没看见。过了一会儿，他又改变主意，回头要看守关照一下，让他过去同徐子能说几句话。看守不答应，龙飞飞快地将一包没开封的玉溪烟塞进他的口袋。看守犹豫了一下，还是给了林茂三分钟。

徐子能待的屋子不是正规牢房，门上还隐现着白漆写的值班室三个字。隔着门两人见面竟一时无话。

还是林茂先开口说:"你有什么话快说,只有三分钟!"

徐子能说:"我觉得冤,这么多人当厂长就只抓老子一人,太不公平。"

林茂打断他的话说:"我对你说吧,铸造厂在闹改股份制的事,大马他们想当厂长!"

徐子能说:"他能当厂长,老于愿将这牢底坐穿!"

林茂说:"都什么时候了,还说这。这样,我回头放一条红塔山烟在看守那里,你找他们要就是。"

徐子能说:"你林厂长够哥们,我给你透个信,当心你姐夫,别看他不大作声,关键时一招就能置人于死地。"

林茂故意说:"不会的。"

徐子能说:"你若不当厂长了,他可能真不会。你不知道,他一直对我说,农机厂厂长非他莫属。"

林茂装作坚决不信,仍说:"何友谅不会是这样的人。"

徐子能叹口气后压低声音说:"他们一直不让我家里人进来,所以只能托你传个话。前两天听说我女儿高考分数还可以,读自费问题不大。进来前我没有同她们交代,在《邓小平文选》中我藏着一张存款单,是武汉解放公园旁一个储蓄所的,密码是3721,让她到时偷着取了去交学费。"

林茂说:"读自费总得五万元吧!够吗?"

徐子能说:"差不多。"

林茂说:"这么说抓你又不冤枉了。你不怕我说出去?"

第四章

徐子能说:"我知道你不会,我们事实上是同病相怜。"

林茂不想同他说下去,虽然看守没有催,他还是走开了。

卢发金还在同妻子说话。林茂叫上龙飞和雅妹,谢过那看守,开门正要上车,忽然看见林奇站在监狱门口。

林茂问:"爸,你来干什么?"

林奇说:"我来看看大徒弟,他们不让进。"

林茂说:"看他还不如看看卢发金。"

林奇说:"发金我已看过。但我放心不下子能,过去我将他同你一样当作儿子,现在他又同你一样当着厂长。我心挂两头哇!"

林茂一下子明白,林奇其实是担心儿子万一也入了监狱会是什么样子。他让龙飞在旁边的小卖部买了两条红塔山烟,一条送给看守,一条托看守转交给徐子能。看守答应让林奇进去谈十分钟。林奇忙说他只需看上两眼就够了。

临走时雅妹甜甜地说了声:"林伯伯再见!"

林奇心不在焉,应也没应。

回到八达公司,林茂拿起电话正要往徐子能家里打,忽然想起张彪说的监听之事,便又将电话放下。想了半天才有了主意。再次拿起电话后,听见那边有人接,林茂就称自己是徐子能女儿的同学,又说自己听到消息,今年读自费的大学生,进学校后要考政治,他劝徐子能的女儿这几天不管三七二十一,一定要将《邓小平文选》读一遍。他将不管三七二十一这个词反复强调了好几遍,直到那边的女孩说自己知道了不管三七二十一地读《邓小平文选》，林茂才将电话放下。

林茂相信处在这种状况下的女孩，是能懂得自己的暗示的。

林茂定了定神后走到雅妹的屋子，要她这几天替自己挡驾，任何人不见，任何电话不接。他刚吩咐完，肖汉文就打来电话，说自己已决定明天回去，操办商定的那事。肖汉文极猥亵地告诉林茂，今天早上又将袁圆干了，他还说现在才发觉身上还带红的女人做爱时，格外别有一番滋味。林茂按下电话机的压簧时，对着话筒骂了一句肮脏的话。

第五章

26

赵文对教跑跑唱歌越来越上瘾了。跑跑也渐渐入了门道，一亮嗓门，还真有些小歌星的味道。每天晚上在楼顶上乘凉时，他都要唱几首歌，常常一曲唱完，楼下的巷子里就有人鼓掌喝彩。

跑跑每次唱完第一首歌，林茂就起身往楼下走。这个星期他已养成了习惯，天天晚上都到林青的小吃摊上去坐一坐，探听一下大马他们的动静。

大马他们一天比一天兴奋，小吃摊的生意也做得不认真了。有天晚上，大马直到十一点钟才出现，一见面就手舞足蹈地对大家说，罗县长今天请他到家里谈了几个小时，对大马他们的股份制方案全面赞成，罗县长答应马上就将此事提交常委会和县长办公会讨论。

林茂后来给县委办公室打了几次电话，直到听说江书记正在主楼召开常委会，他才将前两天就已经写好的农机厂试行股份制的方案送过去，让办公室的人转交江书记。

这天晚上，林茂正在小吃摊旁同何友谅有一句没一句地说着话。

何友谅说他知道林茂这么勤地往林青这儿跑，目的只是想了解关于股份制问题的虚实。

林茂承认自己的确是这么想的。

何友谅告诉林茂，他不必这么间接地做，他自己就可以详细地给他讲讲股份制的许多内容。何友谅说自己这么多年来一直在埋头看书，研究企业的深化改革问题。

林茂则硬撑着说，自己是一边看书一边实践。

这时，林奇踩着三轮车过来，说江书记将电话打到家里，要林茂马上去见面谈重要事情。

林茂心里有数，不紧不慢地走到江书记家。

迎接林茂的是江书记的一脸不高兴。江书记责怪林茂方案交给自己时太晚了。让罗县长抢了先，常委们都同意让铸造厂实行股份制经管，这样搞得好坏都是他们自己的事，同县里没有瓜葛。江书记一个人不好僵持，只得同意。罗县长怕别人抢了头功，又提出现阶段只在铸造厂搞试点，别的企业暂时都不能动。常委们也都同意了。

林茂不分辩，虽然他有理由替自己分辩，因为他是在江书记规定的期限内办成事的。林茂知道江书记心情不好时，

第五章

越辩越挨剋。

林茂说:"全县的事都在您领导之下,怕什么?"

江书记说:"罗县长这个人会允许将这功劳记在别人名下?而且铸造厂还是他亲自抓的点。我总觉这事有些蹊跷,一群只知道在街上同警察打架的普通工人,怎么会突然心血来潮想起要搞股份制,搞得像是存心与我作对。"

江书记突然说起这些,还将目光盯在林茂身上。

林茂知道他在猜疑,就说:"现在是信息时代,再说搞股份制的事已有了好几年,虽然没具体操作,可也早就不是新鲜东西。铸造厂先搞了,那农机厂还搞不搞?"

林茂开始反守为攻。

江书记说:"搞个屁,以后再说。"

林茂趁机问江书记的儿子自费读大学的事,江书记说他正弄到一个指标,是政法学院的,不用交钱。

江书记找林茂本没事,只是心里有气,想找个合适的人发泄一下。林茂从江书记屋里出来,见时间还早,就往罗县长家里走。他边走边想江书记是真厉害,儿子考分差那么大一截还能不花钱进大学。

敲开门,罗县长酸溜溜地说:"林大老板舍得光临寒舍,罗某可是三生有幸啦!"

林茂坐下后,也不见有人端茶上来。他不动声色地说:"你表弟明天回广东去!"

罗县长一愣问:"他还没走?"

林茂其实是讹他的，肖汉文一个星期前就走了。

提起这些，罗县长口气马上软下来，主动问农机厂的情况。

林茂不失时机地告诉罗县长，大马他们的股份制方案是请教过他后才定下来的，而且是他叫大马他们拿上方案找罗县长的。罗县长听到这儿也没做什么表示，只是随手递给林茂一支香烟。林茂是不抽香烟的，罗县长又转身从冰箱里取出一听雪碧放在他面前。随后罗县长告诉林茂，他们厂的一个副厂长写了三封信，要当面谈厂里的一些事，罗县长说自己太忙没有回复。说完这个，罗县长又提起徐子能，说徐子能也是厂里的一个副厂长一年到头告状，才将其告倒的。

林茂听懂了这个暗示，他明白写信的人一定是何友谅。罗县长话里有叫林茂提防点的意思。林茂直截了当地告诉罗县长，写信的这人是自己的亲姐夫，只因当初没有提拔正厂长而一直对自己心怀不满。

罗县长对这话笑而不语。

回家时，路过小吃摊，林茂见何友谅在林青身边亲热地说着什么，真想上去给何友谅一记耳光。

憋了几天，林茂还是将这事对赵文说了。

夫妻俩商量要不要对林奇讲，赵文劝林茂别讲，她怕林奇一发脾气将话说过头，弄得何友谅索性撕破脸皮，明明白白地摆起战场同林茂对着干，以后的事情就更难办。

林茂给肖汉文打了几次电话，都没有找到他，接电话的

第五章

是他家里人,只知道他出门做生意,具体在哪儿也不清楚。而他的手机又总是关着,说什么也打不进去。林茂以为这事要黄,就开始想其他的办法。林茂准备一旦那辆现代王的生意做成了,他就用那赚的钱将农机厂投进八达公司的资产全买下来,然后作为一个小的股份公司彻底独立出去。由于天气太热,车间产量下降,三车货多费了十天时间。所幸河南那边回款及时,钱一到账,林茂就让龙飞开着车带上王京津,先将现代王轿车拿到手,跟着就卖了出去。路上虽被查扣过一次,但很快就被他们用红包将关节打通。来来去去只十一天时间,他们就赚了整整十万。比估计要赚的十几万少了几万,是用了疏通关系。回来后,林茂神不知鬼不觉地将早该给农机厂的钱转到农机厂账上,对外只说是对方将账号弄错了。

林茂想着可能要带雅妹出去,就借机先让公司的人轮流到伍家山林场宾馆玩了几天,只留下王京津和雅妹在公司值班。

这天,林茂坐在车里看见袁圆在街上贴海报,县剧团准备在后天上演新编古装戏《后宫情怨》。他让龙飞下车将袁圆叫过来。袁圆正好贴完了海报,她一头钻进车里,连连说车里的空调真凉快。

林茂问她知不知道肖汉文现在在哪儿。

袁圆说她知道,肖汉文现在深圳,还准备过几天请林茂过去。

林茂怪她不早点给个信，袁圆说自己屋里电话昨天才装好，她也是昨天才知道的。袁圆用笔在林茂掌心上写了一个电话号码。写到最后她还用笔尖在那掌心上轻轻钻了一下。林茂装作不解。袁圆贴着他的耳根小声说，晚上来之前给她打个电话。林茂摇头说他不能去，因肖汉文是自己的朋友。袁圆一努嘴说狗屁朋友狗屎朋友。袁圆要走，林茂拉住她朝她要后天演出的票。袁圆问要多少，林茂反问三千元钱能买多少。袁圆笑起来说自己怎么将大施主给忘了。她答应给二十张票，条件是林茂亲自上她屋里去拿。

林茂第二天去时，带上了雅妹。

袁圆好像知道林茂的意思是让雅妹开眼界，故意将屋里的好东西都显露一通，还不断地说，女人唯一的资本是年轻，所以得趁年轻时多赚些、多玩些，别听那些老古板的。

雅妹有些待不住。

林茂正要走，刚好肖汉文将电话打过来。

袁圆嗲了一阵又将话筒递给林茂。肖汉文说那边的事情他已办好，这两天会打电话告诉林茂该什么时候动身。

回去的路上，雅妹脸上的红晕一会儿褪一会儿涨。

夜里，一家人又在楼顶上听跑跑唱歌。长着葡萄的那堆土下午浇过一些水粪，凉风中有一股很浓的臊臭味。

林茂忍不住说："等这季葡萄熟了，将葡萄移到楼下去栽着。"

林奇咳了一下说："不行，就栽在这儿，要挪等我死了以后再说。"他又说,"我都不怕臭你怕什么。"

林奇坐的躺椅正好将那堆土完全护住。

林茂停了一会儿说:"爸,你最近是不是有什么心事,别憋着伤了自己。"

齐梅芳怕林奇又发火,忙说:"你姐同大马他们一起搅和搞股份制,你爸他着急哩!"

林茂明知不是这个原因,也只好顺着梯子下台:"姐早该这样,她哪一点也不比何友谅差,凭什么就该吃苦受累上街摆摊养家。我支持她出山。今天我将话说在前面,股份制真搞成了,县里若不树她当模范典型,我掏钱请你们坐飞机到北京去玩一趟。"

一听说坐飞机,跑跑在一边乐得跳起来。

齐梅芳说:"我只担心他们两口子都当副厂长了,到时候谁来照顾跑跑。"

林茂说:"这好说,你们做做工作让何友谅不当副厂长找个闲职干干,顺便照顾一下家。"

林奇说:"你就是容不下友谅,一家人有什么深仇大恨解决不了。我明白你的意思,你是搞围魏救赵,声东击西,想用林青来牵制何友谅。告诉你,何友谅如果哪一天离开农机厂,我就哪一天不认他做女婿。我看得很清楚,农机厂离开他不行。"

赵文说:"那农机厂能不能离开林茂?"

林奇说:"这句话你莫问我,问他自己去。"

林茂说:"我只知道自己当厂长三年,厂里产值利润翻了近一番。"

齐梅芳说:"那些数字是哄上面领导的。我不看别的,只看几个街坊,特别是石雨家,那日子是一年比一年紧巴。"

林奇说:"你是连价格上涨的原因都算进去了,我问过厂里人,实际生产的产品吨位几乎和往年差不多。这我也不说,我只是担心农机厂像铸造厂一样,铸造厂不也是一开始好好的,可是说跌就跌得爬不起来。"

林茂说:"我都这么大了,你怎么还是看我不顺眼。"

这时,楼下汽车喇叭响了一下,赵文探头看了一眼后说是江书记的车。林茂忙下楼去迎接。林奇动作慢,又被地上的东西绊了一下,等他爬起来,江书记已上到楼顶。

江书记说:"林师傅,你要的人我给送回来了。"

林奇仔细一看,月光下站着的是卢发金。

江书记说,法院决定对卢发金免于起诉,他听到消息就去将其接出来,还给林奇。

卢发金感激得话也不知道怎么说了。

林奇让林茂摘了几串熟葡萄请江书记吃。江书记吃了几个后连连说好吃,问林奇施的什么肥。林奇说是最臭的粪。那话的意思有一半是指林茂得的那些不干净的钱。江书记又吃了几个便不吃了,要卢发金带回去作为给孩子们的礼物。卢发金见自己在这儿不便就拿上葡萄回家去了。

江书记说:"我下午才听说,铸造厂领头搞股份制的那个女人是你的女儿,不简单。"

林奇忙说:"她是瞎闹,给领导添乱子。"

江书记说:"你给她捎个口信,让她好好干,到时我树她当模范,改革时期,女性应该有闯劲。"

赵文和齐梅芳在一旁笑了起来。

江书记不知原因,他对赵文说:"你就是少了股子劲,怎么样,到剧团当团长的事想过没有?"

林茂抢着说:"她想过,不好意思给您回话,她觉得自己不适合当领导。"

江书记意味深长地说:"那明天我请你看剧团的演出,你肯不肯赏光?"

赵文说:"书记请,就是鸿门宴我也去。"

江书记马上掏出两张票递给赵文,那意思是让林茂也一起去。

江书记回头对齐梅芳说:"我家那位,打了几次电话就以为将你做的菜全学好了,可那味道——完全是东施效颦。"

齐梅芳说:"可能是吃多了一个人做的菜有些腻,老林还不是总说我做不好菜。"

江书记说:"那正好,以后每天你到我家去,我家那位到你家来,我们换换工。"

齐梅芳说:"我没这大胆,我家的厨房也容不下书记夫人。"

林茂送江书记下楼时,随口告诉他,自己最近认识一个老板,他有关系找外商为县里投资。江书记一听非常高兴,要林茂将这事盯着点,争取能够办成,为县里消灭一个空白点。江书记这一提醒,林茂才想起,整个县里连半点外资也没有引进来。每年的经济工作会议上江书记做报告都说要突破,可一直没有突破。

江书记走后,林茂一个人站在昏暗的门洞里,想着这事太突然了,办起来大概容易,以后麻烦事少不了。

半夜里起了露水,大家都往屋里搬东西,只有赵文躺着不动。林茂告诉她电已来了,空调已打开,赵文还是没动。林茂知道她为自己抢着在江书记面前表态生气了。楼顶上只剩下他俩。林茂就挤着躺到赵文的竹床上,然后不停地用手反复抚摸赵文身上的各个敏感部位,直摸得她该硬的地方硬起来,该软的地方软下去。赵文突然伸出手将他死死搂住,并将下身用力贴向他。

星光里,月影下,竹床摇得吱吱响。在两个沉浸在欢乐中的人的灵肉一同爬上高峰并即将滑落的一瞬间,林茂突然有一种久违的感觉。他对赵文说:"我又行了!"身下的赵文猛烈地颤抖起来。可惜,林茂以为要出现的美妙景象还是差了一点没出现。

第二天一整天,林茂许多次回想,是不是在那一刻里自己突然让雅妹跳入脑海的缘故,才招致功败垂成。

晚上看戏时,江书记并没有与他们坐在一起。林茂回头看时,林奇与齐梅芳,还有石雨和雅妹紧挨在一起。每次回

第五章

头时,他都要与雅妹的目光碰撞一下。赵文一直没有往别处看,林茂提醒她说爸妈和石雨都在擦眼泪,她也坚决不回头。

后来,林茂问:"你是不是真想去当团长?"

赵文沉默一阵后说:"有时候我的确有这种念头。"

林茂明白她的所指,他紧紧握住赵文的手说:"我爱你,你别去当团长!"

赵文这时才回头在林茂的脸上轻轻吻了一下。

戏看完了,大家都站起来准备往外走时,林茂才发现四周全是检察院和反贪局的人,浑身上下不由得大汗淋漓,他紧紧抓住赵文的手。赵文也发觉情况似乎有些不对头,她往林茂怀里偎了偎。

旁边马上有人说:"你们这戏比台上的精彩多了!"

林茂和赵文都没搭话,两人开始往外走时,检察院和反贪局的人站着不动给他们让路。

这时,大幕重新拉开,剧组人员站在一起一边谢幕一边等着江书记和罗县长上台接见。江书记和罗县长后来分别将手伸给后排的一个女演员,让她握一握。林茂这才发现那个扮演宫女的女孩正是袁圆。

身边有人在小声议论着,说袁圆是高级妓女,又说县里的名妓应算上农机厂的绣书。赵文站着不走,竖着耳朵细听。

隔了两天,肖汉文真的将电话打过来,邀请林茂带上雅妹和袁圆飞往深圳。林茂向江书记和罗县长请了假,又让江书记给剧团写张条子,让剧团给袁圆一星期的假。江书记听说是对方老板点名要袁圆去的,犹豫了半天,才勉强将条子写了,还一再吩咐林茂,别让人家害了袁圆。林茂心里暗暗发笑,嘴上却在应承。临走的那天晚上,夫妻俩浴了一回爱河后,林茂才将这次行程的全部情况告诉赵文。他反复说,要袁圆和雅妹去都是肖汉文亲自开的口。赵文似乎不在意这个,她只是担心这种假独资玩笑开得太大,万一露馅可不好收场。林茂怎么解释怎么劝说也没用,赵文唠唠叨叨地说了大半夜,说前次十万元现金失踪的事未了,这回又要冒这么大的险,万一像徐子能那样她怎么办,徐子能的妻子还有孩子做伴,她却什么也没有。

林茂拧亮床头灯看看手表说:"一点过了,睡吧!"

赵文突然说:"雅妹刚满十八岁,身份证还没办下来,怎么坐飞机?"

林茂说:"听说户口簿也行。"

赵文再也没有吱声。在静夜中林茂怕赵文听见自己心脏紧张跳动的声音,便翻身压住赵文做些无效的动作。

27

天黑时,从高空中飘落一股舒爽的凉气。一年中最热的日子,只是这么轻轻一吹,就悄然送走了。林青的摊位一连几个晚上都是空的,紧挨着她的大马也不见来了。林奇每次

第五章

踩着三轮车经过这儿时，心里就想股份制问题。可惜这问题他越想越想不明白。林茂出差到深圳已有七天了。这天晚上，林奇发现大街上居然连一个铸造厂的人也没有。他正在发愣时，听见张彪同几个警察在一旁边走边说，议题也是铸造厂。林奇听了一会儿，才知道铸造厂在开什么股东预备大会，江书记和罗县长都到场了。张彪他们不知为何竟没有鄙视自己的死对头大马，反而预计大马他们可能会成功。张彪的原话是：大马这狗东西，这回算是找到了英雄用武之地。林奇慢慢地跟在他们背后。

一个警察问："你的处分什么时候取消？"

张彪说："不用取消，本来就是假的，是遮人耳目，让大马他们觉得心理平衡些。"

旁边的警察说："不过你得小心，别让当官的将假戏做真了。"

张彪说："我藏着撒手锏，从头到尾的谈话都在录音带上。"

另外的警察说："这可不能随便用，闹出去日后谁还敢同你说真心话。我教你一个主意，不如抓一个县里的名妓！"

说话时，那警察一回头见林奇在身后跟着，就说："脚筋痒是不是，跟得这么紧？"

林奇忙说："你们排成了排，我绕不过去！"

张彪扫了一眼说："林师傅是大好人，没事的。"

林奇不好跟了，他脚下一发力，连人带车从人缝中钻过去。林奇有些恼火，他没想到江书记会玩这一手，抓人也来明明暗暗虚虚实实，对工人下手狠，对警察下手轻。林奇将车龙头一扭，拐上去铸造厂的路。

远远地望见铸造厂操场上一片灯火通明。

出乎林奇意料的是，林青居然同江书记、罗县长并排坐在主席台上。大马正在说什么要大家举手表决。林奇看见那举手赞成的手臂远远多于举手反对的手臂。大马说了声决议通过后，操场上响起一片掌声。

林奇的衣襟忽然被扯了一下，他回头一看，是徐子能的老婆。她小声告诉林奇，女儿上大学的通知书已经来了。林奇跟上她离开会场，在路上她说，大马没有通知自己参加这个会议，她只是在一旁偷听。她要林奇无论如何同林青说一下，让她也能入股。林奇觉得这是应该的就答应下来了。到了徐子能的家，徐子能的女儿正在茫然地翻着《邓小平文选》，入学通知书就搁在沙发坐垫上。林奇接过来看了两遍。又将它还给徐子能的女儿。

林奇说："我知道你们家现在除了缺徐子能以外，什么也不缺。孩子上学，我不能不送点东西。我琢磨你们现在最缺的是有人来说几句真心话，我就送你们几句真心话，越是这个时候，你们越是要相信党相信政府相信群众相信社会主义，不然，就要犯更大的错误。"

徐子能的老婆说："我们相信他们，他们不相信我们那该怎么办？"

林奇拿过被徐子能的女儿扔在一边的《邓小平文选》，

第五章

信手一翻就发现其中有些奥妙：有几处书页像是被粘在一起后又重新打开。他想起林茂的饼干盒，就问："这里面是不是藏过存款单？"

徐子能的老婆忙说："这书发下来时就是这样！"

林奇说："你别瞒我，谁敢将《邓小平文选》印成这样？"

徐子能的老婆想了想说："实话对你说，一开始我们并不知道老徐在这书里藏着什么，是林茂打电话告诉我们这个秘密的。"

林奇听了这话后再也坐不下去，他一句话没多说，起身便往外走。回到家里，见客厅里坐着齐梅芳、赵文和石雨三个女人，他也没有理睬，一个人冲上楼去，站到那堆土前面。瞅着月光下黑黝黝的葡萄藤，林奇一时竟不知道自己要干什么。仿佛过了好久，齐梅芳出现在楼顶，问他是不是出了什么事。林奇忽然冒出一句话，说是他想同何友谅说说话。

齐梅芳到赵文房中给何友谅打了电话。

林奇回到客厅时，石雨正在往外走。听见动静，石雨回头看了一眼。虽然仅仅只有一瞬间，屋里却留下了满满的不安气息。

这种气息连何友谅都感觉到了，他一进屋就四处打量想找出异样的地方在哪里。

找了半天也没找着，何友谅才开口说："爸，这么晚您找我有什么急事？"

林奇说："林青在同别人一起搞股份制，我心里没底。"

何友谅说:"我也是刚刚在昨天想通,现在搞股份制,实际上是老虎和野猪在相互对视。老虎是政府,野猪是个人。双方的眼睛都在盯着对方的金库和钱袋,最终谁胜谁负就看谁玩得过谁。"

林奇说:"照你的意思,搞股份制也不好。"

何友谅说:"在别处好的东西移到这儿来就不一定也好!"

林奇说:"友谅,你不能总在台下扮演个持不同政见者的角色,遇人遇事总是先往坏处想。县里和大马他们能想出这个主意不容易,你这个副厂长也不会一生不转正,你得好好琢磨一下这事,说不定对你以后的新职务有好处。"

何友谅说:"我说的是实话,现在上上下下都在挣扎着收敛财富,股份制只不过是一种新手段。当然也不例外。"

林奇一时无语,隔了半天才开口说:"当副厂长要买多少股份?"

何友谅说:"不少于两万元钱。"

林奇说:"你们能拿出这么多钱?"

何友谅说:"差得不多,我们准备借点,若不行就找熟人到银行贷款。反正骑上了老虎背,就不能往后退了。"

林奇几次欲张嘴说什么又止住了。楼上土堆中藏着那么多钱,却不能向外人泄漏消息。

这时,赵文在楼梯口出现了。

赵文说:"爸,林茂从深圳打电话回来,问你和姐夫有没有事同他说?"

　　林奇问何友谅:"你有事吗?"

　　何友谅说:"没事,事情都让李大华做了。"

　　林奇没有工夫深究这话,回头对赵文说:"告诉他,回来时给你妈买一只大椰子,再给跑跑买一辆小汽车。"

　　跑跑不见其人只闻其声地在楼上叫了一声:"我不要小汽车,我要一个好书包。"

　　何友谅冲着楼上说:"你不是有书包吗?"

　　林奇说:"他嫌旧了。就让林茂给他买吧,一个孩子适当养金贵点不要紧的。"

　　何友谅不提这事了。他告诉林奇,从明天起铸造厂开始请国有资产管理局的人搞资产评估。江书记和罗县长下了死命令,三天之内搞完评估,一个星期内股份制实施结果要见文件,下一个星期便要做到广播有声、报纸有文、电视有形。何友谅还估计,县里搞完铸造厂后,下一个目标肯定是农机厂。他要林奇适当时同江书记说一说,在农机厂搞股份制宜早不宜迟,别等也落到铸造厂这种地步时才搞什么改革。

　　何友谅说:"这两年改革的名声江河日下,原因就是有些人非要等到事情发展到山穷水尽时才将改革搬出来,以为改革是百灵百验的起死回生妙药,什么病都能治,连癌症都不怕。所以,总是要将企业弄成了癌症晚期,才去寻医问药。弄得人说起改革就像说'文革'一样。"

　　林奇说:"你觉得农机厂要患癌症?"

何友谅说:"再狡猾的癌症也有早期征兆,如长期低烧,溃疡迟迟不能愈合等。"

林奇说:"农机厂是不是低烧我看不出,不过溃疡的毛病总也断不了。像卢发金偷小金库,两个车间的工人打架等。"

何友谅说:"这还只是皮肤溃疡,还有胃溃疡、肠溃疡,一般人看不见哩!"

林奇知道何友谅话有所指,就岔开说:"江书记不一定听我的话,上一次抓张彪的事他就没对我说真话。"

何友谅说:"江书记是搞政治的,能有六分真就相当不错了。你同政治上的事没一点瓜葛,在江书记面前怎么说都行,不到万不得已他不会朝你使权术,不比我们,我若找他,说上一百句话,也不知道有几句是靠得住的。"

林奇答应等林茂回来后,同他商量过后再看看如何同江书记说这事。何友谅也不同他多说,上楼看了看跑跑的作业,然后就告辞。林奇将他送出大门后,看着他走远了,正要转身,黑暗中石雨小声唤了他一下。

石雨一直等在家门外,见到林奇,她上来问有没有雅妹的消息,听说林茂打了电话回,却没有说雅妹半个字,她顿时不好受起来。

林奇说:"你放心,雅妹跟着林茂若有半点闪失,我会抽他的筋,剥他的皮。"

见林奇话说得如此重,石雨忙改口说:"我不是担心她,都十八岁了,受苦受累都是她的命。我是担心她真的去找她爸。"

这话让林奇愣了好久没作声，待说出来了，却是句狠话："马铁牛这小子是天下最混账的东西！"

28

铸造厂实行股份制改革的事进展得很迅速，转眼间就到了各人交钱买股份的关口。何友谅将家中的国库券和存款单、存款折都搬出来，累计加了几次，也才一万一千多元钱。林青是副厂长的股份，应该买两万以上，剩下差不多九千元钱的不足部分，何友谅挠破头皮也不知道如何才能凑得齐。他同林青说过了，无论怎样都不许回娘家去想办法。眼看到了最后期限，何友谅说实在不行就不让林青干了。林青不答应，说一个人一生中能当副厂长的机会不会有第二次，哪个士兵不想当将军，哪个工人不想当厂长，她决不能错过这个机会。

两人正在为难时，赵文出乎意料地来了。

赵文一进门就问林青竞选副厂长职务是不是尚差些钱款。林青几乎说出来真相，幸亏何友谅及时地咳嗽了一声，虽然及时改口，林青还是说了句问题不大，使自己的马脚仍旧露了出来。

赵文从二人的脸色中看出了破绽，就说："都是一家人，好像也没红脸争吵过，干吗越来越生疏哩！"

何友谅连忙说:"弟妹是不是荷包里的钱在跳舞?想送人不说还要逼着别人收。"

赵文说:"爸爸这几天老在家里念叨,说如果林青姐这回能当副厂长,他就可以为四个现代化死而瞑目了。"

林青说:"我爸也是老成了精怪,过去还只是将自己当成铁人王进喜,现在又想学邓小平了。我当不当副厂长与他有什么相干。"

赵文说:"你不知道,爸在家最欣赏你,总说你如果当厂长,会比姐夫和林茂都强。"

林青说:"幸亏这话只是爸一个人说,如果外面还有别人说,这副厂长的位置我就不去争了。别人我不知道,友谅比我强我是知道的。"

何友谅笑起来说:"林青,你又给我灌迷魂汤了。"

笑声一落,大马领着几个人闯进来。说了几句闲话,赵文见他们一副有事商量的架势,就起身要走,大马忙将她留住,说是早闻赵文的大名,也在台上见过赵文的风采,今天能有幸遇上,再要紧的事也不会妨碍多看几眼。林青和何友谅也留她多坐会儿。大家坐好后,大马首先提出有关几个厂长和副厂长候选人买股份的事。大马说,他们从前没当过干部,到现在为止也基本上还是工人,家里不会有多少积蓄,就算有一点,也得防着有急事要用,因此有人提出,厂级干部候选人买股份时可以适当打些欠条,选上了厂长副厂长以后可以慢慢补上去,选不上,则将这些股份退掉。林青听了

第五章

就觉得似乎不妥,担心别人说他们还没上台就搞腐败,比徐子能还可恶。大马劝她,说这不比贪污受贿,不能算腐败,再说这几个人的力量只要拧在一起,办好工厂是有信心的,只要工厂能办好,谁还去计较这些小事。林青看了何友谅一眼,何友谅示意让她同意。林青犹豫了一阵,终于点了头。接着大家就开始商量每人可以欠多少,不一会儿就形成了决定:大马是厂长候选人,三万元可以欠两万,林青等副厂长候选人两万元可以欠一万二。

大家正说着,不知几时跑到房里去了的赵文忽然小声唱起歌来。大马听了一阵后对林青和何友谅说,赵文心里一定有事,他从前在剧场里听她唱歌时,那歌声就像夏天的凉风和冬天的暖气一样抚在身上心里就酥了,现在的歌忧郁得如同女人的长发乱成一团,怎么梳也解不开。

歌声响到半截时戛然而止。赵文红着脸从房门里钻出来,连告辞的话也没说,看了林青一眼便朝大门外走。

大马见林青和何友谅有些心神不定,也只好告辞,临走时他们约好,明天上午再请有关领导来厂里开最后一次协调会,没什么大问题,过两天就宣布铸造厂的新生。

只剩下林青和何友谅后,两个人开始在房里寻找赵文突然红着脸走出的原因。他们起初以为是避孕套什么的没收拾好,查过后又觉得不像。后来何友谅发现录音机刚刚被用过,他拿起耳机一听,里面传出自己昨晚同林青做爱的声音。何友谅扑哧地笑起来。林青接过耳机听过后,忍不住用拳头捶

265

了何友谅一下，责怪他昨晚不该心血来潮，想出这种歪名堂来找乐。何友谅干脆将耳机拔下来，让那充满刺激的声音赤裸裸地响着。两人先是站着，接着就相拥在一起。刚刚倒在床上，电话铃就响了。

电话是李大华打来的，他有些惊慌地告诉何友谅，锻造车间的女工绣书昨晚在宾馆卖淫时被张彪等人当场捉住，听说已招供出不少嫖客，光厂内就有二十几个。何友谅差一点问出有没有林茂的话来，他告诉李大华马上从公私两种渠道同时打听消息，如若牵扯到厂里的各级负责人，一定要想办法保密一段时间，林茂不在他会出面协调处理的。

放下电话，何友谅就将此事告诉了林青。

林青一点也不觉得刺激，反而说："看你这德行，一听说这种事眼睛就开始放光芒。"

何友谅则说："你觉得绣书会不会将林茂扯进去？"

林青断然地说："不会，林茂的性格我知道，他很看重自己对女人的感情，特别不会同一只鸡上床的。他可能有外遇，而且可能会陷进去，但不会危及同赵文的婚姻。"

何友谅说："你是不是想说他这次带着两个女孩到南方去可能有故事发生？"

林青说："你别问我这个，好不好？"

这时，李大华又将电话打过来，让何友谅在家里等着，他马上来见他。何友谅瞅着不声不响的电话机对林青说，李大华来时一定少不了要送一堆礼品。林青问他哪来的根据，

第五章

何友谅说他还知道绣书的黑名单上一定有李大华的名字。

果然,李大华敲响门后,何友谅和林青首先看到的是一大袋礼品。李大华什么也不说,先将礼品袋拎到房里,出来后挨着何友谅坐下也不提礼品的事。

李大华说他已搞到了绣书初步供认出来的四十一个嫖客的名单:县里的大小干部有九个人,厂内的有二十一人,其余的都是些生意人,除了这四十一人以外,还有不少绣书只记得面也不知道真名真姓的人。李大华先说那九个大小干部的名字,何友谅认识其中八个,刚好科局长与股长各一半。厂内的二十一个人李大华说了半天,何友谅算来算去也只有二十人。他追问了三遍,剩下的最后一个人是谁。

李大华支吾一阵才说:"是我!"

何友谅问:"你给她钱没有?"

李大华说:"绣书说对我优惠,每次只收三十元。"

何友谅说:"你是不是让我帮忙?你付了钱可就难办了!"

李大华突然哭起来,还要跪到何友谅的膝前,他说:"何厂长,你一定要救救我,此事一闹开,我的一切都完了,撤职事小,妻子若同我离婚我可受不了,我不能为这伤害了孩子。"

何友谅愣也没愣就答应说:"这事包给我了,不过到时若要放点血你可别太吝啬。"

李大华连忙点头答应。何友谅也不留他坐,送走了后,他拿上两包红塔山烟，出了门。林青不明白，问他今天是怎么回事，为何这么爽快地为一向不喜欢的李大华帮忙。何友谅说，他给李大华帮忙是要得到回报的。半路上，何友谅又碰上举止不安的李大华。他问李大华怎么同绣书搞上的。李大华说，他早知道绣书在当鸡，原想占她便宜，就约了一回，谁知绣书一点不买账，非要他付钱，不然就要反抗剥削。他见绣书要价不高，各种滋味也挺不错，后来又约了几回。何友谅问他第一次怎么好意思开口，李大华说像绣书这种鸡，只要有一分钟时间，她就会让一个男人变得丝毫廉耻感也没有！

何友谅赶到公安局，一问才知道张彪带上绣书到县委小礼堂去了。他刚开始还不明白，张彪这是要干什么，到了小礼堂后，见江书记正在台上做关于企业深化改革的报告，台下坐满了县里大大小小的干部。何友谅忽然懂得了张彪是来这儿让绣书做进一步指认的。他朝礼堂里扫了一眼，正好看见厂里几年来一直在家养病的一位副书记坐在走道边。何友谅心里很窝火，他明白这一定是李大华秉承林茂的旨意干的，宁可让一个无用的人临时替代，也不让何友谅有任何登台表演的机会。何友谅压下心中之火，他绕着小礼堂走了一遭后，发现张彪正同绣书在一只掩在树丛中的长椅上坐着聊天，张彪的一只手总在绣书的大腿上抚呀捏的。

何友谅咳嗽一声，人走近了张彪那只手也没有从绣书的腿上挪开。那样子反让何友谅不好意思起来，站在那里有点

第五章

进退不得。

张彪先开口说:"没想到农机厂的领导都还不错,没有被绣书拖下水。"

何友谅壮着胆子说:"可毕竟还有些中层干部,我来找你是为李大华说情的。"

张彪说:"李大华是你的什么人?"

何友谅说:"什么都不是。"

绣书说:"李大华是何厂长的死对头!"

何友谅说:"你别瞎说,我同张彪说话也轮不到你开口。"

张彪说:"绣书当鸡也还只是人民内部矛盾,说说话是可以的。你为什么帮他,总得有个理由吧!"

何友谅说:"厂里生产离不开他!"

张彪冷笑着说:"我还没有听说过离开谁地球就不转了!再说李大华嫖没嫖不是我说了算,而是这位鸡小姐说了算。"

何友谅说:"绣书你可得放李大华一马!"

绣书说:"这可不好办,张彪说了我的罚款基数是四万,招了一个就减一千。"

何友谅说:"你招了四十一个,正好多出个李大华来!"

绣书说:"现在不是兴超额奖吗?我想多招几十个拿它几万元钱的超额奖哩!"

张彪说:"婊子无情,戏子无义,你说得再多也是废话。"

何友谅正要再说,小礼堂内传来一阵骚动声。张彪见会议要散了,就连忙带着绣书站到那门外不远处,用四只眼睛死盯着门口。第一个走出来的是城建局的一个副局长。

绣书指着说:"他也是的!"

绣书不认识的人,张彪都认识。绣书只需说出在哪个位置上的人或者什么特点,张彪就往本上记名字。绣书认出一些人以后,那些人也认出了她和张彪。转眼间秩序就乱了,不少人不从大门走,改而跳上主席台从后门走。在一片纷乱中,江书记挤出来问发生了什么事。张彪说他抓到一只鸡。

江书记瞅了绣书一眼说:"将她关起来就是,到这儿来出什么洋相!"

张彪说:"她想立功,主动要求到会场上来指认嫖客。"

张彪将手中的小本伸过去给江书记看。

江书记扫了两眼,脸色立刻变得铁青,差不多是低声吼道:"你给我回局里去,别在这儿胡搅!"

张彪说:"我的处分还没撤销,我想立个功让你们早点撤销处分哩!"

江书记说:"你先回去,我给你们局长打电话就是!"

张彪也不谢,领上绣书大咧咧地往回走。何友谅绕过江书记的视线,不远不近地跟上去。一直跟到公安局门口,看门的却不让何友谅进去。何友谅说是找张彪,看门的说就是因为张彪打了招呼,才不让他进去。何友谅磨了半天也没用,便转身到街上找了一个公用电话往张彪办公室里打。这回何友谅没对张彪说客气话,而是冷冰冰地提醒他,好好想想前次到伍家山林场宾馆过夜的事。张彪愣了一会儿后叫何友谅

第五章

马上上楼来。

何友谅只记得张彪曾同林茂一起到伍家山林场宾馆玩了一夜，他睡得早，并不清楚张彪同带去的女孩玩到了哪一步。他没想到无可奈何的招数，竟然马上见效。上楼后，见了张彪的面，何友谅依然非常客气，他只字不再提在伍家山林场宾馆过夜的事，只是反复地要求张彪给农机厂帮个忙。张彪答应在问询笔录上将李大华的名字去掉，此事就一了百了。何友谅不相信此事就这么简单，他说审讯时有几个人在场怎么瞒得过去。张彪要他放心，大家都有特别的关系要照顾，会彼此通融的。至于绣书就更不用担心了，她如果今后还想做皮肉生意就得一举一动听老子的安排。张彪说这狠话时，语气却是轻飘飘的。

有人在外面骂了句："张彪，你这狗东西，害得老子挨骂。"

随着骂声进来的是公安局的闻局长。他将一只档案袋扔在张彪面前，张彪也不客气，从里面挑出一张纸一下一下地撕成碎片，还说："你当时对我说，这东西永远也不装入档案，它怎么自己长腿跑了进来？"

闻局长不高兴地说："这事就算了。你刚才用的那个笔记本哩！"

张彪说："我已将它烧了。"

闻局长说："你别耍滑头，我是为你好，留着它你不定哪天要遇上危险。有几个人打来电话了，你想想能给我打电话

271

的会是什么样的角色！"

闻局长完全无视何友谅的存在，甚至公开用一种蔑视的目光看着他。

张彪说："局长你说错了，没有本子我会更危险。"

闻局长说："听不听由你，不过我有句忠告。就此收手，别将事情闹大，不然别说你我，就是江书记也收拾不了那局面。"

张彪说："我了解国情，不是书呆子，知道见好就收。"

闻局长走后，张彪让何友谅稍等一会儿。张彪拿上问询笔录出了办公室，十分钟后，张彪回来将问询笔录翻给何友谅看，凡是有李大华名字的地方都被涂改过，涂改的地方还押着绣书的鲜红指印。

何友谅谢过张彪，回到家里给李大华打了个电话，说事情都替他办妥了。李大华激动地非要请他喝酒。何友谅要他过几天再说。何友谅要李大华对自己的感谢达到极致。接下来几天中，厂里的二十个人陆续接到公安局的通知，让他们去交四千元罚款。农机厂被这事吵得天翻地覆，不过矛头都是指向绣书，与领导们无关。特别是那些深受其害的女人，一个个咬着牙说待见了绣书非要将她倒着放在钻床上用直径三十二毫米的大钻头钻。

绣书原说要关十天，第八天她就来厂里上班了。

不知为什么，那些凶了好久的女人见了绣书竟然噤若寒蝉。

第五章

绣书对所有男人都笑，只是没有对何友谅笑。

何友谅见李大华彻底定下心来，就接受了他的请客。举杯之前，何友谅说他只问李大华一个问题，只要李大华做了回答，他们之间的事就算扯平了，从今往后谁也不欠谁的。李大华答应后，何友谅就问他，前次林茂到河南去，到底给了对方客户多少好处。李大华见是这个问题就犹豫起来。李大华没回答，何友谅也不再作声，两个人问了几分钟。李大华没办法只好将真相告诉何友谅，说出这事后，李大华情绪很不好，两个人的酒席很快就草草收了场。

对于这步棋何友谅已经想好了很久，只是苦于没有机会下手，所以当他听说林茂一下子就送给那位处长五万元现金时，一种胜利的感觉油然而生。何友谅没有直接回家，他先到厂里，一个人反锁在办公室里，用那只已被电脑替代的打字机字盘上的铜字，蘸着墨水写了一封给那家客户纪检负责人的信。信写好后他拿到街上复印了两份，为了保险，他将其中一份寄给了河南省纪委。出了邮局他找了个角落将底稿毁了。回到家里已是下午三点多钟，何友谅不想去上班了，就给办公室打了个电话，说是出门办点事。睡到四点多钟，林青打电话回来，说是林奇到处找他，要他马上到家里去一趟。

何友谅不知出了什么事，出了门匆匆往黄陂巷赶。

林奇在大门口远远地张望着，看见何友谅他老远就伸出手像要拉一把。

进了屋，林奇迫不及待地告诉何友谅，江书记晚上十点钟要来家里，还特地吩咐一定要悄悄地先将绣书弄到家里。

林奇知道江书记是什么意思，他百分之百地不愿意让绣书这种人进自己的家门。何友谅明白江书记是想秘密地通过绣书了解一些事情，就主张林奇让绣书来。他说妓女和嫖客都是一路货色，过去来找林茂做生意的男人中绝对少不了好色好嫖的人，他们能进来绣书为什么就不能进来，况且这是江书记让安排的，说不定其中有重要政治目的。

林奇想想也没别的办法，只好答应。

天黑后，林奇将三轮车蒙得严严实实的，拖着绣书一直到大门前，确信四周无人时才将她放进屋里。没想到绣书同赵文一见面就挺谈得来，跑跑也很喜欢绣书，总在她面前阿姨长阿姨短的，气得林奇没理由地将他磕了一栗暴，惹得跑跑大哭着说林奇是坏外公，是这屋里最坏的人。跑跑的哭闹直到何友谅来才停歇。跑跑怕何友谅，他一瞪眼跑跑就不作声了。这时赵文已将绣书领到楼上说话去了，林奇和齐梅芳望着楼上不知说什么好。

何友谅开玩笑说："看来鸡有鸡的魅力！"

齐梅芳说："自古以来婊子的本事就是会勾引人。"

十点钟时，江书记准时到了。江书记有些不高兴何友谅在场，就多说了句话，要何友谅出了门后管好自己的嘴巴。尽管这样，江书记同绣书谈话时，仍然只许林奇在场，别的人都被撵进房里。江书记拿出一沓照片要绣书认哪些是她接

第五章

待过的客人。林奇只认识照片上的罗县长,绣书看见罗县长的照片时犹豫了一下,最后还是摇了头。有些照片上的人较多,江书记也只够格站在第二排,但绣书对第一排的人都摇了头,让绣书点头的都是些站在不显眼位置上的人。

刚到十点半钟江书记就要走。

临走时,江书记指着绣书的鼻子说她今天没有全说实话。

绣书说:"我这是为你好!"

江书记一愣。

绣书又说:"你斗得过站在你后排的人,我就告诉你。你斗不过站在你前排的人,我要告诉你就等于害你。我不告诉你是不让你轻举妄动。"

江书记说:"那同我站一排的人你怎么也不说?"

绣书说:"你同这样的人闹起来就会没完没了地分不出个高低,到头来还是平民百姓遭殃。"

江书记说:"听说你爸妈都是教师!"

绣书说:"你是说教师的女儿不该干这种事吧,实话说,我就是跟他们窝囊够了,才想自己让自己过上好日子的。"

绣书临走时,冲着楼上大声说:"赵文老师,我很喜欢你写的这首新歌,若不嫌弃,哪天首演时,我给你带一大帮老板去捧场。"

赵文出现在楼梯口,她说:"林茂打电话回来了,他们明天到家。"

赵文脸上没有一丝兴奋的痕迹。

29

　　林茂带着袁圆和雅妹在天河机场真的遇到了麻烦。安检处的小姐说什么也不让雅妹通过，理由是雅妹既然已满十八岁就不能再用户口簿来乘飞机，机场小姐甚至还说雅妹的模样绝对不止十八岁，言下之意是断定那户口簿根本就不是雅妹的，雅妹是个冒名顶替者。林茂见实在不行，就准备去退票，哪知登机牌已办了就不能退票了，林茂一急，雅妹却想到一个道理：既然让人换登机牌，却又不让人上飞机，这不是故意刁难人吗。经这么一提醒，林茂一下子有了胆量，见着机场的人过来他就上去先说理后吵架。闹到飞机已过了起飞时间，几个头头协商了一阵同意他们上飞机，但经过安检门时，尽管报警器没响，他们的行李也被查了个稀巴烂。他们经过候机厅时，听见机场广播里，一位小姐在焦急地反复说："乘坐3355航班前往深圳的林茂、袁圆、马雅妹三位旅客，听到广播后请马上到登机口登机！"林茂一边走一边说："这就叫中国特色，各自为政，自以为是，连机场都这样，别处就可想而知了。"上了飞机后满机舱的人都朝他们瞪眼睛，有人用很难听的声音说林茂是不是嫌两个小姐带在身边不够用，还想在机场拉几个空姐。林茂还没来得及解释，飞机就发动起来。雅妹动作慢了一点，立即有空姐走过来，将她按到座椅上坐下，并用安全带将她的身子固定住。雅妹是

第五章

第一次坐飞机，各种新鲜感使她马上就淡忘了各种不快。她特别爱看空姐在走道上走来走去的样子，待飞机在深圳降落，两脚踏上地面时，袁圆惊讶地说雅妹走路的姿势怎么一下子变得像是受过训练的模特儿。

肖汉文在机场出口接他们，握手时雅妹感到肖汉文有意用了一下力，她脸一红，没待心里想什么，肖汉文又在她身边同袁圆拥抱了一下。雅妹想看一下林茂的反应，一转眼，发现林茂正盯着自己。

由于飞机晚点，他们住下后天就黑了。肖汉文让他们稍稍洗一洗，化化妆，然后就领他们上国贸大厦顶楼的旋转餐厅吃饭。落座后肖汉文就指点雅妹和袁圆看远处的香港灯火。袁圆看了两眼没兴趣，扭头朝肖汉文发嗲，要他带自己到香港走一走逛一逛。肖汉文趁机将她搂在怀里，亲昵了一阵。

林茂在一边忍不住说："肖老板，别人都在看着哩！"

雅妹一看，果然有不少人正用轻蔑的目光打量着这边。

肖汉文解嘲地说："我他妈的忘了，到这儿来得装出个正人君子模样。"

四个人随便吃了点东西后，肖汉文又领着他们上街瞎逛，还拦了一辆的士到罗湖桥附近看了看。逛到半夜，肖汉文又请他们喝晚茶，这时雅妹已露出疲倦相，连打了几个哈欠，袁圆见了就提醒她，说南方人的夜生活这才是开始哩。果然，喝完晚茶，肖汉文又要带他们去舞厅。

林茂看着手表说："都半夜两点了，明天还要谈正经事，改日再玩吧！"

肖汉文说："你放心，先痛痛快快地玩三天，然后再入正题，反正不让你掏一文钱，你就别着急。"

林茂说："事情没办好，玩起来心里也不踏实。"

肖汉文说："要不，我陪袁小姐去玩一玩，你们先回宾馆休息！"

雅妹在一边忙说："可以可以！"

雅妹和林茂刚钻进一辆的士，袁圆就在马路边将肖汉文搂抱了起来。

雅妹和林茂在车上还没有找到话题，那司机倒先开口了，司机看出他们是头一回来深圳，一路上不停地向他们做介绍，琳琅满目五光十色的风景雅妹一下子记不住，她只记住司机说这时候还在街上逛的女人没有一个不是鸡。那司机甚至还赤裸裸地说，像雅妹这么漂亮的小姐到深圳来不用三个月就可以发财。林茂对这话挺生气，他警告司机，如果再瞎说，他们就要换车。司机笑着说了句先生不要吃醋嘛，就不再说了。

回到宾馆进了自己的房间，雅妹脱光衣服准备洗澡时，才发现自己完全不知道如何使用卫生间里的各种开关旋钮。这时，电话铃突然响了，雅妹下意识地用毛巾捂着自己的胸脯。电话是林茂打过来的，林茂担心她不会用房间的设备，特地在电话里一一向她做了吩咐。雅妹听着电话里的声音，心里有种林茂就在身边的感觉，电话放下很久后周身都还在

第五章

发烧发烫。

林茂就住在隔壁,可一点动静也听不见。雅妹瞅着电话以为它又会响,有两次她把电视里的电话铃声当了真,待抓起话筒后才知道听错了。憋了好久,雅妹终于忍不住将电话打过去。

林茂在那边说:"别烦我好不好,小姐!你去找别的客人吧!"

雅妹说:"是我,我是雅妹!"

林茂说:"对不起,骚扰电话太多,你有事吗?"

雅妹说:"如果这两天没事,我想出去找找我爸!"

林茂说:"行,不过得有人陪着你才行!"

打过电话后,雅妹心里一下子踏实了,她翻翻身就睡过去。

雅妹醒来时,电视机还开着,袁圆的床上被窝枕头都是原封没动,她以为自己只是打了个盹,一看电视机屏幕上显示的时间是上午十点整。雅妹赶忙爬起来,刚将外衣穿好,袁圆开门进来了。一看那脸色就知道是一夜放纵没休息好。雅妹并不问,一头钻进卫生间梳洗打扮自己。

袁圆在床上躺了一会儿,就拿起电话往林茂房间打。

雅妹听到动静,忍不住悄悄地摘下卫生间的电话筒偷听了一会儿。正好赶上袁圆同林茂说自己。袁圆说林茂是个银样镶枪头,她和肖汉文给他创造这么好的机会,他却让人家小姐独守空房。林茂要袁圆别瞎说,他说人家雅妹是个纯洁的女孩。袁圆马上反驳说林茂又没试过,怎么知道雅妹还是个纯洁女孩。

雅妹怕袁圆说出难听的话,就将电话重新挂好。

喝完早茶就到了十二点。林茂执意要肖汉文安排同对方马上见面,肖汉文拗不过,只好带林茂去。林茂就吩咐袁圆陪雅妹去找找马铁牛。

林茂和肖汉文走后,袁圆有些不想去,她担心深圳这地方情况复杂,两个女人没个男人做伴搞不好会出问题。雅妹找父亲心切,表示袁圆如果不去,她就自己去。两人正在商量时,林茂和肖汉文又转回来。林茂将自己的手提电话交给雅妹,要她每隔一个小时同他们联系一次,肖汉文的手提电话会一直开着等她们的消息。

有了手提电话袁圆的胆子似乎大了一些,不过她还是要雅妹答应了自己,万一碰上什么意外,雅妹要随着她相机行事。

雅妹手上只有马铁牛几年前的一个地址。她和袁圆坐着的士转了半天才找到。那地方一幅破烂不堪的样子。她们问了好几个人,总算问准了消息,得知马铁牛的确在这儿住过,后来不知为什么事同别人发生了冲突,有天半夜里被人绑架走了。不过也没出大问题,后来还有人在证券公司和股票交易所里碰见过马铁牛。这消息对雅妹来说真是又喜又忧。返回的路上,她坐在车里一言不发。袁圆提醒几次让她同林茂联络,她都不理。袁圆只好自己同林茂通话,说了一通,关

第五章

了机后,袁圆告诉雅妹,林茂要自己陪雅妹到几处股票交易市场看看,撞撞大运,说不定能碰上马铁牛。

深圳城市不大,股票交易市场也不算多,雅妹和袁圆刚跑到第二家,居然真的打听到马铁牛的消息。她们问了几个人,说的是差不多同样的话:马铁牛这几年一直泡在这里,每天早上来下午去,比交易所里的工作人员还准时,唯独今天像是有什么事才提前走了,她们若是早到几分钟就能碰见他。她们问完了,那几个人又反问她们找马铁牛干什么。雅妹正要实说,袁圆抢先反问,要那些人自己猜猜看。那些人说她们有点像讨债的,又没有先前那些讨债的凶狠,有点像情人,又怀疑马铁牛的实力能否养得起这么年轻漂亮的小姐,当然最像的还是马铁牛的家人,可他们又不相信马铁牛如此潦倒时,竟会将这么一笔宝贵财富闲置不用。袁圆冲着他们做了个媚眼,说他们猜的都对又都不对。那几个人见此情景,就纷纷邀请她们晚上出去喝茶,袁圆将他们的手提电话号码都要了,说如果没别的事,会同他们联系的,那几个人要她们的手提电话号码,袁圆只给了他们几个媚眼,说自己的手提电话是偷偷拷贝的,只能打出不能打进。

二人不慌不忙地离开股票交易所,上了的士后,袁圆让那司机将车往市中心开。袁圆从包包里拿出化妆盒,从小镜子里向后看了一阵,然后小声告诉雅妹,有人盯上她们了。雅妹也拿出化妆盒往后看,果然有一辆白色宝马车,不远不近地跟在后面,她甚至还看清那开车的人正是向她们提供马铁牛消息的那些人中的一个。袁圆让司机将车开到检察院门口停下。

她们下车时,见那辆白色宝马也缓缓地在后面停下来。袁圆告诉检察院门口的警卫,她们是来检举一宗经济犯罪案件的,并掏出那只包着红封皮的身份证晃了晃。她们进到检察院楼内就不再走,贴着玻璃窗望着那辆白色宝马在马路上掉头后飞驰而去。

雅妹跟着袁圆再次坐上的士回到宾馆,一进门袁圆就说:"看来你爸爸在这儿遇到大麻烦了。"

雅妹有点不信,袁圆就要她回忆在同那些人说话时,四周还有些什么人。雅妹说没留意,当时只想着尽快见到爸爸。袁圆说她注意到了,大门后边的那排椅子上坐着两个戴墨镜的人,那神情无疑是盯着她们,而且嘴角上挂着一股杀气,袁圆这话说得雅妹有些后怕,袁圆说今天如果不是她有专业表演技巧,恐怕这会儿两个人都已做了人家的肉票。这话说得雅妹愈发害怕起来,她打开手提电话,要林茂他们无论如何早点赶回来。

放下电话不到十分钟,林茂就同肖汉文一起赶回来了。

问明情由后,林茂责怪袁圆不该夸大其词吓唬雅妹。

袁圆不服说她并没有夸大事实,就算夸大了也是为林茂创造机会,不然雅妹怎么会主动表现出对林茂的依赖来。

正在打嘴巴官司,房间电话响了,肖汉文听了一下,将话筒递给雅妹说:"找你的,一个男人!"

雅妹对着话筒喂了一声,那边的男人就说:"雅妹,我是你爸,马铁牛!"

雅妹叫了一声:"爸,你好狠心啦!"说着眼泪就流了出来。

雅妹又问道:"爸,你怎么知道我这里的电话?"

马铁牛说:"这你就别多问了,我自然有我的办法。"

马铁牛又说:"乖女儿,不是为爸心狠,我是不想拖累你和你妈!我在这儿欠了别人一身的债,那些人早就逼着我要用你们来抵,幸亏我从前没告诉他们真实地址,又花钱另办了个身份证,不然他们早就找上门去了。刚才我在交易所无意中先看见了你,便抢先躲了起来,不然这会儿你就只能待在狼窝里了。"

雅妹说:"你别骗我,我不怕!"

马铁牛说:"爸爸没骗你,若骗你我还会给你打电话?听我的话,若没有其他的事,赶紧回去,你若出了事你妈和我可就完了。你放心,我在放长线钓牛市,等哪天将本钱赚回来,将债务一还清,我就会回家去。"

雅妹说:"不,我非要见你一面。告诉我,你住哪儿?"

马铁牛说:"我没时间多说了,有人在盯着,明天你别出去,在房间等我的电话。"

雅妹听见那边有人粗鲁地骂了一句,电话就挂断了。

夜里,雅妹一点情绪也没有。肖汉文想约袁圆出去,袁圆不肯,非要陪着雅妹。肖汉文觉得无聊,就出去找熟人借了一台录像机和几盘磁带。肖汉文还同袁圆偷偷说了句什么，袁圆狠狠地瞪了他一眼。

袁圆在家里是不到半夜两点不睡觉的，如此冷的房间真让她受不了。电视里没什么节目可看，雅妹又一直不开口，她熬不住，还是将录像机打开。

雅妹一见到屏幕上出现几对赤身裸体正在做爱的男女，忍不住惊叫了一声，然后双手捂着脸趴在床上大哭起来，一边哭还一边喊着说："深圳怎么会是这样的！深圳怎么会是这样的！"

林茂可能听到了动静，打电话过来问发生了什么事。袁圆叫他别管。

袁圆见雅妹越哭越来劲，不由得生起气来。

袁圆说："深圳又不是属于你的，你管它好不好。我知道你还是个处女，可你要是觉得这是女人的本钱那就大错特错。处女再珍贵也只是一夜的事，越是好男人越不讲究这个，同男人相处，关键看你日后天长地久的功夫。"

袁圆也不管她了，重新打开录像机，一个人坐在床上看起来。雅妹背对着电视屏幕，那些光溜溜的男女在电视中叫得再欢，她似乎一点反应也没有。半夜时，雅妹起床上了一趟卫生间，袁圆趁她没出来时，跳到她床上看了一番。正好在床中央位置上有一小块水渍。袁圆没有声张，一个人搭着嘴偷偷笑了两笑，然后关上录像机倒头就睡。

雅妹回到床上后却是辗转反侧怎么也睡不着。

第五章

第二天,雅妹真的寸步不离地在房间里等着,连饭都是袁圆一餐餐地往房间里端。林茂和肖汉文出去了一整天,晚上十点钟才回来,一见雅妹的模样就知道马铁牛没有打电话过来。林茂当即说,他明天到股票交易所去看看,若见到马铁牛,他想办法将其弄出来,让雅妹同爸爸见上一面。

袁圆又到肖汉文房间过夜去了。

半夜里林茂敲门过来看了一下雅妹,见雅妹此时还没脱衣服,抱着电话机躺在床上,就说了几句安慰话。

雅妹望着他的眼神有些异样。

林茂心里有些慌,不待雅妹开口,就转身走了。

30

股票交易所的真实模样林茂还是第一次见到。以前他从电视里见到过深圳爆炒股票时的壮烈场面。那时纷纷传闻最后是靠出动军队才让在黄金梦中怒吼的股民们安静下来。可是眼前的冷清使林茂一再怀疑自己是不是走错了地方,空寂的大厅里只有屈指可数的几个人,毫无表情的面容就像四周的花岗岩墙面。林茂在等待马铁牛出现的时间里,一再将这里的景象同农机厂、同国家的经济形势联系起来。同时,他又将马铁牛和雅妹放在一起浮想联翩,在他发觉自己对雅妹有一种空前的欲望时,他又将自己的思绪强扭到以眼前景象

— 285 —

为特征的经济问题上。

　　如此思来想去,时间过得很快,眼看着就到上午下班的时间,马铁牛还没有出现。他放心不下雅妹,就往宾馆里打了个电话。雅妹在电话里急促地说,有马铁牛的消息了,要他马上赶回去。林茂放下手提电话,向四周扫了一眼,发现雅妹和袁圆向自己形容过的那几个人似乎也正在打量自己。他若无其事地往外走,并且不急于叫的士,一个人沿着街边的人行道慢慢地走了整整一站路。中途他还在一家药店里买了一包避孕套和一瓶避孕药。当他确信无人跟踪时,才拦了一辆的士往宾馆驶去。

　　一进雅妹的房间,雅妹就将一封信递过来。

　　信是马铁牛写的,那些债主怀疑马铁牛已被检察院的便衣盯上,便严密控制不让马铁牛到街上露面。马铁牛要雅妹赶紧回去,深圳不是她待的地方,稍有不慎就追悔莫及。况且她们到检察院去虚晃一枪的把戏很快就会露馅的,到那时再走,就会更麻烦。

　　林茂问雅妹这信是从哪儿来的。雅妹说是一个从贵州来的打工妹送来的,那女孩说她下了夜班往回走时,忽然从一座高楼上掉下一个纸团砸在她的头上。她捡起来一看,纸团里包着五十元钱,还有两封信,其中一封是给捡这纸团的人的,请求无论是谁捡到它,请马上按信上的地址将信送过去。那打工妹今天正好休息,就趁空将信送来了。雅妹还告诉林茂,她已问清了纸是在什么地方捡到的,她准备无论冒多大风险也要到那儿去寻找父亲。雅妹说话时眼睛紧紧盯着林茂,像是逼着林茂表态同意陪她去。林茂装着想问题,过了一阵才说,等同外商谈判的事有了眉目以后他一定陪雅妹去,哪怕是挖地三尺也要将马铁牛找出来。

雅妹说:"不行,我明天就去。"

林茂说:"你别忘了,我们是来这儿办公事的!"

见林茂认了真,雅妹忽然不作声了。

林茂在雅妹面前站了一会儿后,有些胆怯地捉住雅妹的一只手说:"你放心,没有让你见上爸爸一面,我也不会离开深圳。"

雅妹怔了一会儿轻轻地将手抽回去。

夜里,对方老板请大家出去喝晚茶,席间林茂无意中提起马铁牛的事。那老板一时兴起,要他们都无须轻举妄动,自己到黑道上找个朋友,帮忙打听,三天之内一定给个准信。

吃到半截,别人还没开口说以后的安排,雅妹忽然放下碟盏望着林茂说:"我现在非常想跳舞。"

肖汉文马上鼓起掌来,说:"深圳真是个奇妙的地方,它可以在三天之内让雅妹这样的小姐变得更加可爱。"

茶楼上面有座舞厅,林茂带着雅妹先去了。

可能是高峰时间还没到,舞池中只有音乐没有人。林茂搂着雅妹轻轻跳了几下后灯光忽地暗了许多,林茂右手轻轻一用劲,雅妹的胸脯就贴到他身上。可当他的手略微一松时,那胸脯也跟着离开他。

对方老板自己也带了位小姐，六个人正好三对，舞厅的包房全满了，只有旁边带着帘子的卡座。如果说袁圆先前同肖汉文的亲昵有些过分，但在这里她却像是一个刚出道的生手。至于雅妹，完全只能算是一个木头人。对方老板好几次说，女孩光漂亮不行，最重要的是要会与男人调情。也不知雅妹听见没有，林茂一点也没有感觉到她的反应。

　　与对方谈判的事并不像肖汉文说的那么容易，为了防止万一，林茂坚持钱只能用信汇自带，并且限定在深圳的某家大银行。在汇票到达的同时，立即办理向八达公司投资的手续。肖汉文他们觉得这样做太困难，因为银行进账时间总得有个过程，太急了也怕引起资金管理部门的怀疑。他们要求最少得有一个星期的过渡时间。林茂坚决不同意，他说宁可此事做不成，也不愿冒这身败名裂，甚至是杀头的危险。

　　正在唇枪舌剑时，李大华打来电话，说是绣书被抓了，涉及县里和厂里的不少人。林茂问清了那些人的姓名，见都是些无关紧要的人就没有在意。只是吩咐李大华将电视台的记者接到厂里搞一两篇新闻，抵消一下对厂里的负面影响。

　　刚好在第三天里，雅妹和林茂真的得到了准确消息，马铁牛同一个贵州女孩一起住在那栋大楼的六单元十四楼三号，那是一套三居室的房子，同住的还有几个既是马铁牛的股友又是债主的人。他们总怕马铁牛逃走，看管得非常严。

　　林茂将生意上的事搁在一边，同雅妹和袁圆商量了好久也没想出个好办法来。半夜里，袁圆忽然想起自己有那些人

第五章

的手提电话号码，就弄醒刚刚入睡的雅妹，说是可以用调虎离山之计将那些人引出来。袁圆还将林茂叫过来，说了自己的计划。林茂觉得可以一试，并进一步提出让袁圆冒充知道内情的人，向他们出卖有关经济政策的绝密情报。

袁圆当即按照号码给那些人打电话，林茂估计这些人手中不会有太多活钱，让袁圆开口要八十万回扣，这样他们就不得不联手凑齐钱款，一齐来赴约会，马铁牛那里就会暂时无人看守。袁圆的一口粤语说得有模有样，而且还注意在语气中流露出特殊岗位上的女人的那种优越感。只几句话就将那边听电话的人降服了，迅速地同她讨价还价起来。袁圆咬定八十万，少一分也不行，不过她又机灵地许诺，若生意成了，酒水钱她可以掏。袁圆说死，明天晚上十点整，误差不得超过两分钟，一过时间她就取消约会。同第一个人说好后，袁圆又同第二个人打电话，这次她约的是十点半钟。然后她又约第三个人，不过这次时间是十二点。她要让那些人心里算计着，半个钟头约一个，在他们中间还有不知道的另外两个人。第一个人她约的地点是国贸大厦顶楼的旋转餐厅。第二个人她约的地点是离国贸大厦不远的阿兹美达酒楼。第三个人又回到国贸大厦顶楼的旋转餐厅，让人觉得她是在两边不停地奔波。

三个人都约好以后，林茂在这边也做了安排，自然是自己陪雅妹，肖汉文陪袁圆。肖汉文还托那个合伙搞假独资企业的老板弄了支电击手枪给林茂，要他在万不得已时防身自卫。那老板送电击手枪来时还带来了两张到澳门去旅游的签证，时间很急，一起的旅游团明早就得出发。林茂问过雅妹，见她完全没心思，他就让肖汉文陪袁圆去。袁圆自然高兴得很。

天黑后，两拨人同时出发。十点钟时，林茂正要同雅妹进入那栋楼房，袁圆打来电话说没见着那帮人。林茂赶忙按兵不动。半个钟头后袁圆又打来电话说依然不见来接头的人。快到十一点时，林茂见那栋楼里匆匆走出几个人，雅妹在身边小声说就是他们。那几个人走到一座车库前，将那辆白色宝马开出来，转眼间就在大街上消失得无影无踪。林茂赶紧给袁圆打了电话，然后就同雅妹乘上电梯一直到十四楼。按过门铃后，来开门的正是马铁牛。

马铁牛只穿着一件三角裤，见到雅妹和林茂他不由得吃惊地叫了一声，房里一个贵州口音的女孩问："阿牛，谁来了？"雅妹绕过阻拦她的马铁牛冲进房里一看，那个贵州女孩只穿着乳罩和一条很窄的小三角裤，正躺在床上吃着旺旺雪饼。雅妹扑上去，照着那高高隆起的胸脯就是一拳。马铁牛从身后抱住雅妹。

马铁牛说："雅妹，你别动手，听爸爸说。爸爸这几年被这伙人软禁，如果不是她给我做伴，恐怕你爸早就从这窗口里跳了下去。我们之间有协定，待我还清了债，脱离这鬼地方后，就各走各的路。"

雅妹说："你住着这么好的房子，又有年轻美女陪着，我

第五章

才不相信你那些鬼话哩！"

马铁牛说："债主们怕我一命呜呼，才这么招待我，不信你问她，连她都是债主们特地派给我的。"

那贵州女孩一边穿衣服一边点头称是。

这时，林茂将雅妹拉到一边，提醒她时间不多，有话快说。雅妹犟脾气上来，非要马铁牛随着她逃走。马铁牛不答应，说自己现在连本带息欠了人家近一百万，自己若想逃早就逃了，可那些人会雇杀手找他，而且很可能会连累雅妹和石雨，他宁愿在这儿一个人顶着。他相信股市总有一天要旺起来，只要股市一旺，他就有本事将从前亏的赚回来。听说有百万的债务，雅妹惊得说不出话来。还是林茂在旁边将她和石雨的情况做了介绍。马铁牛听说石雨为抚养雅妹吃了不少苦，便一把把地用手揪自己的头发，不一会儿地板上就铺了黑黑一片。雅妹和那贵州女孩几乎同时扑上去，一个捉住一只手。马铁牛悔恨地对林茂说，他当年真该听林奇的话，赚点小钱后在家安安稳稳地过日子，不然就不会有这样的劫难。林茂要他放心，他会好好照顾石雨和雅妹的。

屋里的电话忽然响了。那贵州女孩拿起话筒时，正碰上林茂的手提电话响。贵州女孩将话筒递给马铁牛，马铁牛冲着话筒叫那边的人放心，他绝不会跑的，这辈子不东山再起，就是死了魂也不离开深圳。林茂他们都听见了电话里有人恶狠狠地问还有谁在屋里，马铁牛说没有时脸上急出了一层汗，那贵州女孩朝他指了指电视机，马铁牛马上会意地说刚才是电视里有人在通电话。放下电话后,马铁牛叫林茂和雅妹快走,有什么事他会叫贵州女孩给他们送信或打电话。

直到这时,雅妹才发现那个给她送信的贵州打工妹其实就是这个贵州女孩。马铁牛说她叫阿兰。

贵州女孩也叫他们快走,她说这伙人还有几个同伙就住在对面楼上,用不了十分钟就会冲过来。

雅妹还不想走,林茂不管三七二十一,拖着她就出门钻进电梯。林茂多了个心眼儿,他在三楼时就同雅妹出了电梯,然后从楼梯往下走。到了门口见四下没有可疑的人他们才走出去。林茂的一只手将电击手枪捏出汗来了。

等了几分钟,也不见有的士过来。雅妹扯了一下林茂的衣袖。林茂听见身后的楼房里有几个人冲出来。他不知怎么想的,忽然将雅妹搂住,雅妹竟也没挣扎还将嘴唇迫向他。林茂将自己的嘴唇搁上去后才知道雅妹的牙关仍紧闭着。追过来的脚步声在背后变得迟疑起来。

突然,半空中一阵玻璃碎响,跟着一个男人尖厉地叫了一声:"深圳,我恨你,你害得我家破人亡!"几秒钟后,一具沉重的肉体重重地摔在楼下的花园里。

林茂拉上雅妹往跟前跑,那几个人愣了一下,很快就越过他们跑到头里。林茂听见他们边跑边小声说,听声音像做期货的老胡。林茂和雅妹还没完全走近,就听见那些人说果然是老胡。大楼里一会儿钻出许多人,一扇扇的窗户也都亮了。林茂和雅妹趁机拦了一辆的士往回驶去。

第五章

在车上，林茂与袁圆通了一次话，告之一切顺利，请他们马上回宾馆。

袁圆比他们早几分钟回房间，雅妹和林茂进屋时，袁圆正用手提电话逗那些人，说他们不讲信用，她要将发财的机会给别人。袁圆很兴奋，拖着大家出去喝晚茶，然后又是跳舞。这一次她同雅妹换了一下位置，让雅妹陪肖汉文，自己与林茂结伴。袁圆贴在林茂的耳边反复说，跳完舞她和肖汉文就要到澳门去两日游，希望他能珍惜这天赐良缘，将心中的美人变成怀中的美人。袁圆还将那晚看录像片时的事讲给他听。林茂只是反复说袁圆大概是想将天下的好姑娘都拖下水，变得与她一样的放荡，她的心理才能得到平衡。袁圆一边笑一边用小腹在林茂的身上不停地摩擦，并且毫不掩饰地说，她就是要挑逗得林茂能够冲上去将雅妹强暴了。林茂不时看着那边的情形，昏暗的灯光中，肖汉文的手一直掩藏在雅妹那被撩起的上衣里面。

凌晨四点，他们一回到宾馆，袁圆就同雅妹道别，拎上行李同肖汉文搭车到旅游团出发的地方集中去了。

深圳的早晨是不存在的，晨曦也是月光星辉，甚至在这样的时刻更像别处的深夜。林茂没有一点睡意，他几次悄悄走到雅妹的门前，隔着门板聆听里面的动静。林茂终于听清了雅妹正在房中看袁圆看过的那些录像片。他拨通了雅妹房中电话，问自己现在可不可以过去坐坐同她说说话。电话里没有雅妹的声音，但是有电视中男人和女人精神亢奋的呻吟

293

声。林茂等了好久才听见那挂断电话的咔嚓声。林茂迟疑了一阵，还是走了出去，他一拧雅妹房门上的锁把，那紧闭的房门竟悄然开了。电视机还在开着，屏幕上的男女还在继续做着他们忘情之中的事情。雅妹将一条毛巾被披在身上，在粉红色的灯光中露出嫩得水泛泛的两个肩头。林茂猜测，雅妹在被窝里的身子也许正像那个躺在马铁牛床上的贵州女孩一样只穿着最少的衣物。林茂站在那里不知所措。雅妹突然一掀毛巾被，露出一丝不挂的身子，她问林茂自己像不像那个贵州女孩。林茂此时已完全失去了控制，他一下子扑过去，将雅妹紧紧地压在身下。他从来没见过一个女人能像雅妹这样动人心魄的呻吟，这不仅是因为她还是处女，也不仅是那份女儿红被他俩弄得满床都是，那呻吟是作为男人生命发动机的轰鸣，能启动林茂身心深处的潜质。林茂从没有像现在这样快地达到高潮，当身体深处的那种醉透骨髓妙透心尖的抽搐发生后，林茂突然意识到自己又恢复了往日的雄壮。电视中的人仍然不知疲倦地干得正欢。林茂的身子软了一阵，他将雅妹那温如絮洁如玉的身子放在自己的身上，只一会儿那没有感觉的不应期就消失了，他向上挺了一下，马上就感到少女身体深处的那份焦渴和紧张、活跃与矜持。雅妹的呻吟声又像潮水一样一浪撵着一浪地漫起来，连那电视录像片中的情节都被映衬得苍白而无魅力。

两个人在床上翻滚着，折腾了许久，直到服务员打来电话问可不可以进来整理房间，他们才意识到已是上午十点。

第五章

　　林茂将雅妹抱到袁圆的床上仍然用毛巾被盖好，自己则穿上衣裤，开了门让服务员进来，他递了一张百元票子给那服务员，服务员会意地收起那脏床单，放下新床单，什么也没说就走了。林茂脱了衣服又钻到雅妹的被窝里，不算这短暂的穿衣时间，他们俩在床上整整快乐了三十个小时，几餐饭都是由服务员送进房间里在床上吃的，那天中午，他们走出宾馆，见到阳光时，不觉中都感到一阵头晕。

　　雅妹冲着大街说："深圳好像有些可爱了。"

　　林茂同雅妹接吻时，雅妹将一只甜甜的舌尖伸到他的嘴里。

　　袁圆回来那天，一进屋就检查自己留下的那瓶避孕药，见它仍然原封未动，她有些失望，但她很快就发觉雅妹那变得乌黑的眼圈。她笑着伸手捏了一下雅妹的乳房，说柿子变软了，被男人捏过了。

　　林茂心情一好，很快就同肖汉文他们达成了协议。肖汉文和那个假老板也同意到时去八达公司做人质，直到那笔巨款重新回到林茂在县银行的账号上。

　　晚上睡觉时，雅妹还有些不好意思。

　　袁圆用力将她推到林茂的房中，还说等回到县里他们就不能这么公开地同居了。

　　那晚，林茂感到自己的体液像岩浆一样喷射出来。

第六章

31

　　从深圳回来时,林茂没有像以往出差那样直奔工厂或公司,而是破例先回家。齐梅芳见儿子回来就借口出去买点好菜,将整座屋子都空给林茂和赵文。其实从龙飞的车子一进县城,林茂就感觉到同雅妹的关系并没有伤害自己对赵文的感情,他仍然拥有小别之后对赵文的思念与渴望。当他重新在赵文的身体深处做了喷发时,他和赵文的激动达到了前所未有的高潮。然后林茂就在赵文的怀里安宁地散步于梦中,他仿佛听见赵文在耳边喃喃地说自己这一回一定会好好爱护他的种子。

　　林茂只在赵文怀里睡了半个小时,但那份惬意就像是冬日里在暖被窝里睡了一场从头天晚上到第二天中午那般漫长的懒觉。他睁开眼睛看见赵文正在凝视着自己。

第六章

赵文对他说："你的儿子已有一万七千五百二十分之一岁了！"

林茂明白赵文指什么，抬起头在她那两只乳峰间长长地吻了一阵。

起床后，林茂给龙飞的叩机上留了话，要他马上来接自己，他要到工厂和公司里去看看。林茂站在门口等待时，看见雅妹正在门口用飘柔洗发剂洗着那被林茂一遍遍抚摸不够的长发。雅妹也看见了林茂。四目相对时，雅妹的眼神并没有林茂以为会出现的妒忌。一个邻居女人在同雅妹说着话，她认为雅妹出了趟差回来，人反而显得更水灵更动人了，而别人出去一趟总得要休息几天才能恢复往日的模样。那邻居还关心地问雅妹是不是也爱上了麻将，熬夜将眼圈都熬黑了。雅妹从屋里拿出一包椰子肉交给邻居，说是给她那小外孙的。女邻居很高兴地回到自己屋里去了。林茂见机连忙跑过去小声吩咐雅妹注意给眼窝化化妆，免得石雨回来后起疑心。雅妹还是用在深圳时的那种几分幸福几分忧郁的笑脸回答他。

龙飞很快就将车开来了。他有意将车速放得很慢，一路上不停地将县里、厂里和公司里的情况说给林茂听，听说铸造厂的股份制改革已经成了，大马和林青等人分别当上了厂长和副厂长，今晚他们要化第一炉铁，林茂心里有一种别样的滋味。他问龙飞县里是不是对这事很重视，龙飞说岂止县里，地区和省里都来了人，要在化铁炉出铁水时拍一条电视新闻，省台已确定要播放，还准备往中央台送。林茂心里存了一点遗憾,这份荣誉本来是自己的,但为了钱,自己舍弃了它,林茂意识到这或许是自己的一次误算。龙飞还告诉林茂,绣书的案子已结了,四十个嫖客都罚了款。公安局用这笔钱买了一台巡逻车。林茂想起那次在马路边听见李大华和王京津议论绣书的那些话,就问那些人中有没有李大华。龙飞说起初好像听说有,可后来就没动静了。林茂又问何友谅的情况,龙飞说何友谅有空就为林青当副厂长一事奔波,农机厂这边没见他有什么动静。

林茂到两边看了看,果然都很平静。林茂随后就去县委和县政府,分别找江书记和罗县长将此次去深圳考察的事做了汇报。江书记和罗县长高兴地在自己的笔记本上记下了"澳门康杰夫物业有限公司"等一行字。江书记还让通知晚上开常委会专门听取林茂的汇报。

林茂经过在深圳的那场谈判,对这项诡秘计划已经是胸有成竹了,汇报起来头头是道,在每一个问题上都表现得天衣无缝。不过这也得益于县里没有搞过独资或合资企业,领导们只想着要尽快消灭项目上的空白点,对所有问题都是一路的绿灯。林茂将困难也说了,主要是对方要收购的八达公司的资产核定问题,林茂提出应以不超过二十万为宜。江书记问清楼房造价是二十五万,当即表态多算点折旧,就按二十万报价。林茂最后说到对方仍让自己担任法人时,常委中有人惊呼外国佬中竟也有这样的死苔。这话提醒了罗县长,他问康杰夫是哪国的。林茂说康杰夫五年前还是中国人,后

第六章

来移民到洪都拉斯,成了洪都拉斯人。江书记说现在先花钱买出国,后又回国投资这种情况的很多,也算是爱国行为。

也是这个洪都拉斯籍的中国人提醒了罗县长,散会后他谨慎地单独问林茂,这个项目中是不是有欺诈。林茂不软不硬地说这事一直在肖汉文的控制之中,肖汉文总不至于连表哥都欺骗吧!罗县长虽然没有再追问,却也说了句硬话,他要林茂小心行事,别到头来吃不了兜着走,毕竟天下还是共产党坐天下。

肖汉文带着那个叫康杰夫的洪都拉斯老板来县里住了两天,就谎称国内有事,跑到武汉住起来。林茂找银行借钱稍稍有些麻烦,但最后关头红包又见了奇效,两百万高息贷款一到农机厂的账上,林茂就将它转到深圳康杰夫物业有限公司的账户上。几天之后,这笔钱就变成了外资重新回到县银行,出现在一个让银行小姐叫起来总觉得不顺的名叫康采夫物业有限公司的账号下。康采夫物业有限公司有关执照的审定却遇到麻烦,省里和地区都不批准,最后还是江书记出面给几个朋友打电话写条子,请他们支持贫困山区的工作,事情才得以解决。

康采夫物业有限公司的招牌挂起来,八达公司的招牌取下去的那天,从河南来了两个人。他们手拿河南省纪委的介绍信,一直找到开业庆典上。因为包括县纪委书记在内的县内全部领导都到了场。纪委书记将他们介绍给林茂,要林茂好生接待。林茂见他们那种典型的河南人装束,心里不禁咚地响了一下。他同他们约好下午再见面。转过身去就抽空往河南那边打了个电话。那个处长家里正乱作一团，接电话的处长夫人哭哭啼啼地告诉林茂，他这边不知哪个狗东西将她丈夫告了，而且一切细节都了解得很清楚，使她丈夫有口难辩。

庆典一完肖汉文和那个康杰夫就要走。林茂已将那二百万还给银行了，高达百分之三十的利息又记在农机厂的账上。原先积攒下来的钱差不多全付给农机厂买了本属于厂里的那些固定资产。康杰夫要带走那份给他的报酬，林茂按协议给了他十五万，但康杰夫一翻脸说十五万不够，最少得给他们三十万。林茂让他看协议，康杰夫不看，说如果林茂敢将这协议拿到法院去，他就认为有效，如果不敢，那就没效。林茂当然没法往外拿，康杰夫就说当初谈好的条件是他和肖汉文每人各拿十五万。林茂气得叫起来，说早知要三十万他还不如将八达公司送给他们。

三个人在蓝桥夜总会的包房里闹了一下午。天黑时，肖汉文说了实话：康杰夫看上了雅妹，只要让雅妹陪他一个晚上他就可以要两万。林茂当即大怒，一下子掀翻了桌子，然后将一只啤酒瓶敲掉，对着康杰夫捅过去，康杰夫一个躲闪，仿皮沙发被捅出一只大洞。肖汉文见势不妙就将林茂拦腰抱住，让康杰夫快逃。林茂也不追，他让龙飞进包房处理后事，自己则不紧不慢地往袁圆住处走。肖汉文问他要干什么，林茂说让肖汉文开个眼界。

300

第六章

林茂不让肖汉文敲门,叫他拿出钥匙飞快地将门锁打开,两个人冲进去时,康杰夫和袁圆正在床上扭抱着翻滚。肖汉文很气愤,不过他只说了句讽刺话。他说,你们速度还是慢了点,这么长时间连衣服也没脱。肖汉文后面说的话却很管用,他要康杰夫拿上七万元滚蛋,多一个子儿也没有。康杰夫拿上钱真要走时,肖汉文又不让,他扒光了袁圆的衣服,当着他们的面就干起来,袁圆开始还骂几句,后来却觉得这样更刺激,便竭力与肖汉文配合起来。林茂看得心里作呕,开了门要走,康杰夫在身后说,他算是认清了林茂是条汉子,以后这独资的事不管出了什么问题,他都不会当叛徒出卖谁。万不得已时林茂还可以将责任往他身上推。

林茂往江书记家走时,一路上没有见到半个铸造厂的人,倒是张彪在街上游荡着,老远见了林茂就大声说:"铸造厂的人不上街摆摊了,我这心里怎么变得空荡荡的!"

江书记不在家,他妻子说可能是去了铸造厂。

林茂又回头往铸造厂赶。江书记果然在化铁炉边。见到林茂,江书记就问是不是送生铁来了。林茂不知怎么回事,正好何友谅来了,何友谅说下午李大华到处找他没找着,由于是江书记亲自写条子借一吨生铁,他就让李大华做主答应下来。说着话时,车间外面响起从车上往下卸生铁的声音。林茂没说什么,他将江书记扯到一个僻静处,把河南人来这儿的目的说了一遍。林茂告诉江书记如果因为这事河南客户中断了与厂里的业务往来,那农机厂将失去三分之一的合同,而且这种情况发生的可能性是百分之百。江书记问他有没有什么万全之策，林茂说真正的万全之策是防止厂里的知情人出于某种目的，用一张邮票来毁掉一座工厂。江书记骂林茂在说白话，要林茂如实向来调查的人说明情况，那边的事他管不了，但这边的事他可以为林茂挑担子。

林茂找到那两个焦急不安的河南人，林茂先声明自己可以说出真相，但他们必须保证农机厂在三年之内不会失去这家客户的订货合同。河南人爽快地答应了。

在他们说话时，铸造厂的化铁炉里冲出一柱通红的火焰，那钢铁般的轰鸣声震动了整个县城。不少人都驻足伫望，并问身边的人，这死厂怎么又活了过来？

林茂对河南来的调查人员说，那个处长借口重新审查合同，索贿五万元。河南人满意地走后，林茂亲自找到绣书，开口就要她为厂里帮个忙。他只说此事关系到厂里的生死存亡，绣书答应后，他才问她的客人中有没有李大华。绣书说有，她一开始就向张彪说清楚了，但张彪为什么没有罚李大华的款她就不知道了。绣书临走时说她还以为林茂要问江书记问过的同样问题，那她可不能说。有人暗地里传话给她，他们安全她就没事，他们有事她就不安全。林茂想起软禁马铁牛的那些人，就知道绣书所言不假，林茂说他不会问那些与自己不相干的问题。林茂后来又找到了张彪，也是没费什么周折就搞清了是何友谅在意图替李大华说情开脱。跑了一圈，林茂才回头找李大华，开门见山地问送给客户五万元钱

第六章

的消息,是不是他泄漏出去的。李大华起初想否认,林茂将一只茶杯砸碎在他的脚前,并骂了一句王八蛋。李大华吓得鼻子都酸了,眼泪一流,全部实情也都说了出来。

林茂没有马上找何友谅对质,他安排厂里的工人日夜加班干了一星期。连同先前的一起凑了四车货,让李大华亲自押着送往河南,他担心这颗定时炸弹迟早会爆炸,想尽量抢先多交些货。客户反应之快还是让他始料不及,李大华从河南打来电话,说供应处的所有人都不愿见他们,并且异口同声地说,有合同也没有用,他们不会再收农机厂的一件货了。林茂给来调查的那两个人打电话要他们兑现先前的保证,他们却不认账,还说中央早就有文件,行政部门不能干涉企业的经营活动。

林茂正要动身去河南,从重庆传来消息,那边客户也将与农机厂签订的合同废除。

河南、重庆两地的合同占全厂订货量的三分之二,失去他们,农机厂实际上就到了关门的地步。

林茂不明白重庆那边为什么也要趁火打劫,他觉得他们没理由这样做。到了这地步,林茂因为有了自己的独立公司和年轻美貌的雅妹没有任何条件地做了自己的情人的快乐几乎都不存在了。连雅妹约他幽会他都推掉了。林茂故意叫何友谅马上去河南,指挥李大华将那里的事办好,自己则坐飞机飞到重庆,准备了解情况做那亡羊补牢的事。

重庆那边管事的人是胡厂长,林茂过去到过他的家,走起来是轻车熟路。他一进门就看见胡厂长一家人都戴着黑纱，墙上还挂着一个男人的遗像。胡厂长不在家，但他的妻子孩子都不理林茂。他尴尬地站了一会儿，小心翼翼地问："家里谁去世了？"

这一问不打紧，胡厂长的儿子气冲冲地说："你给我滚出去，是你害死了我三爷！"

林茂一下子蒙了，觉得这话一点来由也没有。他看了看那幅遗像，觉得有些面熟。同行的小董在背后提醒了一句，说这幅死人像很像那次到厂里去的四川的胡厂长。这一说让林茂越看越像，同时也感觉到一些名堂了。他对胡厂长的妻子说，自己来得仓促，什么也没带，只有向死者鞠三个躬。说着他真的弯了三下腰，然后将一只包着五千元现金的红包放在遗像下面的桌子上。胡厂长的妻子这才缓过气来，给了林茂点好颜色，并将内情说了出来。原来这个死了的胡厂长是她丈夫的亲叔叔，她丈夫的父母死得早，从十岁开始她丈夫就全靠比自己只大五岁的叔叔抚养，为了让他上大学叔叔什么事都干过，为了得到别人的五元钱，叔叔还打赌吃过别人的屎。她丈夫当了厂长后给了一些帮助，让叔叔在家乡办了一座小厂。谁知好人寿短，今年初叔叔被检查出癌症，家里人想让他死前到处玩玩，谁知在经过林茂那儿时，因受到冷落，吃住条件太差，受了风寒弄得病情加重，还没上黄山就被迫返回，躺了几个月，前几天刚刚去世。胡厂长的妻子没有再往下说，林茂心里全明白了：胡厂长这是在恨自己。

第六章

他出门时仰天长叹了一声。

林茂说:"这是老天爷要灭我们,不然哪能会因这么小的事而葬送农机厂哩。"

小董跟在身后说:"那女人心有些软,看来可以打开缺口。"

林茂说:"我是不抱幻想,如果是因公事得罪了他们还可以商量,可这是私事伤他们的心,他们不会轻饶我们的。"

小董说:"红包可是被收下了。"

林茂说:"我可以打赌,晚上就会有人还回来。"

林茂将一切都预料准了。晚上胡厂长的儿子果然将红包送到宾馆,还气鼓鼓地甩下一句话说,农机厂连几个客人都招待不起,就是垮掉十次也没人同情,林茂有气也不敢在这十几岁的毛孩子面前出。

何友谅和李大华打来电话,说那边一点进展也没有。林茂不得不盼望出现奇迹,但胡厂长坚决不见他们。挨到第四天,林茂碰见湖南一个姓涂的厂长,他们是在订货会上认识的。涂厂长是胡厂长打电话叫来的,他们已签好了一份合同。涂厂长他们生产的产品同林茂的农机厂出的货物是一样的。涂厂长这一谈林茂才彻底失望了。涂厂长有些不好意思,自己抢了林茂的饭碗,就找了一家酒店请林茂喝酒。席间说起来,林茂才知道胡厂长的叔叔先去的张家界,是涂厂长接待的。幸亏他的办公室主任得力,几句话就套出了其中的利害关系,所以他们各方面照顾非常细致,四天时间就花了八千多元钱。涂厂长很客气地分了十万元钱的合同给林茂,林茂心里万分难受,但又不能不接受。分手时,涂厂长说了一句,过去订货会上搞竞争,自己总是输给林茂,没想到这回拣了一个大便宜。林茂突然冒出一句,说这都怪姓何的狗杂种!

32

何友谅比林茂晚回厂几天,他从那辆原封没动的货车上跳下来时,厂里的人都有些不敢认,整个人的装扮简直成了个要饭的。何友谅说自己在河南就是扮演了一个要饭的角色。他赶去时,对方也像对待李大华一样避瘟神般避着他。何友谅只差没有给人磕头,最后仍没有效果,他有些火,不管三七二十一,从车上卸下一块油布,就在客户的办公楼外搭了一座棚子,并放出话,合同纠纷不解决,他不回去,这些车与车上的货也不拉回去。僵持了几天,见还没有动静,他又加了一码说今天晚上以前还不理睬,他就将这些货全部拉省纪委去。那天下午终于有人出面接待了何友谅,谈判的结果是对方收下三车货。退回一车,合同的事以后再说。何友谅见好就收,将三车货卸了,拿上转账支票就往回赶。

林茂对何友谅没说一句慰问的话,反而一连几次在只有他俩的场合里说何友谅这是自作自受。何友谅从来不接林茂的这个话茬儿。

第六章

　　工厂的生产形势眼见着一天天往下跌。四个车间主任天天都在办公室里吵，希望厂里早点拿出方案，干脆让一部分工人暂时放假。林茂强撑了一个月，最后不得不宣布厂里百分之四十的工人暂时放三个月的假，放假的工人每月发六十元钱生活费。

　　何友谅对林茂语言挑衅的忍让源于自己内心的愧疚。他对河南客户索贿行为的检举是经过深思熟虑的。他早就选准了这个目标而一直在耐心等待机会。何友谅反复核算过，一旦失去河南客户，农机厂虽然会陷入困境，但不会垮台，只是会由县里的企业利税第三名的位置掉到勉强保持盈亏平衡的状态。他绝对不想因为自己与林茂的明争暗斗而让农机厂垮掉，这是他心中的原则，他只想在农机厂的生产降到零点时，自己能再次逮住一个机会，重新让农机厂振兴起来，他从骨子里瞧不起林茂，无论是人品还是能力，何友谅总觉得自己比林茂强。因为是妻弟，何友谅对林茂别的行为只是知而不问，他只想将林茂撑下台，由自己取而代之，而且也只有他才能使农机厂得以进一步发展。何友谅没想到自己的计划正顺利进行时，半路上杀出个程咬金，重庆客户的三板斧，一下子就将农机厂砸瘫痪了。

　　林青一天比一天忙。

　　何友谅一天比一天闲。

　　没事时，何友谅甚至对林青也有些不服气，他还在幻想以自己的本事，怎么就没有一个让他施展的地方哩。这天在林奇家里,林茂又一次说他是自作自受时,何友谅一时没忍住,就跳了起来。

何友谅指着林茂的鼻子问:"我到底做了什么又该受些什么,今天当着爸妈的面你给我说清楚。"

林茂冷笑着说:"我一直在等你像个男人的样子来反击,你也当着爸妈的面说清楚,那封揭发客户索贿的匿名信是不是你写的!"

何友谅说:"是我写的又怎么样,我哪里错了?"

林茂说:"你做得太对了,先将农机厂弄垮,然后你再出马收拾局面,这算盘打得够精了。"

何友谅说:"我再精也精不过你,也没办法将八达公司变成康采夫公司,更没办法将国家财产合法地转变成私人财产。"

林奇在一旁说:"你们也太离谱了,自家人瞎猜忌什么!"

林茂说:"我说的是实话,姓何的就是想拆我的台!"

何友谅说:"你总算露出了真面目,我只是姓何的,谢谢你的提醒!"

林茂说:"可你也是一直将我当作腐败分子!"

这时,跑跑从房里冲出来,一手拿着铅笔,一手拿着作业本,冲着林茂说:"你就是腐败分子,你在饼干盒里藏着那么多的钱,电视里警察抓坏人时,总是从他们家里搜出许多钱!"

第六章

跑跑刚说完,林茂就给了他一耳光。

屋子里的人一下子都愣住了。跑跑没哭,倒是赵文先哭起来,她抱起跑跑回到楼上房里。齐梅芳赶紧追上去。

隔了几分钟,齐梅芳又是惊又是喜地跑下来。

齐梅芳说:"你们快别吵,赵文她已有两个月的身孕了。"

林茂说:"我怎么不知道!"

齐梅芳说:"她刚刚告诉我的,她见你这一阵心情不好,总想等个好时机,让你大大惊喜一场!"

何友谅忽然站了起来说:"爸妈,赵文怀孕需要照顾,跑跑我就带走了。"

林奇一瞪眼睛说:"你这是什么话,自家人争了几句,就想不认人!儿子是你的,外孙可是我的,我不答应,谁也带不走。"

何友谅说:"你们放心,家里事是家里事,我也不会将跑跑的话当真。真的,我不是生你们的气!"

林茂在一旁忽然开口说:"姐夫,就看姐的面子让跑跑留在这里,赵文怀孕有跑跑在身边,她会快乐些!"

何友谅低头向大门走了几步,又扭过身子说:"我想好了,那下岗的百分之四十的人中将我也算进去。你姐摆小吃摊的东西还在,我也可以再摆出去。"

何友谅走到街上,不知是由于冷风的原因还是别的什么,他感到一阵从未有过的凉爽。他在离家不远的地方碰见大马和林青他们几个说说笑笑地乐个不停。看情形又是到县领导面前汇报工作去了，他突然想起个老观点，不怕领导人能力不强，就怕领导班子不团结。何友谅以为林青会离开大马他们先回家，可林青只是望了望自家的窗户依然跟着他们往铸造厂走去。

何友谅进屋后真的将那些摆摊用的东西都清理出来。正忙着，林茂打电话过来找他说话。林茂说他突然觉得自己干不了这农机厂厂长，所以他准备向县里推荐何友谅来接替自己。何友谅断然拒绝了，他说他不会上这个当的，一个大活人将头伸进吊颈绳套中箍着。林茂说了半天理由，解释为什么自己该让贤。何友谅等他说完后，突然说起别的。

他说："有件事只有我这当姐夫的才能给你提个醒，就连你姐姐我也没说。世上的事是要想人不知除非己莫为，人死先烂眼睛，是因为眼睛最会看事。你也别误会，也别计较，我说的只是我察觉到的。你知道爸为什么退了休还要到街上踩三轮车，他不抽烟不喝酒挣的钱又都到哪儿去了！实话对你说，爸做这些都是为了雅妹她妈。他们之间虽然说不上有爱情，但爸对她的爱护之心，胜过对我们的妈妈！你懂我的意思吗，如果雅妹的妈妈受到谁的伤害，爸是绝对不会宽恕他的。你要是还不懂那我就明说，我已经从雅妹的眼光中看出来，她同你的关系非同一般。你想想，你是什么人，雅妹是什么人，石雨若知道了又会是怎样的情景，爸若是知道又会怎么对待你！我还不说赵文！所以，我劝你一定要三思而行！"

第六章

何友谅一番话说得林茂哑口无言。

何友谅心里好不爽快,他第一次感到,一个人如果不把升官升职当回事,活起来也就潇洒轻松多了。

林青回家后,见何友谅这番情景,马上表示坚决反对,她说如果何友谅真的上街摆摊,那对他的形象将是一场重大伤害。何友谅不比她和大马,何友谅是多年在官场上走的人,身份早就摆在那儿,而他们在此之前是什么也没有,干什么都无所谓。何友谅执意要干,还说自己只想当个逍遥派。

沉默了一会儿,林青主动说:"厂里几个人分了工,大家让我管经营。"

何友谅说:"肯定是大马亲自管财务。"见林青嗯了一声,他继续说:"我就知道谁也摆脱不了中国国情,企业一把手不控制财务就当不了企业的家。"说着他笑起来。

林青问:"有什么好笑的?"

何友谅说:"所有企业班子的矛盾都是这样开始的。一把手不管不行,管起来权又太大!"

林青说:"我们有规定,任何超过两千元钱以上的开支都必须集体开会研究。"

何友谅说:"所以我说你们是没读多少书的书生。若是家里过日子每天买菜都要商量该花多少钱,你能忍受得了?"

何友谅估计,用不了半年时间,他们这一班人之间就会出现裂痕。林青不相信,说他们都有约定在先,决不让徐子能看笑话。

林青突然说："你们农机厂本来也要搞股份制的，江书记说林茂耍滑头，溜掉了。"

何友谅说："他那时还没有吃下八达公司，现在他会很热心的。"

林青说："搞股份制的确很有意思，你可以试一试。"

何友谅说："我现在最有兴趣的是小吃摊。"

林青说："瞒得了别人瞒不了我，这一生若没当上农机厂厂长你会甘心？"

何友谅说："人是会变的。"

林青说："你那心都结了老茧，要变也是被水泡的时间长了，发发白，水一干又成了原样。"

何友谅忙碌了一番后，还是将小吃摊摆出去了。他往街边一站，立即引来不少议论，大家都说铸造厂刚上去，农机厂又下来了，连副厂长都这个样子，可见是糟得不能再糟了。也有人说何友谅是个草包，早就该离开领导岗位。何友谅听了浑身上下像有毛毛虫在爬，他很奇怪，自己上街摆摊怎么会同林青、大马他们给人的印象不一样，连个同情的人也没有。

旁边的摆摊人都在吆喝。何友谅试了几次，嗓子里都发不出音来。也没有人到他的摊点旁来询问卖哪几样东西。正在张望，忽然看见江书记带着一群人一路找过来。离得不远时，有人对着江书记指了一下何友谅。看见江书记径直走过来，何友谅多少有些紧张。

第六章

江书记冲着他一笑说:"你的手艺怎么样,今天我请客就在你这儿,可得好好露一手哇!"

何友谅忙说:"书记大驾亲临,我尽力就是。"

江书记同那群人坐的坐、站的站,让何友谅着实忙了一阵。大家闹了一阵便纷纷散去,江书记走在最后,他对何友谅说今天自己忘了带钱,改天专门给他送来。何友谅客气地说不要钱。第二天晚上,江书记又带着那帮人来了,吃完后江书记又说忘了带钱。一连闹了三天,到第四天晚上,江书记吃完又要走,何友谅拦住他,问这到底是怎么回事,当书记的总不能老是不给钱白吃。

江书记接着话说:"你知道没钱找书记要,那农机厂的工人哩,你跑到这儿来摆摊,他们没钱找谁要!"

何友谅说:"有林茂嘛!"

江书记说:"你们是多位一体,出了问题你就想溜!告诉你,你一天不回厂上班,我就天天来你这儿白吃。工人下岗时,就该你们这些当厂长的去上刀山下火海。"

江书记说着还踢了那烧得正旺的炉子一脚。

林青回家后,何友谅对她说了经过,还说自己没想到当县委书记的人竟会用这么痞的办法对付他。林青劝他说这也可能是江书记用另一种方法在考察他。

何友谅给林茂家里打了个电话。林茂说江书记早两天就同他通了气,说是要整整何友谅,林茂叫何友谅明天早半个小时到厂里上班。有些事他们要研究一下。林茂的语气比从

313

前温和了许多。

何友谅听见那边隐隐约约地有女人的哭声。

33

赵文的哭声来得有些莫名其妙。

何友谅说走就走了的这几天，农机厂里乱成了一团糟。由于下岗人员达百分之四十，厂里几乎人人都很紧张。林茂将各车间主任、班组长召集起来开了几次会，让大家提出一个初步的名单，哪些人该留，哪些人不该留，使厂领导有个参考的东西。可这些会都开得像追悼会，除了自己像读悼词一样说一通话以外，其他人的牙缝哪怕用撬棍也撬不开。憋到最后，胡乐乐出了个主意，干脆什么条件也不讲，都凭运气抓阄。林茂没说同意也没说不同意，只是表态各车间可以自己用自己的办法，前提是不留后遗症。

会后，林茂让龙飞去跟胡乐乐打招呼，让她无论如何想办法不让石雨下岗。虽然雅妹从没有向他说起过这事，林茂自己心中却有数。况且还有一个林奇在一旁不发一言地看着。上个星期一的中午，他同雅妹在公司办公室里匆匆做了一回爱，避孕套就放在废纸篓里，还没来得及处理，龙飞就将废纸篓拎出去倒。返回时，龙飞什么也没说。但天黑时龙飞却买了一床新真丝被和毛巾被回来，说是自己有时想在办公室切都是林茂个人的了。林茂自己也有点不相信,这么多的资产都归到自己的名下。在某种意义上讲,他当众宣布给雅妹以奖励,实际上是对自己是否真的是这些财物的拥有者的一次验证。

验证的结果是肯定的,不过林茂对大家的沉默还是有些不放心,接着又宣布给全公司每人奖励两百元钱。林茂后来在电话里同肖汉文谈起这事,肖汉文说他还是国营老板的做派,在心理上没做好当私营老板的准备。肖汉文问袁圆的情况,他有两天没有同她通电话了,林茂告诉他,袁圆随剧团一起下乡搞慰问演出去了。肖汉文在电话里用广东话说了句什么,听口气是骂人。

林茂在办公室里同雅妹一起吻过那支玫瑰,然后深深地接了一个吻,出了门各自装出一本正经的样子。

夜里林茂正在听赵文腹中胎儿的动静,赵文忽然问下岗的人员中有没有石雨。林茂说石雨没有下岗,是胡乐乐安排的。赵文沉静了一会儿,出乎意料地小声哭泣起来。问了半天她也不说原因,正好何友谅打电话过来,林茂无话找活地说请他明天早点到厂里去研究工作。说了这句话后,林茂开始认真想起来,工厂都这样了,还有什么可以好研究的。慢慢地他想到了股份制。赵文为什么哭他心里其实完全明白,赵文一定嗅到了有关雅妹的异样信息。她问石雨也许也是一种验证。林茂将话岔开,希望赵文一能自己安静,二能帮他做些参谋,像她以往曾做过的那样。夜里他想了很多方案,又都被自己推翻了。

天亮时,赵文突然对他说,她想将孩子做掉。

林茂吓了一跳,他拧亮房中所有的电灯,看见赵文脸上一派认真,他连忙表态,只要她收起这个念头,自己从今天起天一黑就不出门,在家里陪着她。

赵文听了还是轻轻摇了摇头,她说她要林茂的全部。

林茂断然地说这是不可能的。

龙飞没有开车来接林茂。这是林奇发的话。林奇说工厂都这种样子了,厂长更应率先显得节俭一些。林茂在巷子里慢慢走着,石雨拎着一篮子菜迎面走过来。他打了一声招呼,石雨竟连眼皮也不抬一下,贴着街边的房屋绕过他匆匆往家里走。林茂心里一怔,随即就想到石雨是不是察觉出女儿与自己的关系。他一路回想,除了那次龙飞倒废纸篓,从回来以后,没有任何人发现过自己与雅妹的幽会,他不理解何友谅还有赵文、石雨是怎么发觉的,如果他们不是猜想的话。为了不让赵文怀疑,哪怕是她已怀孕了,他还同她保持着每周三次的做爱频率。这般小心如果还有什么纰漏,他真是想不通。

快到厂门口时,林茂追上在前面边走边嚼着两根油条的何友谅。正要开口,附近忽然响成一片激烈的鞭炮声。两人在路边站了一会儿,分清楚鞭炮响起的地方是铸造厂。何友谅想起林青告诉自己的,他们今天要发第一车货出去。

何友谅说:"林青他们真不容易!"

第六章

林茂说:"股份制看来真是个好东西。"

何友谅说:"只可惜晚了些,明知企业的股份制不可避免,何必不早点搞,给工人一些好处。等到挥霍浪费得差不多了再来搞,工人们一点也不会感激。你约我来是不是要研究这事?"

林茂说:"何友谅毕竟是何友谅,我要是有这种洞察秋毫的本领就好了。"

何友谅说:"你更强,你是机关算尽!"

说着两人同时笑起来。笑过之后又同时怔了一会儿。林茂和何友谅都不明白,话说到这种份上,要在过去,准会吵起来,现在竟然都变大度了。林茂又同何友谅说股份制的事,他说这是农机厂唯一的出路。何友谅要他也别这么夸大其词,只要有订货合同,林茂的厂长位子还可以继续坐下去。林茂又说何友谅比自己能干,应该换他来试一试。

李大华推门进来,说有份合同让林茂审一审。

林茂随李大华到了另一间办公室,李大华给他看的却是刚刚出来的今年前十个月的决算报告,最后的那一组红色阿拉伯数字让林茂吃了一惊。他对亏损是有心理准备的,不过只预计在十到二十万之间,他实在没有想到去年这个时候厂里还盈余九十多万,而今年却是亏损九十多万。李大华将几个大项说给他听,一是八达公司的资产,原先在账上是按五十万计算的,卖的时候只算二十万,今年这个时候银行贷款利息比去年同期多了二十多万。再就是上次进的那几车金属

319

材料比市场价高了十五万。仅这三项就多亏了六十多万。林茂看着报表心里很不好受,他憋了好久才告诉李大华,这些数字要严格保密,他没发话,对谁也不能说。

李大华将那份报表锁进抽屉时,林茂心里有了一个念头,得想办法从农机厂脱身,这个厂长再也不能往下当了。

林茂回到会议室,见人都到齐了,就宣布开会。他一说准备在农机厂搞股份制改革,到会的人耳朵都竖了起来。林茂将远处的山东某城和近处的铸造厂狠狠地吹捧了一通,除何友谅,听的人脸色都变得挺好看。

正在这时,罗县长的小轿车开到厂里来了。

罗县长同大家聊了几句,就将林茂叫到一边,问厂里的生产情况。林茂只说亏损了二十万。罗县长很不高兴,说他看了农机厂的半年报表,如果是全年的报表他会叫人退回来让林茂重新制一份,他向林茂交了个底,到十二月份,不管厂里情况如何,不许报亏损,而且利润数额不能小于十万。这样的情形过去徐子能每年都要经历,林茂没想到现在轮到了自己。他笑着说到时再征求罗县长的意见,按领导的意思办。罗县长不笑,他让司机拿出一沓发票,要林茂解决一下。司机说都是修车买汽油用的,办公室规定每辆车一年只有三千元钱,刚够用一个多月。林茂问是多少,司机说是一万三千二百。林茂咬着牙写了一张条子,让李大华领着司机去财务科。罗县长这时才笑了笑,问林茂开什么会,听说是研究股份制,罗县长就泼冷水,说这事也不能搞一哄而起。

第六章

罗县长刚走不到两分钟，江书记就来了。

江书记说是没事，随便走走。可一坐下就将林茂骂了一个狗血淋头，说他辜负了自己的期望，将农机厂搞得成脓鸡厂。接着又骂何友谅，问他是不是共产党员，有没有责任感，像他这样临阵脱逃，打起仗来是该枪毙的。林茂终于逮住空，说厂里正开会研究股份制改革。他以为江书记会支持，不料江书记却说，最近对山东某城的经验好像提得少了，所以这事得慎重考虑。

林茂心里暗暗叫苦，表面上却不动声色。

江书记到车间里转了一圈，见到一派冷清的样子，他心情沉重地说自己以前对厂里的事关心得太少了，以后他要常来。

林茂中午十二点约了雅妹，他怕江书记在这儿，就劝江书记早点走，免得那些下岗工人闻讯跑来找麻烦。江书记瞪了他一眼，说当官的若怕人民，那还是人民的官吗。江书记不但没走，还拿上林茂的饭盒到食堂里同工人们一起排队买饭。有十几个下岗工人真的围住了他，不过毕竟是县里的最高长官，工人们对他还是比较客气，只是问这么多工人下岗了将来怎么办，江书记很坦率地说他也不知道怎么办，但办法总是人想出来的，所以他希望工人们多向他提些建议。江书记同这些工人聊到快一点钟时才走。他对工人们说，过几天县里要开一次常委会，专门研究解决农机厂的问题。

江书记一走，林茂顾不上许多，叫上龙飞将车子一直开到袁圆的楼下。雅妹拿到了袁圆的门钥匙,除了偶尔在公司办公室草草消解一回彼此的渴望之外,多数时间是袁圆让出房间给林茂和雅妹做那种胜过暴风骤雨的疯狂乐事。林茂是头一回让龙飞送自己来这儿。他敲开门时,雅妹脱光了的身子早就烧得像火炭一般。隔了一个小时,当两人都进入一种虚无缥缈的状态时,雅妹才娇嗔地责怪他又迟到了,让她一个人空守着漫长的岁月。林茂抚着她的身子说,只怪她那时太小,成长得太慢!

34

秋风一阵阵吹得紧了。街上的枯叶一天比一天多起来,三轮车的轮子碾过去发出一阵破碎的声音。自从赵文怀孕以后,林奇又找到先前为帮助石雨而奔波的那种感觉。在此以前,特别是雅妹他们从深圳带回马铁牛的消息以后,林奇的心情坏到了极点。因为石雨在那段日子里脸上终日洋溢着笑意。从深圳回来的人都没有对石雨说真话,林茂同雅妹一起编着假话哄石雨,说马铁牛在深圳办了一个小厂,他要学阿庆嫂的丈夫不混出个人样来就不回来见石雨。石雨曾动过想去深圳看看的念头。但很快石雨就不再提起这话了,而且脸上一天比一天显得忧郁。林奇以为石雨知道了马铁牛在外姘了个女孩的消息,他瞅空试探了两次又发现不像。接着赵文

第六章

的情绪也出现了异常,只要哪天傍晚林茂不回来,赵文就水米不进。齐梅芳开始以为是妊娠反应,观察了几天后,她又告诉林奇说不像。他们都认定赵文是有心事。直到那天雅妹下班回来,路过家时,赵文在屋里看了她一眼,而被齐梅芳发现了线索。齐梅芳对林奇说赵文看雅妹的眼神不对,里面像是有个恩怨故事,可他们听见楼上频频作响的吱呀声后,又无法让此念头形成定论。

有一天,林奇忍不住问石雨,她这一阵到底是怎么了,石雨憋了好久才告诉他,她怀疑雅妹有什么事,一是身体发育特别快,二是高兴时成天笑个不止,不高兴时几天不说一句话。石雨的嘴唇还动了动,虽然没有声音,林奇还是判断出她要说的是林茂两个字。

林奇对石雨未说出来的内容痛苦不堪。

林奇将三轮车踩到博物馆后面的树林里,躺在车上想了一整天。惹得张彪老是不放心地在附近转悠。后来那个将自己的苕妹妹卖给寿县人做媳妇的邱胖子,哭丧着脸来求张彪。他那苕妹妹生了一个男孩后,又被那家人转手卖了出去。邱胖子要张彪帮忙将妹妹解救出来。张彪有些厌恶邱胖子,又不能丢下林奇。林奇忽然开口叫张彪走,说自己不会出问题,来这儿只是要想问题。张彪走后,林奇真的想到了一个症结:如果林茂真与雅妹有问题,龙飞一定是中间的关键人物。

主意一定,林奇就开始盯上龙飞。第一天他就发现龙飞买了一束红玫瑰花,还要了一张发票,龙飞将红玫瑰一直拿到公司里，插在雅妹桌上的花瓶里。每隔三天，龙飞就要这么做一回。可除此以外，林奇在很长时间里并没有发现还有其他的异常。

林奇有些不相信石雨和赵文的情绪了。尽管他也知道红玫瑰代表年轻人的爱情，可那毕竟是龙飞干的事。

这天，林奇在那片新盖的商品房楼群里等一个乘客，忽然看见龙飞的车子急驶到对面的那栋楼房前停下，林茂从车里钻出来后，匆匆地跨进楼内。透过楼间的花墙，林奇看清楚林茂敲开四楼的一扇门，门内伸出一双白晃晃的手，像妖精掳人一样将林茂扯进屋里。林奇丢下三轮车从龙飞看不见的西单元爬到楼顶，然后再下到东单元四楼。他刚将耳朵贴上门缝，就听见雅妹那熟悉而陌生的声音。雅妹在叫床！林奇的心一下子抽搐成一只没有缝隙的铁秤砣。他感到林茂和雅妹那因快活而疯狂的音响像刀子一样扎在心窝上。林奇甚至没有力气再次爬到楼顶上，他在四楼半那儿瘫坐了很久，并且亲耳听见林茂和雅妹在门口分手时约定三天后还是这个时间再聚。

林奇那天下午什么也没做，将三轮车弄回家后倒头就睡，谁叫都不理，跑跑叫了三遍后还气哭了，一连串地说外公是条装死的狼。直到第二天中午林奇才爬起来。齐梅芳问他这是怎么了，林奇说没什么，只说有点头晕。林奇打定了主意，不将自己发现的真相告诉齐梅芳，他不想让齐梅芳日后在石雨面前有一种新的优越感。

第六章

　　林奇在县城附近找了两天才找到一处又方便又僻静的地方。

　　中午，林奇将三轮车停在那片新楼中，看见雅妹先上了楼，才将三轮车骑到东单元门前。接着就将匆匆赶来的林茂堵了个正着。

　　林奇指着三轮车要林茂送自己去一个地方。林茂不敢作声，按照林奇的指引一直将三轮车骑进一片密密的树林。下了车，林奇从坐垫下操起一根棍子，冲着林茂叫："小畜生，给我跪下！"林茂尚没反应过来就被他一棍扫去，林茂两腿一软整个身子就倒下了。林奇一边用棍子抽打林茂一边小声咒骂自己，说自己不该养了个这种六亲不认的衣冠禽兽，竟敢对雅妹这样好的姑娘下手，毁人家一生的好前途。林茂刚说了句"雅妹是自愿的也是她主动的"，林奇的棍子就像雨点一样从身子落到头上。直到棍子打断了，林奇才住手。躺在地上的林茂已是不能动弹了。

　　往回走时，林茂呻吟着对在前面踩车的林奇说，他是活得太累，而同雅妹在一起人才能完全放松。他说他不会同赵文离婚，也不会阻止雅妹找个合适的男人结婚，他们相处只是彼此需要。林奇说他不管这些，他只管以后再发现林茂同雅妹一起鬼混就拿刀子割他。

　　林奇将几乎不能动弹的林茂拉到那栋楼房前，龙飞的车子已经等在那儿。林奇恶狠狠地告诉龙飞，他必须悄悄地将林茂拉到外地的哪家医院治几天，等身上的伤好了再陪着回来。龙飞不敢吱声,将林茂扶进车里。正要关门,林奇又赶上去将林茂的手提电话拿下。

龙飞刚将车子开走,雅妹就从楼上冲下来,她一点也不害羞地问:"你把林哥怎么样了?"

林奇说:"没什么,同他讲了些做人的道理。"

雅妹说:"要讲先同我讲!"

林奇说:"你一向很乖,与妈妈相依为命,虽然大了可也不能不为妈妈着想呀!"

雅妹说:"我知道,你也是个第三者!"

林奇正要辩解,被扣下来的手提电话响了。林奇不知道怎么用,只好递给雅妹。雅妹一听,竟是那贵州女孩打来的,贵州女孩告诉雅妹,自她走后马铁牛大病了一场,亏得那些债主尽力找医生抢救,前几天才脱离危险。马铁牛清醒后担心家里的事,就让她偷偷打这个电话。雅妹流着泪让贵州女孩转告马铁牛,家里一切都好。说完她扔下手提电话,扔下林奇一个人跑开。

林奇冲着她身后说:"回家后你得装着什么事也没有,别让你妈发现。"

林奇回家后自己也得装,他告诉赵文,林茂因厂里有急事要出去几天。

林奇又给李大华和王京津打电话,说林茂为家里的事要请几天假。

林茂回来的那天,第一个碰上的是雅妹。尽管当时林奇

第六章

也坐在自家门口，并且离巷口也近，可林茂第一眼看到的还是这些时一到天黑就在门口伫望的雅妹。雅妹对别人说自己是感觉马铁牛要回来了。林奇本想瞪林茂一眼，看见林茂走路还有些跛，心里有说不出的疼痛。

林奇拦住想一起进门的龙飞，告诉他这个家庭从此不再欢迎他。

这天晚上，从天花板上落下的吱呀声比以往任何时候都强烈。齐梅芳担心地说，要找机会提醒一下他俩，得学会忍着点，别将孩子弄掉了。林奇没吱声，他想林茂这般卖力，应该是完全回心转意了。

第二天中午，林奇在康采夫公司门口，看见林茂和雅妹一齐钻进龙飞的车里，然后驶向城外，一个小时后，车子返回时，他们又一齐从车里钻出来。林奇像动了杀机一样，将两道目光当成两把刀子，恨不能一下子给龙飞捅个透心凉。

林奇一回家，齐梅芳和石雨都迎上来。雅妹也坐在旁边。齐梅芳说，下午赵文不知为何突然发起疯来，非要上医院妇产科将孩子做掉，她怎么也拉不住，幸亏石雨和雅妹下班回来一齐帮忙劝说，赵文才暂时打消了念头。

林奇想了想说："你们谁去告诉她都行，赵文若是真的不想要这孩子，林家也就没有这个儿媳妇。"

几个人愣了愣后，雅妹说："我去。"

雅妹到楼上待了不到十分钟。下来时，她说："赵姐的工作我已做通了，我对她说，她若不想要孩子，会有别的女人想要孩子。"

石雨听见这话,一把扯上雅妹离开了林家。

赵文突然在楼上唱起歌来,声音很大,很忧伤。

林奇的心里像塞进了一捆烂稻草。石雨和雅妹好像在隔壁吵了起来。齐梅芳过去听了听,回来说石雨也不知发什么神经,在逼着雅妹辞职,不让她在林茂的公司里干。雅妹却死活不肯,并威胁石雨,真要她辞职她就到南方去打工当公关小姐。林奇撇下齐梅芳一个人来到石雨的家,他问石雨,让雅妹辞职的理由是什么,外人相不相信。石雨一下子被问住了。

林奇望着雅妹对石雨说:"你放心,这事我会处理好的!"

雅妹送林奇出门时小声说了句:"抽刀断水水更流。"

林奇说:"我不断水,我要挖你们的河床。"

隔了几天,石雨将自己在厂里的岗位让给了另一个女工,然后到街上摆了一个卖瓜子水果的小摊。她只告诉林奇一个人,不在厂里干的原因是她羞于领林家的情。林奇听了这话后还是硬着头皮要石雨写一张三千元钱的借条,他告诉石雨,农机厂的情况越来越糟,很快就会连生活费都发不出来。林茂要林奇抢先借三千元钱在手。林奇觉得应该将这个机会让给石雨,只要石雨写委托代理借条,他负责拿去要林茂批。石雨守着自己的小摊子不怎么理睬他,说自己现在宁愿饿死。

林奇心情沉重地往回走时,碰见了垂头丧气的卢发金。

第六章

卢发金被抓阄抓下了岗,一直在街上找事做。林奇有些可怜他,就叫他写了一张借条。林奇拿上借条找林茂签字时,看见林茂的办公桌上有一叠写满字的纸,他随手翻翻,是写给江书记和全体常委们的,内容还是希望早点在农机厂实行股份制改革。

35

赵文的肚子一天天大起来,她还是不忘要做人工流产。

农机厂的情况一天天糟下去,林茂使尽浑身解数也没有什么用处,一连三个月都是靠银行贷款来发工人工资和生活费的。眼见着年关要来了,林茂和何友谅商量了几次,决定还是到外面去跑一跑,至少,也要将死马当作活马医。林茂从给县委常委们写信以后,有意地什么事都找何友谅议一议,只要何友谅开了口的,他都按何友谅的意思去做。所以当何友谅建议,不管怎么样,先将积压的货装两车,然后两个人分头押着,挨家挨户地上门去找那些老客户,能推销多少出去就算多少,林茂马上就同意了。还主动提出自己往西经武汉到重庆,何友谅则往东经合肥到南京,很明显往西的路线要辛苦一些,但林茂心中另有打算。因为康采夫公司在武汉正好有笔业务,重庆他压根就不会去。

临走以前,林茂叫李大华抓紧时间多往银行里跑跑,万不得已时仍得靠贷款发工资过年。

大货车发动起来时,绣书忽然钻出来,说自己可以帮厂里搞推销。说来奇怪,抓阄时,绣书居然抓了一个在岗。林茂想也没想就拒绝了。

林茂到了武汉,公司的生意很快就顺利做成了,他给公司打电话时雅妹说要到武汉来幽会。林茂不同意,这样做太明显了。雅妹说龙飞的车正好要去南京会何友谅,她可以先去南京然后再飞到武汉,林茂还是不同意,何友谅在南京更加不方便。雅妹说自己有办法对付何友谅,不待林茂回答,就将电话挂了。

林茂跑了三天也只说通一家客户收下三千多元的货,不过他打听到长沙的市场好像不错,正打算去试试,不期在过江轮渡上碰见湖南的涂厂长。说起来才知道涂厂长也是来武汉推销产品弄钱回去过年的。谈到长沙,涂厂长直摇头,说如果情况好,他也不会舍近求远。林茂死了心,咬牙在武汉找门路。开始几天他进出都是打的,到后来就只敢挤公共汽车。

这天林茂在公共汽车上接到肖汉文打来的电话。肖汉文听说农机厂很困难,就劝他早点将那破厂长的帽子甩了,全心全意地去当自己的老板,反正也不能再从农机厂那儿转移国有财产了,何苦还要受这个罪。林茂说他这儿不比两广和海南,这种事得按部就班,不然得罪了县领导,再有本事也寸步难行。

第六章

肖汉文又教林茂,说现在搞推销最时髦的方法是给对方派个小姐后,由对方去玩。

林茂同他开玩笑说当心将袁圆派给了对方。

肖汉文要林茂莫做这种奢想,他说他回南方以后将那个康杰夫收拾了一顿,林茂若是有机会再见到康杰夫时,会发现康杰夫少了一个手指。

林茂不想同他说下去,推说手提电话电池要完了,将机子关上。

天黑时,林茂经过一所大学,想起暑假下去搞社会调查的那个许教授就在这里教书,犹豫了一阵,还是买了一些水果,一路问到许教授的家里。

许教授的记忆力特别好,林茂一进门就被认了出来。

许教授开门见山地说:"按我的估计,八达公司现在应该完全属于你了吧!"

林茂说:"现在改叫康采夫公司了,我就是对此还有些不清楚,特来向您请教。"

许教授说:"这只是你在一种制度下过惯了,心理上还没有做好面对其他的准备。说实话,一开始我对你们的行为特别反感,当然到现在我也非常反感,这是从个人感情来看。从理智来看,我慢慢意识到这未必是件坏事。美国这个靠移民起家的国家为什么能够一直保持稳定,原因在于他们富人和穷人都较少,多数人是希望稳定的中产阶级。中国为什么过去总不稳定,就是因为穷人太多,穷则思变。变不了就造反。所以，从历史的角度来说，多一个中产阶级分子就多一分安定因素。这是你们瞒天过海行为的唯一贡献。"

林茂说："你觉得像我们这样的公司有多大前途？"

许教授说："按照理论，你们赚的钱都是自己的，可实际上这些太多的钱仍是属于社会的，哪怕是你将全部金钱都吃进肚子里，它的价值仍在社会上流动，因为你无法像吃蛋糕一样将它消化掉。目前，你们都在不约而同地搞贸易，这是因为这种方法可以非常快地将政府那松垮垮管不紧的口袋里的钱掏出来。但我要告诉你，政府的钱是有限的，掏多了那票子就有假，就不值钱，如果不知道收敛，当你们最得意以为赚得最多时，雪崩就开始了。你见过雪崩吗？开始只是一处雪岩塌下来，跟着整面山都垮了，没有能幸免的。作为中产阶级分子，还应该有道德修养与思想意识的与众不同。具体地说，必须从贸易转到实业上来。贸易只可济民，但实业可兴国。就是这一点，使德国与意大利、新加坡和泰国有了强弱区别。前者靠实业，后者靠旅游。"

林茂听许教授的话挺来劲。他甚至还厚颜地要许教授的妻子多加一双筷子，他愿意在她家随便吃点什么。吃完晚饭，林茂还要听许教授说。许教授看了看手表，说自己约了一个学生。林茂只好起身告辞，就在这时，许教授的学生敲门进来了。

林茂一看，却是徐子能的女儿。

徐子能的女儿一进大学就瞄准了许教授，想在大学毕业

第六章

后考许教授的研究生,所以同许教授来往很密切。

林茂不知其中深浅,只得走出许教授的家门。半路上他想起一件事,回宾馆后他给许教授打了个电话,问他可不可以帮忙联系一个读自费的本科生名额。许教授说他不干这种事,不过可以向他介绍一个具体管这类事的人。

半夜里,雅妹打来电话,告诉林茂,她已买好南京到武汉的往返机票,要林茂明天到机场去接她。林茂没料到雅妹胆子这么大,电话里他不好多说,只得由她。

第二天林茂在街上买了一束鲜花赶到机场,雅妹从人群奔过来当众吻了他一下,弄得他脸红了好一阵,本来打算坐大巴到市区,由于不好意思,出了大厅就钻进了一辆的士。两人在车内亲热了几下,林茂心中的不快也就没有了。不过林茂还是没有直接带雅妹回宾馆,顺路又去了一家客户。

对方管供应的王科长正好在,林茂同他说了半天好话,都没用。雅妹在一旁忍不住帮林茂说起话来。雅妹的模样再加上一哆,王科长的态度立刻就变了,两个人将林茂晾在一边,半是调情半是玩笑地弄得很热闹。王科长没看出雅妹和林茂的关系,当着面就要请雅妹晚上出去消夜。雅妹竟然答应了,条件是王科长必须先收下他们带来的一车货。王科长伸出手来同雅妹拉钩时,将雅妹的手捉住不放,而且另一只手已在雅妹身上摸了几下。雅妹嬉笑着要林茂给司机打电话,让马上将货拉过来。王科长连忙说,他可以收下货,但只能先付一半的钱。雅妹将这些都答应下来。林茂的心火可以煮熟一只牛头,他在雅妹与王科长的不断调笑中,终于熬到司机将货送来。司机一来雅妹就躲到一边,直到空车走后才露面。王科长将转账支票和收货单交到雅妹手上时,同她约好,下午五点到林茂住的地方来接她。

等到只有他们两人在的士里面时,林茂愤愤地将那束鲜花撕得七零八落,雅妹只是笑,说她是在帮林茂,不让他输给何友谅。何友谅让龙飞将绣书弄到南京去后,马上将那车货销出去了,何友谅还打电话给李大华,让再安排送两车货去。林茂一听才明白为什么何友谅敢要龙飞的车,并且一点也不给他信。不过这次林茂没有不快,心里反而暗暗高兴,何友谅只要肯出马,自己就能从农机厂里脱身。林茂问雅妹晚上的事怎么办,是不是真去。雅妹说她哪会真去,她早就想好了找个替身。

雅妹有个女同学长得与她差不多,高中没毕业就来武汉当公关小姐。雅妹一进林茂的房间就给那个女同学打叩机。在等待对方复机的时候,两人迫不及待地上了床,在接下来的倦意中,他们竟睡着了。醒来时已是下午四点。雅妹的那个女同学还没有复机。雅妹和林茂不由得急了,他们一遍遍地用手提电话叩对方,请她马上回房间的电话。熬到四点半钟那女同学终于回电话,雅妹来不及同她细说,要她十万火急地赶过来。

女同学来时离五点只差十分。雅妹将经过说了一遍后女同学开口就要一千元,并说雅妹的贞操应该更贵些,她是按

第六章

优惠价算的。林茂没办法,只好照付。雅妹送女同学出门,同林茂躲在一边观望。王科长像是一眼认出来了似的,不但没怀疑,好像比见到真正的雅妹更满意。

凌晨时,林茂和雅妹搂抱着睡得正香。从深圳回来后,他俩就一直没有这么在一起睡过。可是电话铃却将他们吵醒了。一听是雅妹的女同学打来的,她说她从来没有遇见过这么厉害的男人,若不是碰巧有警察巡察,将他们冲散,自己的身子会被他搞烂。她什么都同雅妹说,林茂在一边感到雅妹的身子一阵阵地发起烫来。他贴在雅妹的身边,吩咐雅妹告诉女同学,上午再来拿五百元,但顶替之事绝对不能外传,哪怕是她的同行也不行。

中午林茂将雅妹送上去南京的飞机后,自己到县驻汉办事处找了一辆回县里的小车,连夜往回赶。

在路上,与林茂同车的两个人说,他们曾看见罗县长将绣书带到武汉来玩。

林茂只认识那个姓马的,初次见面时姓马的还穿着军装,坐在江书记家里等江书记许诺,以便从部队转业回来后能安排个好工作。林茂记得姓马的好像是个营教导员。坐在车上无事,林茂问姓马的什么时候转业的,安排到哪个单位了。姓马的说是刚回来的,在反贪局当个副股长。林茂心里一怔,不过他马上听出姓马的话语中有些不满,那短暂的不安也就随着消失了。

昨夜过于贪欢,人很疲倦,车子上了高速公路后,林茂马上就睡着了。甚至连车子在汽车渡口颠上颠下都没有惊醒他。

迷糊中，有人将林茂推了几把，他睁开眼睛一看，发现四周很陌生。

林茂问："这是哪儿？"

马副股长说："是一家疗养院。我们特地请你来的。"

林茂向四周一看，车子前后都站着穿制服的人。他下意识地要关车门，但姓马的一拉车门，竟将林茂顺势扯到车外。

林茂高声叫起来："你们这是绑架，是犯法的行为！"

马副股长说："有劲你就叫，看有谁理睬！"

林茂又叫了几声，果然无人理睬。他泄了气，乖乖地跟着马副股长他们往屋里走。进了一道门，里面摆着三张床。马副股长指着中间的那张床，让林茂将东西放下，马副股长和另外一个人则占着两边的两张床。

林茂刚坐下，马副股长就说："快过年了，希望你能积极配合，主动交代问题，咱们都可以早点回县里去。"

林茂口气还不软："你们这样做，请示江书记没有？"

马副股长冷笑着说："都到了这一步，别指望什么书记县长，法律才是至高无上的！"

林茂说："你们有没有拘留证和逮捕证？我知道你们拿不出来，那么你们就是藐视法律的执法者。"

马副股长说："谁拘留你，逮捕你了？这疗养院正在申报星级哩，而且我们都住在一起，并将最好的床铺让给了你。

服务台登记表上还有你的名字。"

林茂一时说不出话来，在随后的时间里，他一直在反复嘀咕着说他哪一天出去了，坚决要向上申诉。马副股长则告诉他，要出去只有一条路，那就是老老实实地坦白交代问题。

开始阶段，林茂还顽强抵抗，无论马副股长他们怎么审问，他都沉默不语，然而二十四小时以后他就熬不住了。天气很冷，北风吹得窗玻璃呼呼作响，窗外的山崖上，白花花的冰块贴得满满的。马副股长将房间的暖气关了，另弄了一只火盆，烧起一盆很旺的炭火。林茂没有觉得冷，但马上就感到口渴。房间里没有水，连卫生间的自来水都关死了。马副股长在火堆上不停地烤着一只只发干的馒头，然后递给林茂当饭吃。没有水，林茂一口也咽不下去。马副股长他们轮流换班出去，在门口将茶水或稀饭、面条用嘴唇弄得很响，林茂饥渴极了，几次想冲过去，都被人挡在房子中央。等到想睡觉了时，马副股长又将辣椒油弄了一滴抹在林茂的眼皮上，惹得他像哭一样流干眼泪也解不了那份辛辣。马副股长在一边轻飘飘地说这是帮他解除困乏，过去他们当兵时就是这样对付站岗时的瞌睡的。同他们对抗了整整一天一夜后，林茂终于支撑不住了。他说自己愿意将什么都说出来，只求先让他喝口水睡一觉，至少用水洗一洗辣疼了的眼睛。马副股长就打开了卫生间的水龙头，林茂将头伸过去，一边冲着眼睛，一边喝着凉水。冲净了，喝够了，他往门后一靠，人竟站着睡着了。

这一觉只有几分钟。马副股长马上就将林茂弄醒，要他从第一次收受贿赂时开始交代。林茂拿着纸和笔一个字没写完，人又睡着了。这次马副股长没有弄醒林茂。

林茂自己醒来后，见马副股长正低头入迷地看着一本书。林茂想起马铁牛让那贵州女孩说过的谎话，便悄悄地趴在桌面上，飞快地写下"我被马股长非法拘留了"几个字，然后又写了家里的电话号码。刚写完，房门就响了。林茂听见有人问：

"马股长在学习谁的著作？"

"狗屁著作，是《肉蒲团》。妈的，什么东西都管不住两只眼皮，只有它还能称职。"

"管住上面的眼皮，恐怕又惹发了下面的肉棍。"

两个人笑过了，那人又问要不要弄醒林茂，马副股长没有答应，却问李向阳开口了没有。听说还没开口，马副股长有些犹豫地说，可能是他们情报有假，李向阳大概真的没问题，不然他不会顽抗三天三夜。林茂心里暗暗吃惊。李向阳是汽配厂的供销副厂长，他都被弄到这里来了，想必这次行动定是有什么来头的。

屋里只剩下马副股长和林茂两个人时，马副股长在林茂背后小声骂了一句。

"你也是个软骨头！"

林茂从马副股长的呼吸声判断出这只是一句荤话。

林茂也看过《肉蒲团》，他认为没有哪个男女能够抵抗得住那书中的性诱惑。果然,马副股长将书往床上一扔,就钻进卫生间里。

　　林茂连忙从口袋里掏出五十元钱,将它和那张写着字的纸揉成一团,然后悄悄地将阳台上的门拉开一道缝,一抖手腕,将纸团扔到楼下。

第七章

36

　　林茂离家的第三天,赵文在文化馆听到几个人在一起小声议论着林茂。猛地见到赵文,那些人神色极不自然,赵文就走拢去拉着那写小说的欧阳追问不止。欧阳没办法只好告诉赵文,他们听说林茂被反贪局的人抓起来了。

　　赵文一慌张就没了主意,她跑到街上,拦住林奇,还没开口眼泪就下来了。

　　林奇问清原因后反而笑起来,他要赵文回忆一下,林茂早上不是还往家里打了电话吗!赵文一想后禁不住破涕为笑。晚上赵文将电话打到林茂的住处,林茂果然还好生动地同她说话。赵文不想让林茂增加额外压力,就没有对他说县里的谣言。

　　尽管赵文心里有数,但街上的谣传却一天比一天多,开

第七章

始只说林茂，后来又说起李向阳，说两个人都被抓起来，关在县看守所，同徐子能住隔壁。有人还说干脆再抓一个，让他们凑成一桌麻将，省得三缺一。就连李大华和王京津也沉不住气，每天都要打几个电话，问林茂在外面的情况。何友谅像是也听到了风声，一到晚上九点就从南京打电话回来，虽然问的是林茂那边销货的情况，赵文心里明白这是探听虚实真假。

赵文心里很烦，跑跑耍她教唱歌，她也心不在焉地唱不成调。

倒是石雨那天在街上碰到赵文后，先是硬塞了一包瓜子给她，又说了许多开导的话。

石雨说："眼看年底的日子不多了，各厂的情况都不怎么好，大家便好瞎猜，借以解解心中的愁怨，刚好这时林茂和李向阳出差了。往常总在场面上走的人一下子不见人影，这议论的焦点自然就集中到他们身上。"

赵文下意识地反问："为什么别人不议论何友谅，何友谅也出差在外嘛？"

石雨说："这与何友谅一向做人有关系。"

赵文气呼呼地说："不是做人，而是摆小吃摊那出戏演得好。"

石雨的话刚刚让赵文松了口气。没想到紧接着林奇带回张彪的话，反而让赵文感到更不放心。

张彪是专门在街上找到林奇，给他提个醒的。张彪告诉林奇，凡事是无风不起浪，以往虽然有过类似的传言，可从没有像这次传得这么盛、这么广。因此张彪要林奇告诉林茂还是小心为是，生意可以不做，人必须马上回来。张彪还说，汽配厂的李向阳千真万确地失踪了，他家里人和厂里的人已有三天不知其去向。

赵文下决心准备告诉林茂，林茂却打电话到家里，说自己当天就坐车回来。

赵文一犹豫，林茂早将电话挂断了。

赵文从下午等到晚上，还不见林茂的音讯，半夜里她小睡了一阵，醒来时，枕边还是空荡荡的。天亮后，龙飞的汽车在外面响了几下喇叭，赵文从窗口探下身去看，车内坐着的是雅妹和何友谅，还有绣书。他们刚从南京回来。见到雅妹，赵文心里更不踏实了。她已经察觉到林茂与雅妹之间绝对有着不同寻常的关系，为此赵文许多次在半夜里哭湿枕头。可要在此时，如果雅妹没有出现，赵文宁可愿意林茂同雅妹在一起。既然雅妹没有同林茂在一起，事情可能就凶多吉少。赵文一急竟在窗口上趴着哭得无法转身。

赵文的泪水不仅惊动了雅妹，也让雅妹马上就变成了泪人儿。

何友谅见情形不对，就吩咐龙飞，暂时不要回家休息，马上到街上去找司机同行们探听一下消息。同时又叫林奇往江书记家里打电话，有情况就问情况，没情况就汇报情况。林奇拨通了电话，江书记却不在，江书记的妻子说江书记到

第七章

乡镇去检查困难户过年的物资去了。说起林茂的事，江书记的妻子说前天反贪局和检察院的头头到家里来时，江书记还提醒他们，年前年后不要乱抓人，那样会不得人心，那几个人当时还点了头。龙飞到街上转了两个小时，返回时他说，看检察院和反贪局的迹象，似乎没有什么行动，几台车子都停在院里，头头们和主要办案人员也都在忙着准备过年。人车没动却出外抓人，这不符合他们的一贯作风。

一家人轻松了一天，天黑后仍没有林茂的消息，赵文他们不由得又紧张起来了。

齐梅芳强打精神做的饭菜谁也没有动一下筷子。大家闷坐到十点半钟，电话铃突然响了。

一个邻县口音的男人在电话里说，他同女朋友刚刚在树林里捡到一个用钱包着的纸条，纸条上写着这个电话号码，这有一行字：我被马股长非法拘留了。何友谅怕林奇记得不清楚，自己接过话筒同那个男人说了半天，问清了所有该问的情况后才将电话挂上。

大家商量了一阵，何友谅怕有疏漏又打呼机将张彪叫来。

张彪告诉他们，反贪局有一个刚从部队转业回来的马副股长，据说是江书记亲自点将安排进去的，上班才三天就不知去向了。

何友谅一拍桌子说："肯定是这个姓马的家伙干的，只有刚从部队回来的人才有这种莽撞劲。"

大家听了张彪的建议，让林奇和赵文立即去见江书记。

龙飞要用车子送他俩,林奇不愿坐,自己踩着三轮车将赵文一直拉到江书记家门口。

赵文按过门铃,江书记开门时,冲着赵文的大肚子做了个夸张的表情。赵文不但没笑,而且叫了声江书记后,立即哭得说不出话来。两个男人不好搀扶,幸亏江书记的妻子及时跑出来。赵文进屋坐了。林奇却不肯坐,站在屋子中间,将林茂失踪的经过说了一遍,江书记听完后,脸色变得很难看,他随手拨了一组电话号码,然后冲着话筒用那种冰冷的语气,要对方马上到自己家里来。几分钟后,反贪局许局长出现在赵文和林奇的面前。

江书记没说他俩是林茂的家人,只对许局长说,农机厂的工人代表来了,他们厂的几百人准备到县委县政府里过年。

许局长也是机灵人,他告诉江书记,这一次可能真的找到重要线索了。

江书记突然一拍茶杯,问许局长这时节是他的线索重要,还是几百人盼着厂长拿钱回来过年重要。

一看江书记生气,许局长就不作声了。

江书记大概也意识到自己做得过火了,就缓口气,将这几天下乡慰问困难户遇到的情形对许局长说了一些。江书记的妻子在一旁帮腔,说江书记昨天半夜回来时,只穿着几件单衣,她还以为是碰上了强盗,一问才知道是将沾絮带绒能御寒的衣物都脱给了那些困难户。江书记又要许局长明天随他一起到有困难的工人家中去慰问。

第七章

许局长当即就抓过电话,拨了几下。

赵文他们清楚地听见许局长吩咐马副股长将林茂和李向阳都放了。

那边的马副股长似乎不肯,江书记接过电话,一点过渡的字眼也不用,直截了当地说:"小马,我信任你才让你去反贪局,记得我当面与你说过,部队上有些作风是不能用在地方上的。你现在就将他们送回来,自己也好做做过年的准备工作。"

放下电话,许局长像是要走,江书记却让他留下。

赵文知道他们还有话要说,就朝林奇使了个眼色,翁媳俩连忙起身,一边说着许多感谢的话,一边告辞。

出了门,他们就感到天上下雪了。

雪下得很大,林奇和赵文到家时,人和三轮车都成了白皑皑一堆。

赵文烧了一堆炭火,坐在客厅里等。齐梅芳用小陶罐装些鸡肉放在炭火边煨着。一家人围在火边,听着座钟响了一遍又一遍,听着外面的公鸡啼了一遍又一遍。

天快亮时,巷子里终于响起积雪被人踩着的吱吱声,跟着大门就被敲响了。

林奇几步窜过去,打开门后,真的是林茂站在外面。

林茂缓缓地走进屋里,先是伸出一只手轻轻握住赵文的手,接着又伸出另一只手,将已被扯起来的赵文搂在怀里。

林茂轻轻地说:"就当什么也没发生,同任何人都不要说这事，也别证实这事。"

突然间，大门被人推开。雅妹满脸憔悴地从门口闯进来，一边扑向林茂，一边叫着林哥，就在快要触摸到林茂时，雅妹意识到了什么。她愣了半分钟，跑开时比闯进来的速度还快。

雅妹一走，屋里的人也都愣住了。

雪花从敞开的大门中飘进屋里，落在地上仿佛噗噗有响。

赵文从林茂怀里挣出来，独自往楼上走去。剩下的三个人只能望着炭火，他们以为赵文又要唱歌了，等了很久，依然是雪花飘飞悄无声。

齐梅芳终于看了林茂一眼。林茂瘦了很多。

齐梅芳拿起炭火中煨给林茂的那罐鸡汤往楼上走去。

37

林茂在县城一露面，那些说法就一下子消失了。只有何友谅问过他几句，无非是在哪儿被扣留，又被偷偷地关在哪里等，话题一点也不深入。

林茂销了一车货，何友谅销了三车货，四车货价值在几十万，但真正到手的只有两万元钱，还是何友谅让绣书找客户要的现金，其余通过银行转账的钱都被扣作贷款利息。两万元钱对于几百人的农机厂简直是杯水车薪，何况两边的差

第七章

旅费就去了几千。何友谅想叫绣书再随货跑一趟上海,但绣书回来后感到身体不适,歇了几天还不见好转,去医院一查却是染上了淋病。何友谅吓了一跳,赶忙回家将在南京时用过的衣物等统统扔掉了。绣书找林茂要医疗费,说自己这次是因公患病。林茂同何友谅议过后,又开支了六百元。

年关越来越近。银行陶股长那扇门始终关得很死,林茂一天跑三趟也没有用。他只好去找江书记。江书记的办公室里坐着十几个厂长,都是来诉苦,要求解决职工过年问题。江书记急得老发脾气,将每一个人都骂遍了。骂到最后江书记气呼呼地说,过了年大家都去学山东诸城,行不行都搞股份制,免得一没钱就向上伸手。

林茂后来才知道,江书记找过银行朱行长。朱行长不给面子,拿政策来搪塞。随后地区支行又玩花招,借口开会,将各县的行长都调到什么地方去藏了起来。

无奈之中,江书记要林茂先从康采夫公司借几万元钱给农机厂,应付一阵,让职工先买点年货。

林茂不想这么做,就借口要请示资方老板。

江书记火了,对林茂说自己知道康采夫公司是谁在当家,惹恼了,他也不管是什么样的花架子,先拆了再说。

林茂出了一身冷汗,心里才相信许教授的那番话。共产党只有在愿意受骗时才能让你行骗。

林茂赶忙从公司调出五万元钱给农机厂。

这件事,也更加使林茂坚定了从农机厂脱身的信心。

五万元钱加上先前弄回的两万元钱中剩下的部分，厂里几百人，平均每人发了一百二十元钱。林奇不愿去领，石雨也不去。林茂就自己帮忙领了，然后将石雨的那份交给雅妹。因为石雨坚决不收，雅妹同妈妈吵了一场。两人赌气，直到腊月二十四那天才和好，母女俩一齐上街去买些年货。雅妹后来对林茂说，石雨是怀疑这是林茂又在暗中表示关怀。还说妈妈这一阵总是在她洗澡时找借口进去看她身上有无变化，并且只有在她月月红的那几天才显得高兴些。

　　腊月二十六，厂长们都听到一个消息，地委书记因几个县的工人到县委县政府静坐而发了脾气，将地区支行行长臭骂了一顿，威胁说只要银行的人还在喝这个地区的水吃这个地区的粮就得借钱给全区困难企业，让工人们也能吃团圆饭、喝团圆酒。支行行长最后软了，对各县的行长说，大家想通一点，银行又不是哪个私人开的，亏也好垮也好，千斤重担最终还是有人挑着哩，开口让各县放贷数额控制在一百五十万左右。

　　农机厂得到了十一万。林茂拿来后，打算一点也不留，全部发给工人。

　　何友谅劝他留一点，并说铸造厂大马和林青他们拿到贷款以后，一分钱也没有往下发，都留着准备年后上班时搞生产用。

　　林茂又听了何友谅的话，留下三万元放在账上不动。公司的钱他没忘记扣回去。

第七章

大年三十那天,江书记像微服私访一样来黄陂巷走了一圈,还悄悄地送了一瓶最新防伪包装的五粮液给林奇。江书记担心林奇不会开这酒瓶,还亲自将开瓶方法比画了一遍。黄陂巷里很安宁,红对联贴在各家门口,显出一派祥和之气。江书记还嘱咐大家少放点鞭炮,他说武汉禁了鞭炮,我们放多了他们会眼红。这话是对雅妹和石雨说的,全被录进了电视新闻。

林茂一家吃过年饭,齐齐地坐在电视机前等春节联欢晚会时,看见屏幕上江书记缓缓地从他们家出来后走进石雨和雅妹的家。江书记问了石雨几句,又问雅妹在哪儿工作。雅妹一说康采夫公司,江书记就笑,似是有意对电视观众介绍说,康采夫公司他知道。那是本县第一家外资企业,为这个项目上零的突破立下了汗马功劳,是可以写入年后的三级干部大会报告中的重要成绩。江书记一招手,电视上又出现了林茂,并且同雅妹对视了一下。赵文看到这个镜头后,哇的一声哭着往楼上跑。

林奇很不高兴,刚吃完团圆饭就有人哭,这是大不吉利的事。林奇一生气也进了房里。结果林茂忙着招呼赵文,齐梅芳在劝林奇,热热闹闹的电视节目没有一个人看。

零点将到时,林奇从房里出来准备多放些鞭炮驱驱邪,正在拆鞭炮上的封纸,林茂慌慌张张地冲着楼下说,赵文直叫肚子痛,怕是动胎了。齐梅芳跑上楼去看了一眼,就急忙叫林奇将三轮车备好,并放床棉被,马上送赵文到医院。林奇也慌了手脚,给三轮车车胎打气时半天找不着气门在哪儿。

大概是林茂打了电话,林奇刚将三轮车弄好,龙飞的汽车也来了。

林奇执意不肯让赵文上龙飞的车,赵文自己也不愿意坐。

齐梅芳就叫林茂同龙飞在头里走,先到医院将医生找好。

林奇将赵文拉到医院后,医生看了看就说要住院。

林茂问有没有问题,医生不肯表态。

一家人急得不得了,连林青、何友谅都跑来守着。

初一上午,石雨来病房看望时,医生仍没说句准确话,直到初二下午,才有人对他们说赵文和胎儿都没问题了。大家不放心,仍要赵文在医院多观察两天。赵文见林茂累了几天就叫他回家去休息。

林茂一到家,急了几天的雅妹以为屋里没人就匆匆钻进来。

雅妹说:"林哥,你是不是心里在怪我?"

冷不防林奇在里屋说:"我们不怪你。是龙飞唆使的,是不是?老子有一天要宰了他!"

雅妹听到这话时,两腿一下子软了。

林茂赶忙上前扶了雅妹一把。

林奇走过来立即掴了林茂一耳光。

雅妹上去护住林茂,并对林奇说:"我们的事又没影响什么!"

林奇气得说不出话来。

第七章

年后的日子过得很快。

农机厂由于不景气，干脆让工人过了正月十五再上班。

康采夫公司因为是做贸易，只是初八那天开门放了十万响鞭炮，然后也等过了十五才正式上班。

林茂怕赵文再出事，不用说同雅妹约会，就是拜年也只打打电话，一天到晚都守在屋里，闲得无聊时就同赵文一起琢磨她写的那首歌的歌词。赵文心情果然好了许多，甚至还不顾医生的警告，要给林茂快乐。林茂不敢冒险，赵文就用别的方法给他以安慰。

由于这事，林茂正好有理由不参加县里的三级干部会议，而让何友谅替代自己。林茂从电视里看到林青在会上被树为全县妇女投身改革事业的红旗，又看到何友谅在分组会上发言的表情后，突然在心里有了一个好主意。

正月十五一过，江书记亲自来农机厂召开股份制改革的动员大会。江书记希望农机厂也像铸造厂一样通过股份制改革来实现突破。会后，江书记还找林茂和何友谅谈了话，希望还由他俩搭班子管理农机厂。江书记特地表扬他俩在工厂陷入困境时的合作协助精神，同时也指出如果他俩早点这么合作，农机厂也不会出现现在这种状况。

等江书记走后，林茂问："你愿不愿意干这个厂长？"

何友谅没有正面回答，他说："你愿意干吗？"

林茂有意笑而不语。

农机厂的工人对股份制不太热情，石雨居然在一个星期后才听说这事。卢发金虽然在县委招待所找到个做清洁的临时工作,也是过了好多天才知道农机厂又要改革了。不过车间和科室干部对这事倒挺积极,特别是胡乐乐、金水桥和李大华几个,屡次在中层干部会提出厂级干部购买的股份最多也只能像铸造厂那样,定在两万元的水平上。林茂私下问何友谅如何看这个问题,何友谅说很清楚,这些人都想自己来当厂长。

　　林茂说:"那你觉得厂级干部应定个什么标准?"

　　何友谅说:"你看着办吧。"

　　林茂说:"依着我,就定个他们连想也不敢想的标准。"

　　何友谅说:"这样你就没有竞争对手了。"

　　林茂望着何友谅走进会议室的背影,在心里说,自己不当这个厂长,但怎么也不能让胡乐乐、金水桥和李大华他们当。不管是于公还是于私,是从感情还是从理智上考虑,林茂都觉得何友谅是最合适的人选。林茂玩了一个花招,他在厂里开会研究股份制改革方案时,有意将厂长必须拥有的股份空起来,说是由江书记他们去确定。待其他条款都没问题了,林茂将草案送江书记审查时,自己在那草案中添上:厂长必须购买五万元以上的股份。见了江书记后,他又说这是大家都已通过了的,江书记看过草案后,提笔就在上面写下"已阅,同意照此实施"等一行字,一边签一边还夸奖林茂,说他办事效率高。

　　股份制方案公布后,大家仍不积极,拖了一个多月也才

第七章

有百分之二十几的职工交钱买了一些股份。按照方案规定，厂内职工认购股份的最后期限是四月一号，眼看这个日子就要到了，林茂不得不将截止时间向后推了半个月。到了四月十号，认股的职工仍不见增长，有的人甚至还想反悔往回撤。

江书记见此情形有些急，因为一旦出现厂内大部分职工不愿认购股份的状况，外面的人就更不会问津了，而且就算万一被外面的人将多数的股份买走，那农机厂就会失去控制。江书记一反常态，亲自打电话，将林茂和何友谅几个负责人招到自己的办公室，追问起来，才知道他们自己都没有认购。江书记给了他们一天期限，不管是干部股还是普通股，每人必须认购一种。

出了江书记的门，大家问林茂和何友谅怎么办。

林茂要何友谅先表态，何友谅坚决不开口。

大家都说自己在看着他俩。事实上也是明摆着的，除了林茂和何友谅，没有人能有实力认购厂长股，同时也没有实力当农机厂厂长。有人还公开地说，五万的标准太高，打击了一些有进取心的同志的积极性。何友谅有些生气，也说这个标准脱离群众，自己是绝对没有这个经济实力的。

离厂区还有两百多米远，林茂他们就听见厂内有喧哗声，跟着李大华又给林茂打电话，说厂里出了奇闻，绣书刚从医院里出来，就要认购厂长股，许多人都在围着看热闹。

林茂简单地同何友谅说了几句。

何友谅顿时就变了脸色。

林茂他们匆匆地走进厂区，果然看见绣书正在同李大华争吵。认股的事是由李大华负责登记，可他坚决不肯将绣书的名字写在还是空荡荡的认购厂长股的花名册上。

李大华说："你要当厂长农机厂的人脸上都无光！"

绣书说："那你同我睡觉时怎么不觉得脸上无光！"

李大华红着脸，围观的人哄堂大笑起来。

绣书说："我哪一点能力不行，年底的那三车货，不是我出马，能销出去吗？"

绣书点着何友谅的名要他作证。

何友谅在众目睽睽之下，铁青着脸，一个字也说不出来。

绣书则在旁边历数他如何无能，如何在电话中哀求自己出马，如何派专车接她送她，如何在货物出手以后当众痛哭流涕。

绣书说："我要是当了厂长，你们男人只管在家每天按时上下班、产品销不销得出去的事我招聘一批女人来负责，只要你们能生产得出来，我准保一颗螺丝钉也不剩，全部彻底地给卖出去。"

人群中有人笑着说："还有全部彻底地脱光上床。"

绣书说："不上床也行。女人搞销售就是会灵活机动，铸造厂为什么几个月就能初见成效？你们想不出来吧，关键就是启用女人管供销经营！"

何友谅终于开口说："你还是先去数数男人那东西上有几根毛！不然，农机厂会被你办成鸡窝妓院！"

何友谅头也不回地对李大华说:"把我的名字写上,我要买厂长股!"

说话时,何友谅的眼睛一动不动地盯着林茂。

林茂也对李大华说:"我也算一个,给何厂长当个竞争对手。"

林茂微笑了一下。

绣书还在叫:"我也报名,我愿出六万元钱买厂长的'屁股'!"

林茂扭头对绣书说:"你挣点钱也不容易,都当手纸用了?不是一认购就能当上厂长,到时还要股民选董事,董事选厂长,民主的事不好说哩!"

绣书听林茂一说,便立即不作声了。

林茂和何友谅一报名,认购普通股的人马上多起来,当天下班时,李大华一统计,比例已从百分之二十几上升到百分之四十。

38

雅妹托龙飞给林茂捎个信,说是罗县长今晚请她到蓝桥夜总会跳舞。

雅妹没有多跟龙飞说一个字,林茂明白这是雅妹的小伎俩,说不定还是她那帮同学出的主意,自己过年以后一直没理她，雅妹心里记着账，想惹自己嫉妒而主动上钩。由于何友谅终于站出来认购了厂长股，林茂心里轻松了一些，便觉得有些愧对雅妹。林茂让龙飞别将车子开进黄陂巷，就在附近等着。林茂走着回家时故意让石雨看见，又进屋同赵文亲昵了一会儿，并将绣书想当厂长的事简单说了一遍。趁赵文心情正好，林茂向她请假，说是向江书记汇报工作。赵文一放松警惕同意他出去两个小时。虽是玩笑话，但能看出赵文已不在意了。林茂出门穿过巷子直奔康采夫公司，雅妹果然在办公室等他。

龙飞则机灵地开着空车到县委大院里兜圈。

两人从高潮上向下漂泊时，雅妹忽然问："要是我怀孕了，你会怎么办？"

林茂说："我会送你到一家最好的医院做人流！"

雅妹说："你还不错，仍对我说真话。"

林茂说："我还有一句话，你可以同罗县长跳舞，甚至跳华尔兹，但不准同他进舞厅以外别的房间。"

雅妹说："不是说你不干涉我的婚姻吗？说不定罗县长会因为我而同老婆离婚哩！"

林茂说："这话若出自罗县长之口，你切莫相信。"

虽不是小别，却也是重聚，两个小时一晃就没有了。两个人从后门出去，绕了半个圈，才走到龙飞停车的地方。

雅妹在蓝桥夜总会门口下车时，天上开始下雨了。

龙飞笑着说："久旱逢春雨。"

第七章

龙飞又说:"春雨绵绵愁煞人。"

林茂回到家里,谎称江书记的妻子不会做饭菜,吃不下去,只好回家再补一点。他吃饭时,林奇在一边对齐梅芳说,他踩三轮车已攒了一千五百元,全都送到银行里给未出世的孙子存着。林奇说他打算今后每天争取存上十元。林茂见林奇拿上雨衣还要出去,就叫住他,说是自己有话要对他说。

林茂放下碗筷说:"绣书要当厂长的事你听说了吗?"

林奇一怔说:"是开玩笑吧,她不至于这么厚颜无耻。"

林茂说:"是真的,还有不少人支持她。"

林奇说:"这不是往农机厂脸上抹屎吗!"

林茂说:"为防止她得逞,我和何友谅都认购了厂长股。"

林奇说:"真要选举,你恐怕很危险,我听说有好多工人要投你的反对票。"

林茂说:"这一回不同以往,到时候候选人都要发表竞选演说。我有信心到时说服他们。"

林奇说:"我想了很久,农机厂厂长的位置还是该让给何友谅,你现在自己有了公司,更没必要心挂两头。说实话,我最近才觉得当初推荐你而不是推荐何友谅当厂长,是一个错误。"

林茂说:"爸,你怎么也学会了后悔!"

林奇说:"我没有后悔,我只想自己的退休金有个保证。"

林茂说:"不管如何,我得认购厂长股。我不认购,县里是不会答应的,从某种意义上来说,我要帮何友谅一把!只是两个人要拿出十万元钱,真叫人为难。"

林奇说:"你就没有一点办法?"

林茂说:"我想只有将房产证抵押给银行,借贷款。"

林奇不作声,坐了坐就出门仍然踩三轮车去了。

赵文见屋里暂时没有别人,就问林茂:"你不是说不当厂长了吗?"

林茂说:"我是想将爸诈一诈。那十万元可能被他藏起来了,得早点将它弄回来。"

赵文说:"绣书演的那场闹剧是不是也是你导演的!"

林茂笑着说:"我有这个能力吗!这可是需要专业水平。"

赵文叹了一口气说:"以前我觉得自己完全了解你,现在才知道过去看到的只是你蒙头睡觉时露在被窝外面的一只鼻子。"

林茂怕赵文又难过,忙说:"中国的厂长经理都是小政治家,谁不会耍点手腕,谁就要准备着倒霉。"

赵文突然说:"等孩子生下来了,我要认真考虑一下江书记让我到剧团去的建议。"

林茂见赵文这次不提做人工流产的事,而主动说孩子生下后的打算,就连忙说:"那时你是做母亲的人了,一切都由你自己安排,自己说了算。"

齐梅芳从厨房里端了一碗骨头汤出来,让赵文喝。赵文有些腻,不想喝,齐梅芳在一边劝了半天,说自己当年怀林

第七章

茂的姐姐时,十个月只喝过一回肉汤,所以林青长大后人也稍蠢一些。怀林茂时经济情况好些,肉汤也多喝了几回,结果林茂就比他姐姐强多了。林茂趁机开玩笑,说按照齐梅芳的思路,赵文如今天天喝肉汤,将来孩子是男的肯定超过爱因斯坦,是女的肯定超过居里夫人。赵文喝了一口汤后,想一想就禁不住笑起来,将汤水喷在林茂的脸上。

大家正在边收拾边笑,忽然听见林青在外面叫门。

林茂开了门后,见何友谅也站在门外。雨下得很大,他们合撑一把伞,亲亲密密的样子让赵文看后又笑起来,特别是何友谅手中提着一把伞没用。

赵文说:"跑跑都知道找女朋友了,你们还在谈恋爱呀!"

何友谅将手中的伞比画了一下。林青说:"出了门才知他那把伞坏了,撑不开。"

何友谅说:"撑不开正好,不然就没机会享受这恋爱待遇。"

何友谅这话说得齐梅芳都抿着嘴笑起来。齐梅芳问他俩怎么这么晚有空过来,跑跑都睡着了。林青说是林奇亲自跑到家里要他们马上过来说一件事。林茂心里马上猜出一定是与认购厂长股份有关。他看了看何友谅。何友谅也似乎是胸中有数。他们都装作什么都不知道。

倒是女人嘴快,赵文先开口,问有没有可能是约一家人到一起来谈谈每人五万元认购款从何而来。

林青也跟着说，林奇就爱管厂里的闲事，他不可能对这样大的事情不闻不问。

齐梅芳搞不清楚股份制是怎么回事，林青和赵文就向她解释。林青是过来人，讲起来头头是道，可齐梅芳听了半天仍似懂非懂。

林茂叫齐梅芳不要想得这么远，想远了就显得不合众，现在多数人只想着今天能挣多少钱。

何友谅不同意林茂的观点，他觉得别人看得远不远是别人的事，自己却不能当睁眼瞎显得鼠目寸光。

林茂就解嘲地回答说，其实现在的人也不是不朝远处看，只不过远处全是资本主义的天下，看多了心里觉得窝囊。

说得正热闹时，林奇浑身湿淋淋地走进来。

齐梅芳迎上去问他怎么成了这个样子，林奇说他正要回来，又拉上了一个外地客人，说是要看雨中山城夜景，他跑了一个半小时，等下车后那人付钱时，他才看清楚是肖汉文。

林茂心里一怔，往常肖汉文来总是先同自己打招呼，这次为何一反常态，袁圆不在县里，她被借调到县计划委员会，到北京去要资金和项目去了。

林茂想不出原因时，林奇又说他回来时，顺便将雅妹捎上。齐梅芳逼着林奇用热水洗过澡，又喝了一碗热姜汤，这才让他们谈正事。

林奇一开口，果然是为了认购厂长股份之事。

林奇带着林茂和何友谅上到楼顶，他不让用灯，摸着黑，

第七章

三人将种葡萄的土堆挖开,取出那只用塑料布包着的饼干盒。

雨点很密,他们回到屋里时,背上全湿透了。

林奇打开饼干盒,一摞钞票出现在何友谅眼前。

林奇说:"这是十万整,你们也不要问是从哪里来的。你们两个一人五万,拿去交到厂里。农机厂是我们工人的命根子,不是为了它,我今天也不会这么做。你俩还得答应两个条件:第一,不论你们将来谁当一把手,谁当二把手,要相互团结,团结就是力量,将农机厂办好,办得不让我们这些退休工人月月愁那点养老金何时发放!第二,石雨是个好人,你们不管何时,都要好好照管她。"

何友谅正要推却,林奇开口叫他们走。

林奇说:"我一见到这些钱心里就难受。"

齐梅芳将何友谅和林青送到门口,反复叮嘱他们路上小心,县城里越来越不安全,当心路上碰着强盗抢匪。齐梅芳还情不自禁地说,自己一辈子也没见到过这么多的钱,也不知林奇是用什么戏法变来的。

他们一走,赵文就小声同林茂理论起来。

赵文说:"这钱是别人送给你的,凭什么爸爸一句话就分了五万给他们!"

林茂说:"一开始我也不乐意,可后来一想,如果爸爸将这钱一直藏着不拿出来,过了几年就会连一万都不值。现在能拿到五万还可以当五万用。"

赵文说:"你总是有歪理。"

林奇忽然在房中叫林茂。林茂进去时,他还做手势让将门掩上。

林奇告诉林茂,自己将肖汉文送到住处后,看见雅妹一个人从蓝桥夜总会里冲出来,冒着雨在街上乱跑,就追上去将她拦到车上。一路上雅妹哭个不止,问原因她又不肯说。

林茂气急败坏地脱口说道,一定是罗县长欺负了她。

林奇仿佛明白了似的,他要林茂小心提防罗县长,自己听踩三轮车的同行们说,罗县长手下的人曾经威胁过绣书,让她将舌头夹紧点,当心掉到地上被狗叼去吃了。

林茂在关上大门之前,站在门口看见小巷里一盏用煤油点亮的马灯,在雨夜中晃荡着。石雨从街上收摊回来,雅妹不知在哪儿接着了她。母女俩在寂寞中孤独地行走着。她俩从林茂面前经过时,都没有扭头看他。

39

在最后期限到来之前,农机厂认购普通股的工人达到总人数的百分之七十一。刚好符合策划前的预计。但所有人都没有料到,一直虚张声势要继续竞选厂长职务的林茂,没有按时去认购不少人认定了是他的那份厂长股。这样,按照规定林茂失去了担任厂长的最基本的资格。

实际上,林茂连普通股也没有买。

第七章

何友谅知道这消息后有些气急败坏的感觉。

这基本上是林茂在同赵文和雅妹聊天时说的原话。

雅妹告诉林茂,那天晚上罗县长多喝了一些酒,就在蓝桥夜总会舞厅的包房里动手撕她的裤子。雅妹反抗得很坚决,罗县长一时气恼就打了她两耳光。雅妹就用一罐可口可乐砸罗县长,不料砸了个正着,满满一罐可口可乐落在罗县长的脑门上,将他砸晕过去,雅妹这才趁机跑了。林茂见雅妹没吃多大亏,就劝她再也不要对别人声张。雅妹说这事只有那个当妈咪的女人知道。那女人还教雅妹放开点,其他的小姐凡是被罗县长看上,连高兴都来不及。

林茂以为何友谅要找机会同自己闹一闹,他在自己已肯定坐不长了的厂长办公室里等了一整天也不见何友谅的人影。只有李大华不时忧郁地在眼前晃来晃去,偶尔还问一句:何友谅哪来这么多的钱,又没听说他去借贷款。

快下班时,绣书做完了生产定额,提前洗干净了跑到林茂面前。

绣书说:"我现在才明白,你要我演那幕戏,其实只是激出何友谅这个将,让他做你的替死鬼。"

林茂说:"何友谅本来就比我强。"

绣书说:"你要是想干就不会这么认为。你许诺的,事成了,怎么感谢我?"

林茂说:"你说哩!"

绣书说:"你可能没想到,我一直很喜欢你,刚进厂时还为你写了一整本日记。"

林茂说："不说这个吧！我送你个礼物，小心提防罗县长，你知道他的底细，但他不会信任你的，他这个人什么事都能做得出来。"

绣书一愣说："你以为他会杀人灭口？不会吧，他是党员哩！"

林茂告诉绣书这只是个人的直觉，并没有证据。

绣书刚走，肖汉文又来了。两人寒暄一阵后，肖汉文就说了此次来本地的目的。他只说自己来同罗县长算一笔旧账，在随后的谈话中又不时流露只言片语，林茂将它们一点点地拼成可能是一笔上千万元拆借资金的回扣的猜想。有两次，肖汉文咬着牙说，如果罗县长不答应他的条件，他就要罗县长的好看，让罗县长知道谁的手段更厉害。

肖汉文又问刚才在门口碰到的女孩叫什么名字。他直言不讳地说，自己一天也离不开女人，袁圆不在时，他必须找个候补的。

林茂装着不清楚，没有告诉绣书的名字。

林茂想晚点回家，他知道林奇少不了要为自己没有用五万元钱买厂长股的事发脾气，能避一会儿是一会儿。刚好雅妹打来电话，说反贪局的几个人突然来公司，说是调看账本，又说非要见林茂。林茂就觉得奇怪，都下班了怎么还来捣乱。不过，他也正好有借口不回家去。

给赵文打电话说明后，林茂就叫龙飞送自己去康采夫

第七章

公司。

林茂到公司，同那些人一见面，除了反贪局的那个姓马的副股长以外，其余的全不认识。坐下后，那些人自己先将门关好，又用什么仪器将房间探测一遍，然后一个很不起眼的年轻人拿出一张中纪委的介绍信给林茂看了一眼。并对林茂约法三章，说今天的事是直接对中央负责，所以哪怕是省委书记问，林茂也不能透露今天的调查内容。同时林茂也不要问他们没有问的问题。那年轻人开门见山地问罗县长的事。林茂没见过这阵势，没敢犹豫就将自己知道的，包括肖汉文刚刚同自己说过的话，都对这个中纪委特别小组的人说了。不过那些人最后还是给了林茂以安慰，说明他们找林茂是相信林茂还不是罗县长的铁哥们儿，他们要利用林茂提供的材料打开缺口，攻下罗县长这个堡垒，这关系到涉及某些高级干部的重大案件能否查个水落石出。

他们正说话，走廊里传来林奇同龙飞争吵的声音。

等林茂出去时，林奇已经负气走了。

龙飞拦着不让林奇进办公室，说是屋里有重要客人。

林奇不相信，他知道雅妹还没回家，就断定龙飞是在望风，让林茂同雅妹放心地在一起鬼混。

送客时，林茂要马副股长留个电话号码，说万一家里有什么事说不清楚时，就打电话请马副股长证明。调查组的人都忍不住笑起来，说林茂为革命事业又做奉献了。

林茂很晚回家时，大门被从里面反锁了。

林茂叫了半天，齐梅芳才隔着门对他说，林奇将钥匙装在身上不让别人开门。林茂在门口徘徊，他看见雅妹的两只眸子在黑洞洞的窗户后面闪动着，虽然心里在喊，嘴里却没有一点声音。

半夜里，林茂听见楼上有动静，抬头一看，二楼的窗户里，赵文正吃力地将一架木梯往下放。

林茂顺着木梯钻进房里，也不敢洗漱，脱了衣服就上床睡。

这时林茂也顾不了许多。贴着赵文的后背，将中纪委特别调查小组的事对她说了。说到最后赵文终于开了腔，说文化馆的人早就议论过罗县长这么干下去，将来绝没有好下场。林茂差一点要说文化馆的人见谁都要议论，完全忘了"清谈误国"的古训。

见赵文不再怀疑，林茂又问林奇和何友谅对自己不想当厂长了的举动有什么反应。

赵文说，今天白天何友谅来过家里，不过是来交跑跑的生活费，没坐几分钟就走了。赵文问何友谅干吗这么忙，何友谅说在家猫着思考厂里的各项改革计划。

林奇也没有认真追问，只让赵文将那五万元钱收好，以防将来有个万一。

林奇这话的意思像是指将来要退还赃款。

第二天早上，林茂一起床，就见林奇早早地坐在客厅沙发上等自己。

第七章

林奇一见到他就说:"怎么样,还是媳妇心疼你吧!无家可归时还是她想办法收留你,你心里也该好好想一想。"

林茂说:"我的确有很重要的事。"

林奇说:"重不重要都是你空口说白话,我同何友谅商量过了,你不当农机厂厂长也好,专心去办你的公司,一来免得老闹矛盾,二来可以摆脱龙飞那小杂种的教唆,使你一不小心就上他的贼船。"

林茂坐龙飞的车到厂里上班时,金水桥在半路上拦住他们,搭了一截顺风车。

金水桥在车上公然开玩笑,说这车林茂坐不了几天了。

林茂真将这话当成了玩笑,龙飞却认起真来,一踩刹车就将金水桥撵下车去,还说这车谁可以坐谁不可以坐得由他说了算。

林茂到厂里以后,发现各车间科室人员的表情隐隐约约地出现了一些变化,林茂开始时还没当回事,有过几次经历后,再回头细想,便认定这就是一向所说的"人一走茶就凉"的升级版,叫作"人还没走茶就开始凉了"。

只有胡乐乐对林茂还一如既往。

林茂有些感激,就对胡乐乐说,自己可以同何友谅建议,至少让她享受副厂级待遇。

林茂以为江书记会过问自己没有认购厂长股的事,等了几天也没动静,后来偶尔翻电话记录才知道江书记已经召见何友谅三次了。这样的电话过去不管是否与林茂有关,办公室的人都要向林茂汇报。

一种大势已去的感觉油然而生,林茂不免有些惆怅。

没过多久,县里下文件免去了林茂的厂长职务,并任命何友谅为厂股份制改革领导小组组长,主持全厂的工作。肖汉文还没走,袁圆也还没回。肖汉文让林茂同他一起到罗县长那里去过两次,林茂一点也看不见罗县长表情有不正常的地方。大概是被林茂看多了,惹得罗县长反感,问林茂为什么总盯着自己看。

林茂去农机厂的次数越来越少了。何友谅虽然仍让林茂当领导小组顾问,林茂却不顾也不问。几乎每天都在康采夫公司里泡着。好在只要见到雅妹,林茂心里就会舒畅起来。

这天,林茂被何友谅打电话请了过去,商量农机厂改为股份制的庆祝活动怎么举行。林茂劝何友谅从简,何友谅却提出适度大搞一下的方案。尽管林茂意识到何友谅有庆祝自己登基的心理,他还是说了一些中肯的话,并搬来林奇压何友谅。何友谅不得不放弃别的打算,只保留在县电视台登广告、点歌等形式。

刚议完正事,办公室的小董就来报告说南京来了两个人,要见负责同志。何友谅让林茂也参加。一见面才知道是那边客户的纪检人员,说这边有人写匿名信过去,揭发他们的业务人员在开展正常业务的工作中接受了色情服务。林茂从何友谅手中接过检举信一看,就认出是李大华的笔迹。林茂很有默契地同何友谅一起矢口否认,说这一定是同行企业的人

第七章

在捣鬼，目的是破坏他们厂在客户中的信誉。何友谅和林茂找了个借口，说是明天再抽空细谈，先将两个人送到宾馆休息。林茂建议何友谅将李大华一竿子打到车间去。何友谅听了他的话，当时就通知李大华去金水桥那儿报到。

中午，罗县长托人打来电话，明天要借用一下龙飞的车子去伍家山林场。何友谅满口答应。刚过一会儿，肖汉文就给林茂打电话，问到伍家山林场的车子有没有把握，林茂这才知道罗县长要车是送肖汉文去山上玩，同行的还有绣书。肖汉文已同她泡熟了，肖汉文在电话里得意地说，自己对付漂亮女人的成功率是百分之九十。肖汉文约林茂一起去，罗县长在山上等着，他们可以有时间放开谈一谈。林茂不想去，婉言拒绝了。

李大华不愿去车间，想到康采夫公司，他跑过来同林茂泡了半个下午仍不肯走。幸亏反贪局的人来了。

反贪局的几个人林茂都认识，几句话一说，林茂心里就明白了：表面上他们是在问何友谅的事，说是有人检举何友谅这次认购厂长股的五万元钱款来历不明，实际矛头所指，只能是他林茂。林茂装糊涂，反复强调自己与何友谅关系不好，他举了很多例子，借此回避回答具体问题。反贪局的人很有耐心，甚至还打电话订了几份盒饭，逼着林茂说话。林茂见过高级别的调查人员，心理素质增强了些，丝毫没有先前的紧张，很有韧性地陪着他们，甚至还主动问这次马副股长怎么不来。

到了晚上十点钟，林奇突然闯来一闹，才将他们闹散。

林奇以为又是林茂与雅妹在办公室里幽会，他推开守在门口的龙飞闯进屋里，将那几个人吓了一跳。

林奇发觉自己真的猜错了，反而不好意思。为了掩饰，林奇冲着龙飞说，农机厂的车子就该停在农机厂，为什么要开到这儿来。龙飞说他心疼车子，公司这边的车库好一些，他总将车子停在这儿。后来，林奇听见龙飞同林茂说，明天送客人到伍家山林场去游山玩水。

龙飞要林茂去歇歇，林茂不想去。

林奇在街上转了一圈也没拉到客人。

这时，十一点已过了，林奇又经过康采夫公司时，发现漆黑的楼房旁有手电筒亮了几下。

林奇下了三轮车悄悄走过去，在微微亮着光亮的车库里，一个人正趴在龙飞的车子底下干着什么。十几分钟后，那人熄灭了手电筒，从车子底下爬出来，轻手轻脚地将车库大门锁上，然后蹿上马路骑着一辆红色的摩托车呼啸而去。林奇趴在车库大门上，从缝隙里用手电筒照着看了半天，什么也没有发现。他心里有种感觉，那个趴在车子底下的人肯定已对龙飞的车子做了手脚。至于为什么要做手脚，林奇无法知道。

林奇回家时，林茂已经睡下。

林奇将林茂叫起来问龙飞明天送什么样的客人上山去。

听说是肖汉文和绣书，林奇没再多说就让林茂继续回房

第七章

睡觉。

天亮后，林奇就到康采夫公司附近去转悠。龙飞上午九点半才将车开出车库，然后又到油站加油。加了油的汽车就像突然来了劲，林奇想看看最后到底是谁上了车，可他再也追不上了。

龙飞的车子消失以后，林奇忽然不放心起来。他匆匆地赶回家，拿起电话，分别打给何友谅和林茂。两个人都同他说了几句话，人才踏实了些。

林奇后来到了石雨的摊前，他说："龙飞这小子今天可得受点罪，遭点报应。"

石雨望了望一碧如洗的天空说："这种天气不会打雷的。再说雷公也可能被收买了不会用雷劈他。"

林奇说："他的车子可能要出问题。"

石雨说："你弄坏了它？"

林奇说："不是我，是一个不认识的人。"

石雨想了想突然说："不好，林茂在那车上。"

一个钟头以前，石雨就在这儿看见林茂在街边伸手拦住了龙飞的车，一头钻了进去。车上有绣书和一个不认识的男人。林奇知道那人一定是肖汉文。林奇还是不相信，就打电话问雅妹。雅妹说林茂真的上了龙飞的车，林茂是临时决定的，因为反贪局的人下午又要来找林茂谈话，还有南京来的人也要林茂写证词，林茂心里烦就想出去躲一躲。

到这时林奇才着急起来。

石雨也慌张了,便要到街中间拦车去追。

刚好张彪骑着摩托车过来了。听林奇一说,他马上往林茂和龙飞的叩机上留言,并打林茂的手提电话。叩了十几分钟也不见回话,手提电话也打不通。张彪一算时间账,就判定他们已进到山里那片无线通信盲区,而那一段路恰恰是最危险的。张彪在驾车去追之前,吩咐林奇要找人帮忙只能找江书记,而且切切不可找罗县长。

林奇找到江书记,已是中午时分。

林奇正在说情况,就有人来报告说,通往伍家山林场的公路上出了重大车祸,农机厂的那辆富康轿车掉下了深涧,除了司机受重伤以外,其余的三个人当场死亡。

林奇听不见下面的话,眼前一黑人就昏过去了。

40

天上仿佛又在下大雪,到处是白茫茫一片。

林奇恍恍惚惚地睁开眼睛,才发现自己躺在医院的病床上。

何友谅见他一动,连忙对林青说:"爸醒过来了!"

林青凑过来,一双眼睛像红灯笼一样吊在林奇的面前。

林奇无力地问:"你妈哩?"

林青一指旁边的病床,林奇转过脸去,见齐梅芳正死死

第七章

地盯着自己。病房里有四张床,另外两张床上躺着石雨和雅妹。雅妹听到林茂死亡的消息后,当即就砸碎了那只花瓶,拣起一块玻璃切开了自己的手腕。幸亏石雨听说林茂出事后就想到雅妹可能要出问题,而及时赶到了公司。石雨将雅妹送到医院,见林奇昏迷不醒。她一时控制不住急火攻心哇地吐出一大口鲜血。

四个人都倚在病床上,一肚悲哀无从说起。

林奇忽然想起赵文。林青说赵文就住在隔壁。赵文情况最危险。她胎气已动,羊水都流了出来,人却不省事。林奇挣扎起来,要何友谅扶自己过去看看,他们刚到走廊一个医生就拿着一张手术单要他们签字,说赵文必须马上动手术。林奇模糊着眼睛,颤抖着手签了自己的名字,然后从门缝里向内看了一眼,他什么也没看见,只看见赵文的乌黑长发像瀑布一样,一半铺在枕边,一半垂在床沿。

转过身来,林奇问林茂的尸体在哪儿。

听说在太平间,林奇就要去看。白布遮盖下的林茂,头部没有一点伤,脸上也很平静,闭着眼睛一副睡着了的样子。林奇站在一边望了很久,何友谅小声说,天气暖和,医院催了几次,让将他拉去火化。林奇问大家是否都已看过。何友谅说都来了,厂里的许多人都来了,还说要给林茂开个追悼会。林奇要何友谅别答应开追悼会。

正说着林奇又突然问雅妹来看过没有。

何友谅摇摇头,林奇就要他去病房将雅妹悄悄叫出来。

林奇坐在太平间外的休息室喘气时,看见袁圆扶着雅妹走进了太平间,接着就同时响起两个女孩压抑着的哭声。

她们出来时,袁圆对雅妹说:"这一次你算是交了学费。"

雅妹说:"谁知道哩,也许是他在交学费。"

袁圆说:"都一样,可惜太贵了!"

雅妹说:"你怎么不看看肖汉文?"

袁圆说:"他同绣书死在一起,还用我看什么!"

这时,有几个搬运工一样的男人走过来,说是要将绣书的尸体弄去火化。管太平间的人问她家里人怎么不来,一个搬运工说,绣书的家里人请的他们,她家里人都不愿多看她一眼,还说全家人早就盼着哪天有人上门去报丧,说绣书被汽车轧死、被水牛踩死。办完手续,搬运工将绣书的尸体弄走了。

袁圆和雅妹为绣书伤心落泪,反复说,天下竟然有这么狠心的父母,亲生女儿死了,看都不想看一眼。

这句话说得林奇心里比针扎还疼。等到她俩走后,林奇才从休息室里出来。他没有回自己的病房,顺着外科的走廊一间间屋子往前找。找过去又找回来,他发现张彪正同一个全身缠满纱布的人说话,那唯一可以辨认的两只眼睛似乎是龙飞的。他推门进去,果然听见龙飞小声唤了声林师傅。

龙飞说这场事故全怪自己,如果当时他没有扭头同林茂说笑话,公路上坡再陡、弯再急、拖拉机出现得再突然,他都能应付。但那一刻他太开心了,拖拉机出现时,他有些慌,

第七章

方向盘打急了,汽车一下子冲出路面,顺着山坡滚到几十米深的沟底去了。

张彪问:"你当时踩刹车没有?"

龙飞说:"没有。"

张彪说:"为什么哩?"

龙飞说:"那拖拉机满载着木材,它下坡我上坡,一刹车它还不将我们都压扁了。"

林奇望着龙飞一个字也说不出来,心里有种被老天爷耍了一回的感觉。何友谅匆匆走过来,小声责怪林奇不该不打招呼就乱跑,惹得大家都着急。林奇说自己只是想看看龙飞伤成什么样子了。何友谅发愁地说,龙飞这辈子可能都下不了床,一切都靠农机厂养着。何友谅的话反而让林奇难过起来,他回头看了看龙飞,龙飞三十岁还不到,如果真变成瘫子,那就远不如死了痛快。林奇没料到,是驾驶过程中的差错造成这场灾难,而不是因为自己知而不报的昨夜那场破坏。这使他心里稍稍好受一些。何友谅将张彪叫出病房,问为何不是交警来调查,而让他这刑警作干预。张彪问他是不是做贼心虚,因为有人怀疑可能是何友谅同林茂争权夺利而下此毒手。何友谅看出张彪是开玩笑,就回答说,自己也怀疑是张彪在搞杀人灭口。张彪不再开玩笑,而是正儿八经地说,他有线索证明这是一起蓄意谋杀案。张彪瞟了一眼林奇,说自己一见到林师傅当时的慌张样子,心里就有一种预感。

"虽然造成事故的原因是方向盘打猛了,然而那辆富康轿车的刹车系统也被人有意破坏过。"

张彪像是有意这么说,让许多人都能听见。

张彪过后才说他就是要让社会形成一种舆论压力,不然自己的安全恐怕就难保了。

张彪同他们一起回到林奇的病房时,袁圆她们已听到有关谋杀的传言,而且对象已具体化了,说是嫖客们向绣书下手而殃及他人。张彪见到袁圆很高兴,走过去对她说久闻芳名,他将袁圆的手握了半天不肯放下,一点也不在乎病房里另外几个人的情绪。

林奇朝何友谅示意了几次,何友谅才开口对齐梅芳说,林茂的尸体能不能早点火化。

齐梅芳闭着眼睛坚决地摇着头,大家劝了好久齐梅芳就是不开口。

大家都沉默时,齐梅芳才悲伤地说:"还有一个人没有见他最后一面。"

雅妹以为是说自己,就说:"我去见过了。"

齐梅芳说:"不是你,是他儿子,眼看着就要出世了,不管他们父子到底看不看得清楚,让他们见一面也算是有过生离死别一场。"

大家听了,眼泪又开始往外流。

只有张彪一个人说话,他说:"人到世上走一遭,是该将能拥有的尽量拥有。"

正说时,金水桥走了进来。李大华下到车间后,何友谅

第七章

让金水桥临时负责全厂的生产调度与业务安排。金水桥告诉何友谅，肖汉文的家人打来电话，他们的人明天才能到，各种亲戚一起共有二十三人，要厂里准备食宿，同时回去时他们都要坐飞机，让农机厂将机票订好。何友谅皱着眉头要金水桥去找罗县长，因为出事时是罗县长借的车。金水桥说他已找过罗县长，结果被臭骂一顿后轰了出来。张彪在一旁出主意，叫何友谅就将那些人安顿在县政府招待所，待人走后，结账时他们不付钱就行。至于飞机票，那更不用慌，等肖汉文一火化，何友谅就可以讹他们，说肖汉文欠了农机厂二十万，抢先逼着要他们还。不还就去广东查封他们的家产。何友谅觉得有理，就叫金水桥先去办这些事。金水桥走后，张彪笑何友谅，说他俩是政坛上的少先队员，太嫩了。

这时，林青哭着跑出来，脸上却有些笑意，她抽噎着说："赵文生了！生了个男孩！"

齐梅芳刚哭了一声，林奇突然放声大哭起来。

雅妹静静地坐在地上。林奇和齐梅芳哭着抱成一团，石雨默默地走过去，用自己的手帕在齐梅芳的脸上揩两下，又在林奇的脸上揩一下。

望着石雨那不断重复的动作，雅妹忽然说："我去看看孩子！"

雅妹同袁圆刚走到门外，屋里的人便都跟上来。

产房里由于婴儿的啼哭反衬得特别安静。

赵文睡着了，脸上的微笑像是要从那飘飘的长发上荡漾下来。

齐梅芳走过去轻轻地抱起婴儿，婴儿立即停止了哭闹。

齐梅芳说："乖孩子，跟奶奶一起去看看你爸爸。"

大家拥着齐梅芳和那婴儿，来到太平间。林奇撩开那块白布，见林茂的脸旁放着一枝红玫瑰。婴儿没有作声，林奇更没有作声，只有齐梅芳一个人在喃喃地说着什么。

突然间，身后有人大声说："你们是不是疯了，刚出生的孩子怎么能到这地方来！"大家还没来得及回头，一个护士就从齐梅芳手里抢过婴儿，往产房走。在路上护士不停地数落说，就连正常出生的婴儿也不能这么快就抱到外面瞎闯，何况这孩子还是做手术拿出来的。

回到产房，赵文还没有醒过来。

雅妹走拢去，不知为何用手在那长发上轻轻抚摸了一下。

后来，齐梅芳主动提出将林茂送去火化了，免得他还要受腐烂之罪。

林奇不让女人们去，他叫上何友谅，还有张彪，亲自将林茂的尸体送到火葬场。

灵车开到火葬场门口时，正好碰见火葬场场长。林奇上去打招呼，场长却已经不认识他了。等候的人有好几拨，林奇要他优先安排一下。那场长说人都死了，优个什么先。张彪这时走拢来，拍了拍场长的肩头，说死者林茂是自己的好朋友。那场长一伸手，说可以帮忙解决，不过得额外收两百元小费。张彪有些生气，说自己在县里办事还从没付过什么

第七章

　　大费小费,也不知道该怎么给。那场长说,今天就要让张彪长长见识。林奇正要掏钱,被张彪拦住。张彪回头问那场长记不记得三八妇女节时,在蓝桥夜总会,弗拉门戈包房里的事。那场长说一点没忘,那是他第一次玩鸡,新鲜得很,他还想收了小费再去玩几次。张彪被这话戗得不知如何回答。

　　灵车后边一辆黑色奥迪正在超车。

　　张彪一看车牌号就说:"江书记来了。"

　　果然,车一停,江书记从车门内探出头来。

　　那场长上去打了一个拱说:"我手脏,不敢同书记握手。"

　　江书记说:"我来送送林茂、林厂长、林老板!"

　　何友谅听出江书记的声音有些特别,他琢磨不透,不过他怎么也辨不出其中有不敬和讽刺。

　　林奇说:"谢谢你还记得林茂。"

　　江书记说:"林茂是有贡献的企业家,你优先安排一下。"

　　江书记盯着火葬场场长。

　　那场长不怕他,故意张扬地说:"我知道,但要收小费。"

　　江书记冷笑着说:"你先做,小费我来付。不过你的乌纱帽得交给我。"

　　那场长说:"太感谢了。"

　　江书记说:"我也感谢你这么想得开,但我还没将话说完,过两天你会收到就地免职的通知。"

　　江书记不理会突然变蔫的火葬场场长,他让何友谅找来几个火葬工,将林茂的尸体运进火化间。火葬场场长在一边说江书记可以免自己的职，可免不了自己的副局级。

江书记将何友谅叫到一边，问农机厂的事。

何友谅说："事情都准备好了，就等你去剪彩。"

江书记说："什么都不要搞了，那些仪式太花钱，省下来好作流动资金。"

何友谅说："林茂的公司怎么办？"

江书记说："可能还得你管起来。"

何友谅说："我看过有关法律书，只有赵文才能继承。"

江书记说："你别以为私人企业就完全是私人的，我不发话，他们就寸步难行。"

何友谅说："这我明白，但我只能代管，我不想日后同赵文打官司。"

江书记说："也行，暂时这样放一放。"

张彪跑过来说："江书记，你知不知道，林茂坐的车曾被人有意破坏过？"

江书记说："我已经知道了。不过你不该声张，这样会打草惊蛇。"

张彪说："这是自我保护。"

江书记将林奇叫过来，很认真地说："林茂的这个仇，党和政府会替你报的。其实，我真的很喜欢林茂。他很聪明，也很有胆量，在这个时期应该是有前途的。搞股份制的事，他两次让我进了圈套，我不该故意不理他，更不该没有过问反贪局调查他的事。我们这个国家哇，怎么说哩，也许是制

第七章

度太优越了，没有几个人能着急、会着急。几十年来，大家都过着饭来张口、衣来伸手的日子，穷虽穷点，可什么事都不用自己操心。你们知道蓝桥夜总会那些包房的名字是谁取的？是我。中国足球为什么总踢不赢韩国，关键是生存环境中的竞争不够激烈，人人都心安理得地养小尊、处小优。人家外国人外国球为什么强，说穿了就是残酷竞争的结果。林茂是此中好手，他的有些行为可以骂为不道德，但退几步看，这又是历史的必然选择。历史是不讲什么道德不道德的。对不对，张彪？"

张彪说："江书记这些话与大会上做报告时说的完全两样。"

江书记说："我这是在说自己的话。做报告是说书记的话。"

林奇望着远处的眼睛中忽然涌出两江泪水。他们回头看去，火葬场那高高的烟囱里冒出一股黑烟。

黑烟升腾的样子很沉重，烟囱似乎是一只托举的手臂。林奇的身子有些撑不住，开始摇晃起来。江书记见林奇面色苍白，连忙将他扶到自己的车里。江书记吩咐张彪在这里张罗，自己同何友谅将林奇送回医院。奥迪轿车起动后，火葬场场长从一间屋里扑过来，嘴里还叫喊着什么。江书记没有理他，让司机将车子开得像箭一样快。

半路上，车载电话响了。罗县长用近乎质问的口气问江书记，怎么不将中纪委调查组来县里的事告诉他。江书记则用那不无惬意的声调告诉罗县长,说这完全是那些钦差大臣的意思。江书记问罗县长在伍家山林场休息得怎么样,还说罗县长其实可以追到北京去,将调查组的人请回来,欣赏一番大别山的风光美景。罗县长又问怎么听到街上到处谣传,说林茂他们是死于谋杀。江书记故作吃惊地说自己这才刚刚听说。罗县长要求开个常委会,澄清一些事情。江书记答应了,时间却定在一个星期以后。

林奇刚刚回到病房里躺下,林茂遗下的手提电话响了。

何友谅一听,竟是马铁牛的声音,就将手提电话交给雅妹。

马铁牛在电话里惊喜万状地说,最多再过十几天自己就可以回家了。马铁牛说国家将存款利率一降低,股票就往上疯涨。这些时他用炒股票赚的钱还清了全部债务,自己打算再赚个十万就洗手回家。马铁牛听林茂说过正在给雅妹联系一个可以读自费的大学,这些钱就是为她准备的,别的钱他一个子儿也不再多赚,只想早一分钟回家。马铁牛还让雅妹告诉林茂,并请林茂转告罗县长。罗县长托人在深圳买的股票这回大赚了一笔,马铁牛同那委托人熟,那人赚了四十万,但只打算给罗县长二十万。马铁牛要林茂提醒罗县长千万别上那人的当,不然就吃了大亏。

雅妹说不出林茂的死讯,她只是叫马铁牛以后别打这个电话。

雅妹想让石雨同马铁牛讲几句话。

第七章

石雨看了林奇一眼，用手掌做了个拦阻的姿势。

银行的陶股长忽然在门口探进头来，对袁圆说自己找她找了好久，他将袁圆的手捏住后，两人做成一副牵手的模样走到一旁，小声地说了一阵。雅妹在一旁耐心地等他们说完。陶股长走后，也没容雅妹问，袁圆就说姓陶的看样子是真的爱上自己了，自己也有点想嫁的念头。雅妹还没表态，袁圆又说，雅妹若能读大学就一定要去，在这小地方，女人越漂亮前途越不妙。隔了一会儿袁圆想起什么来，她告诉雅妹，陶股长可能要提升为副行长。雅妹不了解其中底细，特别是陶行长的情况，她一直什么也没有说。

江书记这时插了一句说："这的确是个好消息！"

大家都在想这话的意思。

雅妹忽然用缠着白纱布的手指着墙壁说："赵文姐在唱歌！"

一缕歌声穿透墙壁，细细密密清清晰晰地飘落在每个人的心上。就像雨落荷叶叶面，晶莹可见，摇滚可见，伤心的孤单与忧郁也可见。大家竖着耳朵站在地上，听赵文将一首歌唱完，然后又听见大约是护士的掌声。他们不约而同地要求出院回家，并一齐往隔壁病房里走。

又有歌声响起，是跑跑在学唱。

病房只剩下两个女孩。

雅妹搂着袁圆的脖子说："我好像也怀孕了。"

袁圆搂了搂雅妹的腰说："莫瞎想，你早上才止住

383

红哩!"

　　雅妹说:"你想做妈妈吗?"

　　袁圆说:"想。特别想。"

　　　　　　　　　　一九九六年九月十五日凌晨两点
　　　　　　　　　　　　于汉口花桥文联大楼